相棒

aibou season-4

相棒 season４　上

脚本・輿水泰弘ほか／ノベライズ・碇　卯人

朝日文庫

本書は、二〇〇五年十月十二日〜二〇〇五年十二月十四日にテレビ朝日系列で放送された「相棒　シーズン４」の第一話〜第十話の脚本をもとに、全九話に再構成して小説化したものです。小説化にあたり、変更がありますことをご了承ください。

相棒 season 4 上 目次

装丁・口絵・章扉／IXNO image LABORATORY

杉下右京　　警視庁特命係長。警部。
亀山薫　　警視庁特命係。巡査部長。
奥寺美和子　　帝都新聞社会部記者。薫の元恋人。
宮部たまき　　小料理屋〈花の里〉女将。右京の別れた妻。
伊丹憲一　　警視庁刑事部捜査一課。巡査部長。
三浦信輔　　警視庁刑事部捜査一課。巡査部長。
芹沢慶二　　警視庁刑事部捜査一課。巡査。
角田六郎　　警視庁組織犯罪対策部組織犯罪対策五課長。
米沢守　　警視庁刑事部鑑識課。
内村完爾　　警視庁刑事部長。警視長。
中園照生　　警視庁刑事部参事官。警視正。
小野田公顕　　警察庁長官官房室長（通称「官房長」）。警視監。

相棒

season
4 上

第一話

「閣下の城」

一

アイアンハート城は周囲の雑木林を睥睨《へいげい》しながら、奥多摩の高台にその威圧的な外観を誇示していた。外観が立派なだけではない。内装も重厚で風格があり、豪華でありながら気品にあふれていた。

「この城はね、一八二九年にスコットランドのエディンバラに建設されたんだ。大貴族の住まいとして。この一族は六百七十年前まで遡れるという家柄なんだよ」

閣下が自慢げに建物の由来を紹介すると、警視庁特命係の杉下右京が、説明は不要とばかりに会釈で応じた。

「確かスコットランド独立の英雄ロバート・ブルース王に仕えた騎士《ナイト》でしたかねえ」

「そうそう、そのとおりだ。よく知ってるねえ」

「ここが移築された当時ずいぶん話題になりましたから、記憶に残っています」

右京が微笑むと、閣下は満足したように大きくうなずいた。そのようすを後ろから見ていた右京の相棒、亀山薫は呆れながらここまでの経緯《いきさつ》をそっと振り返った。

閣下の本名は北条晴臣。外務省の高級官僚として、各国大使を歴任し、最後は事務次官まで務めた男だった。しかしその実態は、特命全権大使のキャリアを楯に選民思想を振りかざす俗物にすぎない。傲慢かつ狡猾で残忍な北条は、自らの悪行を隠蔽するためにかつての部下を殺した。特命係の右京と薫は北条を追いつめたのだが、そこで信じられない事態に直面した。右京の元上司であり警察庁長官官房室長の小野田公顕《こうけん》が介入してきて、北条を起訴しない代わりに、外務省の汚職の実態を洗いざらい白状させるという交換条件を持ち出したのだ。元外務高官が警察庁の大物を抱き込んだに違いなかった。

あのときの小野田と右京の息詰まることばの応酬を薫はまざまざと覚えている。

「それがあなたのやり方ですか？」

「だって、老い先短い年寄りをひとり刑務所に送るより、伏魔殿《ふくまでん》に風穴明けるほうがいいでしょ？　のうのうと生き延びている奴がたくさんいるんだから。こういう取り引きだってあっていい」

「ぼくは目的が手段を正当化するとは思えませんね」

「時と場合によるよ。それに一応、閣下だって償いはするんだ。完全なリタイア、これが条件。表舞台から降りてもらう。もう、息の根が止まったも同然でしょ。守ってさしあげるのは名誉だけ」

「それは詭弁です。平等であるべき法の下で、人は自分の犯した罪を償わなければならない。証拠は必ず見つけますよ」

この右京のせりふが効いたのだろう。北条は恐れをなして意外な行動に出た。裁判を受けると言い出したのだ。進んで刑事被告人になる、と。決定的な証拠を挙げられてしまっては、刑務所行きは免れない。北条は逃げ道がなくなることを恐れたらしかった。そのうえで北条は、小野田に取引条件の変更を願い出た。なんと、保釈を認めさせろと要求したのだ。

いくらなんでも保釈は無理だと思われた。殺人事件の被告人が保釈されるなんてことは、通常あり得ない。しかし、そのあり得ないことをやってのけるのが、小野田公顕という人物だった。当時法務大臣だった瀬戸内米蔵に協力を仰ぎ、関係各所への根回しを頼んだのだ。そして、裁判所の独自裁量権を根拠に北条の保釈を実現させたのだった。

異例の保釈に、もちろん世間は大騒ぎした。その急先鋒が薫の元恋人であり帝都新聞社会部記者の奥寺美和子だった。美和子は超法規的な措置を徹底的に糾弾した。ところが、北条の告発によって外務省の腐った幹部連中が一網打尽に逮捕されるに及んで、世間には別の論調が台頭した。つまり、こういう取り引きもあっていいのではないかという声だ。賛否両論、侃々諤々《かんかんがくがく》の議論が巻き起こる中、北条の初公判が開かれた。あのときの北条の猿芝居。薫は思い出すだけではらわたが煮えくり返る。

「被告人は起訴事実を認めますか？」

問い質す裁判官に対して、北条はこう言ったのだ。

「あっ……あのねえ、ついにボケが始まったかな。当時の記憶がね、はなはだ曖昧なんだぁ。なにしろもう何年も前の出来事だからね。正直言って殺したかどうか定かではない。でもね、みんなが『殺したんだ』って言うから、まぁ、たぶん殺したんだろうね。しかしね、万が一にも冤罪は困る。わが国の司法制度に汚点を残すことになるからね。厳正にして、かつ厳格なる審理をお願いしたい。頼むよ」

罪状認否での北条の態度は世間を激怒させるのに十分だった。しかし人の噂も七十五日、一時最高潮まで加熱した元外務高官への関心は、みるみるうちに冷めていった。世間は常に新しい事件を求めているのだ。あれから二年半、裁判はまだ続いている。判決が出るのが早いか、それとも北条の寿命が尽きるのが早いか。もちろん北条は推定無罪のまま寿命を全うしようという魂胆《はら》に違いなかった。

そんな中、特命係のふたりの刑事は、北条晴臣の七十七回目の誕生パーティーに招待され、北条の別荘のアイアンハート城を訪れていた。招待状によると、過去のさまざまな確執をすべて水に流そうというのが本日のパーティーのコンセプトらしい。招待客はほかに小野田公顕と瀬戸内米蔵がおり、すでにソファにどっかと腰を下ろして紅茶を飲んでいた。ゲストもＯＫということだったので、薫は、自分が糾弾した北条を生でひと目見たいと切望した奥寺美和子も連れてきていた。

「移築するとき、シベリア鉄道を経由して運んだんですよね？」

その美和子が愛想笑いを浮かべながら、閣下に訊いた。

「おお！　ゴルバチョフくんの了承を得てね。コンテナ三十個分もあったんだ」

（ゴルバチョフくん！）

薫が心の中で舌を出しているとも知らず、北条は自慢を続けた。

「いい城だろう？　快適だよ。莫大な保釈金を積んで正解だった」

「保釈金は五億でしたかね？」

さりげなく右京が質問する。

「そう、たかが五億ね。まあしかし保釈金ってのはいずれ戻ってくる金なんだからね」

薫は皮肉のひとつも言いたくなった。

「そう思うなら無駄な裁判の引き延ばしはやめたらどうですか？」

「はいはい、はいはい」北条は軽くいなすと、部屋の奥に控えていた三人のスーツ姿の男のほうへ声をかけた。「おい、引き延ばしとるのかね？」

「われわれは正当な法廷戦術を駆使しているだけです」

三人のうち、もっとも年少の端整な顔の男が答える。北条が紹介する。

「これはぼくの弁護士たち」

弁護士たちが次々に名前を名乗る。年長のどっしりした印象の眼鏡の男が安岡喜一郎、いかにも頭のよさそうな中年の男が棟居《むねい》均、そして先ほど発言したのが宮添《みやぞえ》卓也だった。

三人の上着の襟には弁護士バッジがまばゆく輝いている。弁護士たちに向けて、北条は特命係のふたりとその知人を毒のある表現で引き合わせた。

「こちらが警視庁の杉下くんと亀山くん。ぼくを刑事被告人にした張本人のおふたりさんだ。そしてこちらの女性が帝都新聞でぼくをずいぶん叩いてくれた奥寺美和子さん」

続いて傍らに静かに控えていたすらりとした体形の女性を呼ぶ。「おい、繭子《まゆこ》。さあさあ、みなさんにお茶を差し上げて」

「はい」

繭子と呼ばれた女性が立ち去ると、ソファに座っていた瀬戸内が小野田の耳に口を寄せた。

「おい、小野田くん、小便行かないか？」

「あいにく私はもよおしてませんが」

「私が行きたいんだよ」

「ならば、お付き合いしましょうか」

代議士の意図を汲んで、警察庁の大物が立ち上がる。そして、そばに立っていた使用人らしき若い男に言った。

「御手水《おちょうず》使いたいんだけど」

若い男に案内されたとおりに手洗いのほうへ向かいながら、瀬戸内が本音を漏らす。

「茶番だなあ。そうは思わないかい？　世話になった人たちと誕生日を祝いたい？　ったく、なにを考えてやがんだか」

「人生そのものが茶番みたいな人ですから、閣下は」北条にさんざん振り回された経験を持つ小野田が達観したように言う。「お怒りになるなら最初からいらっしゃらなければよろしかったのに。無理に招待を受ける義理はないでしょう」

得度経験を持つ硬骨漢の代議士は苦虫を嚙み潰したような顔になり、

「ここを一度見ておきたかったんだよ。北条晴臣の唯一の手柄は、大英帝国の文化遺産であるこの城を日本に移築したことだ」

確かに素晴らしい城であった。これだけ壮大な古城の現物を奥多摩に移築するのにどれだけの費用がかかるのか、小野田ですら想像がつかなかった。北条にとって五億円の保釈金など、痛くも痒くもないに違いない。

応接室でおいしい紅茶を味わっていた右京もアイアンハート城が気になって仕方ないようだった。

「城の中を拝見して歩いてよろしいですか？」

「ああ、構わんとも」北条が鷹揚に首肯《しゅこう》する。「ゆっくり見物していってください。繭子、案内して差し上げて」

繭子が了解のしるしに軽くお辞儀をする。右京は「恐れ入ります」とお辞儀を返し、薫と美和子を誘った。

「一緒に行きませんか？」

すると、北条が割って入ってきた。

「いやいや、奥寺くんにはちょっと話があるんでね」

美和子が怪訝そうな表情になるのを見て、薫が代わりに訊いた。

「話って？」

「きみにじゃない！」北条が唐突に声を荒らげた。「奥寺くんに話があると言っとるんだ！　きみは相棒と一緒に見物に行ったらどうかね？」

そこまであからさまに言われると、薫も従うしかなかった。

右京は郷内《さとうち》繭子の案内により、広い城の各部屋を見て回った。薫が納得のいかない顔つきでしぶしぶとついてくる。西洋の甲冑が何体も飾られた武器展示室を感心したように見渡して、右京が繭子に質問した。

「いつからこの城にいらっしゃるんですか？」

「もう一年近くになります」

「どういう経緯で閣下のところに？」

不気味な甲冑よりも生身の美人のほうに興味を持った薫が、すぐに会話に入ってきた。

「募集広告を見て応募したんです」

「募集広告?」

「秘書募集の広告です。あの弁護士の方たちに面接していただいて」繭子が回想した。

「わたしにナースの経験があった点が採用の決め手になったようでした」

「だけど抵抗なかったんですか? 殺人容疑のかかった刑事被告人と一緒に暮らすなんて」

薫はこの物静かで清楚な女性が、北条の秘書としてこの城に住み込みで暮らすのを決断した気持ちがわからなかった。

「ないと言えば嘘になりますけど……なにしろお給料が破格でしたから」繭子はそう言ってちらっと小悪魔的な顔をのぞかせ、「むしろ最初は〝閣下〟とお呼びしないと相手にしてもらえないことのほうに戸惑いました」

右京が廊下の先に瀬戸内と小野田の姿を見かけた。若い男の使用人も一緒だった。

「あの人は?」

薫が訊くと、繭子は意味ありげな目をして、「郷内嵩人《たかひと》、わたしの従弟です」と答えた。

右京が先客に近づいていく。

「ずいぶん長いトイレだと思いましたら、あなた方も見物ですか?」

「瀬戸内さんがこの城をいたくお気に入りでね」

小野田が肩をすくめると、瀬戸内が特命係の刑事たちを手招きした。

「ちょいといいかい？　ぶっちゃけ、なにしに来たんだ？」

「はい？」

「きみたちの招待状には、すべてを水に流してほしいって書いてあったのかい？」

「ええ。そう書き添えてありました」

右京が答えると、瀬戸内は疑わしそうな表情になった。

「額面どおり受け取って来たのかな？」

「逆ですよ」右京が悪びれずに言う。「額面どおり受け取れないから来たんです」

「あの閣下が、そんな殊勝な気持ちになるとは思えませんからね」

薫が上司の考えを補足する。瀬戸内はひとつ大きくうなずいて、

「なんか企んでる、そう踏んだわけだな？」

「むろん根拠はありません。あるいは殊勝なお気持ちになられたのかもしれない」

右京は少し譲歩したが、薫のほうは端から信じていなかった。

「んなわけありませんよ。さっきの態度、見たでしょ？　相変わらず人を小馬鹿にして」

このやりとりをじっと見ている嵩人に気づいた右京が、だしぬけに質問した。

「あなたのほうはどういう経緯でこのお城に？」

「え？」

よもや自分に質問の矛先を向けられるとは思っていなかった嵩人が目を白黒させる。

「従姉弟同士で北条晴臣氏に仕えているというのが不思議に思えましてね」

「ぼくはその……」

嵩人が言いよどむのを見て、すかさず繭子が代弁する。

「ボディガードです」

「ボディガード？」

声を上げたのは瀬戸内だった。

「男性ひとりのお城に住み込みですから、やっぱり」

繭子が片頬に笑みを浮かべると、嵩人が必死に否定した。

「いや、ち、違います、違います。そうじゃありません。繭ちゃんと一緒に……」

「お客さまの前で繭ちゃんなんて言わないで！」

繭子がぴしゃりと言う。嵩人は叱られた子犬のようにしゅんとした。

「ごめん」従姉に向けた目を代議士に戻し、「一緒に働きたいから、雇ってもらえるように閣下に頼んでもらったんです」

「ああ、なるほど」

瀬戸内が納得したようなしないような受け答えをすると、今度は小野田が質問した。

「あなたも秘書なの？」

「いえ、ぼくはバトラーだそうです」

「ほう、執事ですか」

右京がぽつんと言った。

二

日が沈み、北条の誕生パーティーが始まった。しかし、パーティーが盛り上がりに欠けているのは誰の目にも一目瞭然だった。無理もない、と薫は思う。出席者は北条といわくのあるメンバーばかりなのだ。話が弾むはずもない。

薫が美和子を部屋の隅に呼び、先ほどの北条の用件がなんだったのか訊いた。

「それがね、うちから回顧録を出したいって」

困惑顔で美和子が答える。

「回顧録？　どういう風の吹き回しだ？」

「さあ」美和子も半信半疑のようだった。「ずっと考えていたところに、タイミングよく新聞社のわたしが現われたからって言うんだけどさあ……いきなりだと思わない？明日までに契約書を持って来いなんて」

「明日まで？　それは急だなあ……」

ふたりのひそひそ話はここで中断することになった。北条が突然、自らのワイングラスを爪で弾いて客たちの注目を引くと、繭子の手を引いて前に歩み出たのだ。

「ちょっと、いいですか。えー本日、ぼくの誕生日を祝福しに来ていただいたみなさんに、実はですね、もうひとつ祝福していただきたいことがあるんです。それは……」北条はここで美人秘書を抱き寄せた。「ぼくは繭子と結婚します」

そう宣言すると、北条は客たちを見回しながら引きつったように笑った。

「驚いたろ？　いや驚くのも無理ないと思うけどさ、でもね、ぼくたちは愛し合ってんだから、これは仕方がないよね。あっはっはっは」

北条の高笑いが広い室内に響き渡る。出席者一同、唖然として声を出せないでいると、最後部からガラスの割れる耳障りな音が聞こえた。郷内嵩人が手に持っていた赤ワインのボトルを床に落としてしまったのだ。どす黒い血を想像させる液体が、床に広がった。

「す、すみませんっ」

北条がゴキブリでも見るような目を執事に向けた。

「なにをやってるんだ。とんま！」

北条晴臣の誕生パーティーは思いもしない展開となり、出席者はどう対処してよいのかわからなかった。弁護士たちは腫れ物に触るような調子で、北条と適当に話を合わせている。そうするうちに美和子が呼んだタクシーが到着した。薫と繭子が見送りに出る。

「ごめんね。会社で出版局長を待たせてるから」

美和子は薫に別れを告げると、繭子のほうに向きなおる。

「それじゃあ明日の朝また来ます。閣下によろしくお伝えください」

美和子はタクシーに乗り込もうとして、なにか思い出したように振り返った。「あ、ご結婚おめでとうございます」

「ありがとうございます」

頭を下げた繭子に見送られて美和子がタクシーに乗ろうとするのを、今度は薫が呼び止めた。

「あのさ……気ぃつけて帰れ」

「うん。ありがと。じゃあね」

「おう」

タクシーはなんのためらいもなしに、アイアンハート城をあとにした。闇の中を遠ざかっていくテールランプを見つめる薫の頭の中には、数日前に小料理屋〈花の里〉で女将の宮部たまきから聞いたことばが蘇っていた。

「別れたみたいですよ、美和子さん、鹿手袋《しかてぶくろ》さんと」

鹿手袋という変わった名前の男は、薫の目の前から美和子をさらっていった、いわば恋敵だった。以前、美和子が鹿手袋からプロポーズされたと聞いていたので、たまきのことばは意外だった。しばらく黙っていると、たまきはさらにこう言った。

「ずっとぎくしゃくしてたんだけど、なんか自然消滅したって。でも、わたしから聞いたって言わないでくださいね。内緒って口止めされてるから」

美和子はいまどんな心境なのだろう。「戻って来い」のひと言が言い出せない自分がもどかしい薫だった。

タバコを一服して部屋に戻ろうとした薫は庭先で立ったまま抱き合う男女を見て、ぎくりとした。熱いキスを交わしているのは、どう見ても繭子と嵩人に違いなかった。

その頃、城の中では北条が自分の書斎に瀬戸内を招き入れていた。コレクションの高級葉巻を差し出しながら、元外務高官が本心を述べる。

「その仏頂面なんとかならねえかな。せっかくの祝宴に水差されてるようで不愉快なんだよ」

元法務大臣は葉巻を遠慮すると、

「いささかはしゃぎすぎじゃございませんか？　誕生日パーティーといい、びっくり仰天の結婚宣言といい」

あえて仏頂面をしかめながら瀬戸内が忠告したが、北条はまったく動じない。葉巻を手にとって、火をつける。

「刑事被告人にもそれぐらいの自由があっていいんじゃないのかな?」

「しかし拘置所においでになったんじゃ、こんな真似はできません。それほどの高級葉巻も吸えるわけがございませんからな」

北条はわざとらしく葉巻を手に取り、ためつすがめつした。

「あのね、あの保釈でぼくが得たものは、ほんのささやかな自由なんだよ。拘置所の代わりにこの城に幽閉されてるようなもんなんだから。ぼくはね、この城の中にしか自由がないんだよ。そんなぼくを非難するのか!」

北条が声を上ずらせながら抗議する。瀬戸内の返答は意外だった。

「あなたを非難しているんじゃございません」

「あん?」

「この私を非難しているんです。あなたの自由はイリーガルな手段で手に入れたものです。私はその片棒を担がせていただいた。小野田くんの情熱にほだされて、あなたの保釈にひと役買ってしまったこの自分を、いま強烈に非難しているんでございますよ!」

込み上げる自責の念を抑えつけながら瀬戸内が心情を吐露した。これを聞いた北条がわざとらしく目を伏せた。

「きみの恩は一生忘れないよ」

「恩だ？　ふん」ついに瀬戸内の癇癪玉が破裂した。「そんなことを言ってるんじゃねえんだ！」

北条はびくりと体を震わせ、突然床にひざまずいた。

「ぼくは受けた恩は絶対に忘れない。そういう男なんだ。きみのことは本当に感謝してるんだ。気に障ったんなら謝るよ。詫びろと言うなら詫びる。このとおりです！　このとおり」

泣きながら土下座する北条を目の前にしたおかげで、瀬戸内の語調が和らいだ。

「まあとにかく、今後はお立場をよくわきまえていただきたい」

「しかと、しかとわかった！」

床に頭をこすりつけながら、北条は胸の内で自分に語りかけていた。

(ぼくはね、受けた恩も忘れないが、受けた仇《あだ》はもっと忘れないよ)

応接室に戻った瀬戸内は、ブランデーを傾けている小野田と右京に合流し、自分の感想を述べた。

「想像以上に気弱になってるぜ、ありゃあ。案外、本気で水に流したがってるのかもしれねえぜ、きみたちと」

「閣下がですか？」

右京は納得いかなかったが、瀬戸内は北条の演技にすっかり騙されていた。

「回顧録がその証拠だ。人生の終末を覚悟したんだな」

小野田が異論を述べる。

「終末を覚悟した男が、あんな若い美女と結婚しますかね？」

「あの男なら、最後にたどり着いたのが愛だったという人生もあるだろう」

瀬戸内のことばにはそうあってほしいという願望が混じっていた。小野田はそこまで人間を信じていなかった。

「愛情だといいんですけどね」

「違うのかい？」

「いえ、もちろん閣下は真剣に惚れてると思いますけど、相手はどうでしょう？　なにしろあの若さですから」

「愛に歳の差はねえだろう」

代議士が諭すように言うと、警察庁の大物の頰が緩む。

「ロマンチストですねえ、瀬戸内さんは。それがあなたのひとつの美徳ですが」小野田の目が部屋に戻ってきた薫をとらえた。「あ、おかえり」

薫は三人に擦り寄ってくると、「とんでもないもん見ちゃいました」と声を潜め、庭先で目撃した男女の密会を告げ口した。

「本当かい！」

瀬戸内が目を丸くする。

「やっぱり愛情じゃないんじゃありませんか？」

小野田から問いかけられ、瀬戸内は舌打ちを返すしかない。そこへ北条が戻ってきた。

「ゲストを放ったらかしにして本当に申し訳なかったね。しかし夜も更けた。パーティーもこのへんでお開きにしようと思うんだが、どうかな？」

「ごちそうさまでした」

客を代表して小野田が頭を下げる。北条は右京と薫を一瞥して、婚約者と使用人に命じた。

「繭子、嵩人、お客さまをお送りしなさい」

三

翌朝、警視庁の特命係の小部屋で薫がモーニングコーヒーを楽しんでいると、携帯電話が鳴った。奥寺美和子からだった。

「おう」

薫が気安く電話に出ると、思いのほか深刻そうな声が返ってきた。

――いま閣下のお城なの。

「そうか。出版契約はうまくいったのか？」

――薫ちゃん、殺しだよ。

「コロシ？」

薫の声が裏返るのを聞き、ティーポットから紅茶を注ぐ右京の手が止まった。

殺されたのは郷内嵩人だった。アイアンハート城の武器展示室で、胸に剣《つるぎ》が突き刺さって死んでいたのだった。そのまわりを囲むように、ばらばらになった鎧《よろい》が散らばっていた。

「出血がほとんどありませんね」

現場に到着した薫が死体の脇に膝をついて所見を述べると、上司がうなずいた。

「その分、体の中は血溜まりでしょう」

そこに背後から聞きなれた声が聞こえてきた。

「特命係の亀山ぁ〜」

「やっぱり来やがったか」

薫がひとりごちると、右京がにんまりした。

「ええ、そろそろいらっしゃると思っていました」

ひと足遅れで到着したのは捜査一課の三人組、伊丹憲一、三浦信輔、芹沢慶二だった。

薫が「よう！」と右手を上げて迎え入れると、三浦が「ようじゃねえよ、馬鹿やろう」と返し、続けて「これはどうも、警部殿」と皮肉るのを忘れない。若い芹沢も薫に向かって「なんか、いそうな気がしました」と軽口を叩く。

「どけ。邪魔だ！」

伊丹が遺体に近づこうとするのを薫が阻む。

「やなこった。避けて通れよ、バーカ」

「なんだと、このやろう！」

たちまち薫と伊丹の間で恒例の挨拶となっているガンの飛ばし合いになる。

しかし右京はすでに遺体に興味をなくしたようで、「ここはお三方にお任せして、われわれは行きましょう」と、あっさり引き下がって、隣の部屋へ向かう。

「え？　ちょっと待ってくださいよ。どけ、こら！」

上司を追いかけようとして行く手を阻まれた薫が小突くと、捜査一課の天敵がすかさず言った。

「ふん、やなこった。避けて通れ、バーカ」

隣の部屋では、瀬戸内米蔵と奥寺美和子が心配顔で控えていた。特命係のふたりの顔を見て、代議士が口を開く。

「で、どうだったい？」

「殺しですね。間違いありませんよ」

薫が断定したのに続いて、右京が質問する。

「ところで瀬戸内さん、あなたは今日どうしてこちらへ？　奥寺さんがいらっしゃるのは承知していましたが、あなたまでいらっしゃっているとは思いませんでした」

「余計なお節介だとは思ったんだがね……結婚宣言までしたこの期に及んで、あの男は騙されているんだと思ったら、こう見えても元坊主、情けをかけたくなっちまってな」

瀬戸内はわざわざ昨夜の薫の目撃情報を北条に伝えに戻ったのだ。ところが、北条のほうが上手《うわて》だった。忠告する代議士に対して、元外務官僚は動じもせずに、繭子に別の男がいることは承知のうえと答えたらしい。

「知ってたんですか？　嵩人さんのこと」

信じられぬ思いで薫が訊くと、瀬戸内は自嘲的に笑った。

「まさしく余計なお節介だったというわけだ」

「知ってて、閣下は結婚を？」

瀬戸内の意見は違っていた。

「いや、そうは思えねえな。ゆうべの上機嫌とは打って変わって非常に不機嫌な感じだったからな」

「つまり、結婚発表のあとでお知りになった」

右京が考えを口にすると、瀬戸内は「と思うぜ」と同意した。薫の脳細胞の働きが活発になる。

「だとしたら閣下が嵩人さんを……」

「殺したってのかい?」

「だって、もし結婚発表のあとに彼の存在を知ったんだとしたら、あり得ますよね?」

相棒に訊かれ、右京は生真面目な顔で答えた。

「可能性としてはありますね」

そこに青ざめた顔色の郷内繭子が入ってきた。右京が気遣いを見せる。

「ご気分はどうですか? お水でもお持ちしましょうか?」

「あ、いえ」

「あなたが遺体を最初に発見されたんですね?」

「そうです。奥寺さんも一緒でしたけど」

繭子がすがるような視線を美和子に向け、美和子がうなずいた。右京は繭子に向かって、

「そのときの状況をお話し願えませんか?」

「今朝、奥寺さんがいらっしゃって、閣下の書斎にお連れする途中にあの部屋の前を通

りかかり、嵩人が倒れているのに気づいたんです。胸に剣が刺さっていて、血が流れ出ていました……」

再び美和子がうなずき、さらに瀬戸内がそれを裏付ける。

「閣下の書斎を追い出された直後だった。悲鳴を聞いて、私も現場に駆け付けたよ」

「なるほど」と右京。「昨夜、嵩人さんを最後に見たのはいつですか?」

藹子は少し思案して、

「十時過ぎぐらいだったと思います。嵩人が閣下の寝室にミルクを運んできて。毎晩おやすみになる前にお飲みになるので。そのときです」

「つまり、あなたはそのとき閣下と寝室でご一緒だった。そういうことですね?」

右京のぶしつけな推理に、藹子は気を悪くすることもなかった。

「マッサージをして差し上げてました。お歳のせいか、背中が凝ってつらいとおっしゃるので」

「遺体の状況から判断すると、嵩人さんが殺害されたのは昨日の夜半、少なくとも夜明け前までと思われます。とするならば当然、今朝は嵩人さんをご覧になってませんね? むろん生きている嵩人さんという意味ですが」

「ええ、見ていません」

はっきりと答える藹子に、右京がたたみかける。

「捜さなかったんですか？　朝になってもバトラーが現われないと困るでしょう。寝坊でもしているのではないかと嵩人さんの部屋を訪ねたりぐらいはなさいましたよね？」

藺子の表情がほんの少し硬くなった。

「ええ、しました」

「もちろん嵩人さんはいらっしゃらなかったはずですね？」

「ええ」

「ほかの部屋は捜して回らなかったんですか？　急に姿が見えなくなったのですから、ふつうは捜して歩くと思いますよ。その時点で捜していれば遺体はもっと早く発見できたはずですが、なぜ来客があるまで遺体を発見できなかったのか、いささか不思議な気がしますねえ」

警視庁の刑事から面と向かって疑いを投げかけられても、藺子は平然として見えた。

「閣下が捜さなくていいとおっしゃったので、嵩人の寝室以外は見ていません」

この言い分に薫が飛びつく。

「閣下がそんなこと言ったんですか？」

「はい」

「不審に思いませんでしたか？」

右京が問い詰めると、さすがに藺子も感情的になってきた。

「思いましたけど、閣下がそうおっしゃっている以上、捜すことはできませんので」

そこに宮添弁護士を連れた北条が入ってきた。右京を睨みつけると、挑戦するように訊いた。

「捜査の状況はどうかな？　進んどるかね？」

右京が苦笑する。

「まだ緒に就いたばかりですよ」

北条は疑わしそうに刑事をじろじろ眺め、宮添を前に突き出した。

「弁護士を連れてきたんだ。なにかと心強いからね」

「そりゃまた早手回しで」

薫の受け応えは閣下のお気に召さなかった。

「なんか文句でもあるのか！」いきなり大声で怒鳴りつけたかと思うと、一転猫なで声になって繭子の手を取る。「かわいそうにねえ。大事な従弟を殺されて、さぞやショックだろうね。心中察して余りあるよ」

繭子の顔がさっと曇った。と思うと、次の瞬間、再び閣下が豹変した。

「と言いたいところだが、とっとと白状して楽になったらどうだ！」

唖然とする右京と薫に教え諭すように、北条が人差し指を繭子に突きつける。

「こいつが殺したんだ」

藺子の顔に動揺が走る。

「なにをおっしゃってるんですか！」

「こいつが犯人だよ！」

「閣下！」見かねた宮添が割って入る。「滅多なことはおっしゃらないほうが」

「俺は捜査に協力しとるんだぞ。なにが悪いんだ、馬鹿者め！」

激した北条が弁護士を叱りつけるのを見て、今度は薫が閣下を諫めようとする。

「なんか証拠でもあるんですか？」

「あるぞ！　よく聞けよ。この城には三人しか住んでない。そのうちのひとりが殺された」北条が右手の指を三本立て、その中から一本を曲げた。「残るのは、ふたりしかおらんじゃないか。しかし俺じゃあない」そう言いながら、もう一本折る。「残ってるのはこいつだけだ。これは単純な引き算だぞ、馬鹿者！」

「そんなもの証拠になりませんよ」

薫が呆れて首を振ると、北条の目が輝いた。したり顔になって、右京に迫る。

「じゃあ捜せよ。きみは得意だったよね？　証拠を捜すのが。がんばれよ」

そう言い置いて早足で去っていく北条に宮添が追いすがる。

「どういうおつもりですか、閣下！」

大股で立ち去りながら、北条はまだ藺子を非難し続けている。

「とんだ食わせもんだった。あいつは懸命に上品ぶっとるが、しょせんは山出しの小娘だ。俺を虚仮《こけ》にしおって……」

北条の大声が聞こえなくなると、繭子が訴えかけるような目を刑事に向けた。

「わたしが嵩人を殺すなんて……どうしてわたしが殺すんですか？」

ここで一連のやりとりを聞いていた瀬戸内が繭子の前に出た。

「その前に、ちょいといいかい？　おまえさんと嵩人くんとは男と女の関係だった。そう思って間違いねえな？」

眉をひそめる繭子に薫が申し訳なさそうに釈明する。

「ゆうべ見ちゃったんですよ。表であなたたちを」

「閣下もそのことは感づいてたぜ」

瀬戸内が冷酷に伝えると、美人秘書は大声で言い返した。

「だったら閣下こそ犯人じゃないですか！」

「嵩人さんとそういう関係でありながら、あなたはなぜ閣下と結婚しようとなさったのですか？」

右京があくまで冷静に質問すると、瀬戸内がかまをかける。

「やっぱり金かい？」

繭子は開きなおったようだった。ひとつ深呼吸をし、「そうです」と答えた。

「嵩人さんと一緒に閣下の財産を狙ったわけですか？」

右京の質問を無言で肯定する繭子を前に、北条と薫は顔を見合わせることしかできなかった。

北条は居間でロッキングチェアに揺られながら、目を閉じて大音量でクラシック音楽を聴いていた。そこへ刑事たちから解放された繭子がそっと忍び寄った。突然ステレオのスイッチを切ると、北条が飛び起きた。

繭子が北条の耳元に口を近づけ、甘い声で囁く。

「みんな閣下を疑ってますよ。あんな真似なさるから」

北条は意地悪そうな笑みを浮かべると、

「おまえも驚いた？　攪乱《かくらん》って言ったろ？　攪乱なんだよ」

「知りませんよ」繭子が嫣然《えんぜん》と笑った。「そんなことしてボロ出すことになっても」

「大丈夫だって。しかし、おまえは役者だなあ。恐れ入ったよ」

北条が繭子の手を握り、その甲に唇を押し付ける。繭子は北条の膝の上に腰掛けると、目をのぞき込んで言った。

「閣下ほどじゃありませんよ」

「はははは！」北条が愉快そうに笑う。「そりゃ当たり前だ」

四

郷内嵩人の遺体は大学病院に移され、法医学の教授とその助手によって司法解剖に処されることになった。右京と薫が解剖室に入ると遺体が検《あらた》められているところで、その前には捜査一課の三人組が雁首をそろえていた。

薫がわざと顔を突き出しても、伊丹は無視したままだった。

「あーあ、せっかく耳寄りな情報を持ってきたのにな」

薫が聞こえよがしに言うと、さっそく芹沢が食いついた。

「耳寄りな情報って?」

いつも特命係に丸め込まれる後輩を伊丹が殴りつける。

「釣られんじゃねえよ、この馬鹿!」

芹沢が頭を押さえると、今度は三浦が食いついた。

「耳寄りな情報ってなんだよ?」

「あんたもかよ!」伊丹は裏切り者を見るような目を年長の同僚に向けると、ついに本心を表に出した。「で、なんだよ、耳寄りな情報って」

「あんたもかよ?」

薫が伊丹の口真似をする。

「うるせえよ、早く言え！」

薫は恩着せがましく胸を張ると、耳をそばだてるトリオ・ザ・捜一に告げた。

「犯人は、閣下だ。その疑いが濃厚だ」

「また殺したのかよ？」と三浦。

「マジかよ。マジだとしたら懲りねえ野郎だな」と伊丹。

「凶器は剣です」遺体から抜かれ、近くの台に載せられた凶器を右京が指差す。その指を自分の大胸筋の上部に当て、「遺体は右の胸、ちょうどこのあたりを刺されています。つまり犯人は、前から刺した」

「そういうことになりますね」

薫が同意すると、右京が疑問を提示した。

「剣を持って閣下が迫ってきたら、逃げませんかね？」

伊丹がうなずきながら意見を述べる。

「背中から刺されてるほうが自然ですね」

「おっしゃるとおり」右京が左手の人差し指を立てた。「隠し持てるような凶器ならまだしも、あんな隠しようのない凶器でどうやったら前から刺せるのか。嵩人さんが逃げないで、じっと刺されるのを待っていたとは到底思えません」

三浦が反論を試みる。

「油断させれば前からだって可能でしょ？」

「ええ、もちろんです。しかし油断させるというのも、口で言うほど容易《たやす》くありませんよ？」

「まあ確かに」

「どうしたら油断させられるのか、ずっと考えていますが、まだ答えが見つかりません。いずれにしても、もっと慎重に調べてみる必要があると思いますよ」

司法解剖によって以下のことが明らかになった。郷内嵩人の死亡推定時刻は午後十一時から翌午前四時までの間、死因は右胸部刺突《しとつ》による血気胸だった。刺創は一か所で、それが致命傷になった。凶器の剣は、現場に散らばっていた鎧とセットになって部屋に展示されていたものであった。

「なぜ鎧が散らばっていたのでしょうねえ」

現場の武器展示室に戻った右京が、相棒に疑問を投げかけた。薫が感じたままのことを発言する。

「まるで鎧が殺したみたいですね」

「はい？」

「だからこう……ガシーン、ガシーン、ガシーン」薫はロボットのようなぎこちない動きを熱演しながら、「案外、中世の騎士の呪いだったりして」

薫のこの発想は右京を感心させたようだった。

「なるほど、あり得ますね。きみの馬鹿げた発想は時としてぼくの脳みそを刺激してくれるので、大いに助かります」

「お褒めにあずかり光栄です。ていうか、褒めてます？」

「犯人は鎧をつけていた可能性がありますねえ」

真面目な顔に戻って右京が言うと、すぐに薫が異を唱えた。

「おことばですけどもね、鎧なんかつけてたら余計逃げるでしょう？　だって怖いじゃないですか、鎧が襲ってきたら。油断させて前から刺すなんてできませんよ」

「相変わらず早とちりですね。きみの悪い癖」

右京が相棒をたしなめた。薫は褒められたりけなされたりで、すっかり翻弄されていた。

「すいません。でも、つけてたんでしょ？」

「ええ。しかしぼくは鎧をつけていたと言っただけです。襲いかかるなんて言ってませんん」

「え？」

「犯人は鎧をつけて、ここにじっと立っていたんですよ」

疑問を感じたらすぐに試してみる。それが右京のやり方だった。さっそく右京と薫は奥多摩署の鑑識係から証拠品として押収されていた鎧を借り出した。

「結構重いっすね、これ」

鎧をバッグに詰めて両肩に担いだ薫が正直な感想を述べた。

「二十五キロほどあるそうですよ」

右京が平然と答えたとき、廊下の前方から小野田がやってきた。渋い顔で右京に言う。

「弱りましたよねえ」

「はい？」

「瀬戸内さんから聞いたんだけど、閣下が犯人だって？　いま捜査会議をのぞいてきたけど、保釈中に人殺しされたんじゃ目も当てられないよね。ぼくの面目も丸潰れだよ。ん？」小野田が薫の大きな荷物に気づいた。「これなに？」

「鎧です。証拠品の」

「ああ。で、どうするの？」

小野田は特命係のふたりの刑事をアイアンハート城に連れ戻した。そのうえで北条晴臣と引き合わせた。大広間には繭子も呼んでいた。

「なんだか知らんが、話があるなら早くしてくれ」

北条は焦れていた。他人に呼び出されたりして生活のリズムを乱されるのが嫌いなのだ。

「実は現場を調べていまして、ちょっと思いつきました」右京が丁寧に語る。「嵩人さん殺害の手口です。ひとつ、ご披露しようと思いまして」

「そりゃ結構だね。ぜひ聞かせてもらおうじゃないか」

元外務官僚が興味を持ったようだった。

「では」右京が説明を開始する。「犯人は昨夜、嵩人さんを武器展示室へ呼び出しました。しかし犯人は、約束の時間になっても現われなかった。そのはずです。なぜなら、嵩人さんよりずっと前に来て息を潜めていたのですから」

「犯人は鎧をつけてじっと立っていたそうですよ」

小野田が説明すると、北条は腹を抱えた。

「はっは！　そりゃ愉快だねえ」

北条の笑い声が収まると、右京が続ける。

「そして、その犯人は……」

右京は右手を上げ、背後にいた繭子に向けた。

「なんでわたしなんですか！　わたしじゃなくて閣下でしょう?」

繭子が抗議口調で反論したが、右京は聞き入れなかった。

「この場合、閣下では不可能なんですよ」

上司のことばを受け、薫が鎧を北条の前に差し出した。なんとかつけさせようとするが、北条の肥満して緩みきった体が鎧に収まらないのは明らかだった。

「ご覧のとおり、閣下の体形では鎧をつけられません」右京が細かく解説する。「よしんばつけられたとしても、じっと息を潜めているのが関の山。閣下には、嵩人さんを油断させて刺すなんて真似はできません。鎧が突然動き出したら、嵩人さんは驚いて逃げるでしょうし、閣下が顔を見せても安心するとは思えません。しかし、あなたならば可能です。鎧をつけることはもちろん、嵩人さんを油断させて剣を突き刺すことも。戯れに乗じて殺害すれば」

繭子が押し黙るのを見て、北条が拍手喝采した。

「ブラボー、ブラボー！　きみは素晴らしいねえ！」ひとしきり右京を持ち上げると、繭子に顔を向ける。「言ったろ？　この男はただもんじゃないってな。潔く観念したらどうだ？　嵩人が邪魔だったんだろう！」

「どう邪魔だったの？」

小野田が繭子に問いかけたが、答えは返ってこなかった。薫が申し出る。

「いずれにしても詳しくお話をおうかがいしたいので、できれば署までご一緒願えませんかね？」

「わかりました」

蘭子が任意同行に応じると、北条の顔が輝く。

「認めた！　な？　認めたじゃねえか。逮捕しろ、逮捕しろ！」

「いずれ間違いだってわかります。だから行くんです。それに、ここにいるよりはましですから」

北条を無視し、蘭子はきっぱりと言った。

その頃、警視庁では伊丹、三浦、芹沢の三人が刑事部長の内村完爾に事件の報告をしていた。

「閣下が犯人か？」

内村が眉間に皺を寄せた。伊丹がしゃちこばって言う。

「動機はあります。しかし、相手が相手ですから」

「どんな手を使ってくるかわからんから慎重に追いつめろ。へまをして恥をかくのはわれわれだからな。いいな？」

「はい」

三人がうなずいたところに、参事官の中園照生が血相を変えて駆け込んできた。

「部長！　たったいま杉下と亀山が被疑者を連行してきたそうです」

「閣下を取っ捕まえてきたんですか？」

芹沢が確認すると、中園が言い返す。

「閣下じゃない。閣下の秘書だ！」

「秘書？　どういうことだ？」

内村にすごい剣幕で訊き返され、三浦がたじたじとなった。

「いや……わかりません」

「閣下が犯人じゃなかったのか！」

捜査一課の三人は取調室に直行した。ノックもせずに部屋に入ると、繭子に事情聴取を行なっていた薫の胸倉をいきなり伊丹がつかむ。

「てめえ！　騙しやがったな、このやろう！」

「あ？」

呆然とする薫に三浦が恨みをぶちまける。

「なにが耳寄りな情報だよ！」

「そりゃ、ころっと騙された俺たちもバカでしたけどね」と芹沢。「だとしても、やり方が汚いっすよ」

「いや別に騙してなんか……離せよっ」

薫が胸倉の拳を振りほどくと、伊丹が顔を突き出した。

「出てけよ。あとは俺たちが引き継ぐからよ」

「ふざけたこと言ってんじゃねえよ、バカ！」

「ふざけてんのはてめえの顔だろ？　このバーカ！」

小学生の罵り合いのようなやりとりを続けるふたりを放置して、三浦が繭子にずばり訊いた。

「おたくが殺したの？」

「このおふたりはそう思ってらっしゃるようですけど」

繭子は右京と薫に交互に視線を浴びせながら、しれっと答えた。

結局、取調室を捜査一課の刑事たちに明け渡した特命係のふたりは、その夜も行きつけの〈花の里〉に顔を出した。美和子も合流し、事件のようすを質問した。

「繭子さんと嵩人さん、キスしてたんだよね？」

元恋人の好奇心に、目撃者が簡潔に答える。

「ああ、してた」

「じゃ、その何時間かあとに殺しちゃったってこと？」

「女は怖いな」

薫は煮物を飲み込むと、ひとりでうなずいた。カウンターの中から右京の元妻である宮部たまきが推論を述べた。

「邪魔になって殺したってことは他にも恋人がいたとか?」

美人秘書のあの冷静な仮面の下にはどんな顔が隠れているのだろう。薫には想像がつかなかった。

「なるほどね。嵩人さん以外にも別の男がいたりしてな」

「ひょっとして嵩人さんは騙されてたんじゃないの? 一緒に閣下の財産を狙ってたつもりが、実は彼女には別の男がいた」

美和子が慎重に述べた推理を、右京が評価した。

「あり得ますね。閣下は瀬戸内さんに『繭子には男がいる』と言って怒っていたそうです。しかし『男がいる』と言っただけで、それが嵩人さんだとは言っていません。われわれが勝手にそう解釈しただけで」

「〝男〟ってのは別の人物を指してたってことですか?」

薫は半信半疑だったが、右京のメタルフレームの眼鏡の奥の瞳は輝いていた。

「その可能性も十分にあると思いませんか?」

〈花の里〉を出た美和子は家路に向かう途中で、薫に確認した。

「聞いたんだって? わたしと鹿手袋さんのこと。たまきさんが『言っちゃった』って言ってた」

自分から言い出さねばならないことなのに、先手を取られて薫は焦った。しかしすぐに気持ちを整え、軽く咳払いをしてから、いままで言いそびれていたせりふを口にした。

「戻って来いよ」

「ありがと。でも、向こうがだめになったからじゃあこっち、ってわけにはいかないよ」

ためらう美和子を薫は優しく抱きしめた。そして耳元で囁く。

「いつでもいい。気持ちの整理がついたらでいいから。俺はいつでもウェルカムだ」

自分の気持ちを吐き出すことができてすっきりした薫は、美和子をその場に残したまま踵を返した。

五

「なにがおかしいんだ？」

取り調べ中の郷内繭子がふいに笑みを漏らしたので、不審に感じた三浦が訊いた。

「だって」繭子が笑顔のまま答える。「犯人は閣下なのよ。わたしを調べたって時間の無駄よ」

同席していた伊丹がため息をつくと、ノックの音がして芹沢が入ってきた。

「弁護士さんが見えてるんですが」

「弁護士？　待たせとけ。事情聴取の最中だ」

不機嫌そうな表情のまま伊丹が言った直後、芹沢の背中から宮添卓也が顔をのぞかせた。

「待てませんね。接見交通権を優先させてもらいます」

伊丹が色めき立ちそうになるのを、三浦は「休憩でもしようや」となだめ、邪魔者をここまで案内してきた後輩の頭を殴る。

三人が退室したのを確認し、繭子が弁護士にしなだれかかった。

「来てくれたのね」

宮添は繭子の体をつき放すと、苛立ちの声を上げた。

「いったいなにがどうなってるんだ！　どうしてこんなことになるんだよ？」

「平気よ」繭子の口ぶりには余裕が感じられた。「すぐ帰れるから心配しないで」

宮添はスーツの内ポケットから封書を取り出し、繭子に渡す。

「閣下から預かってきた。きみに渡してくれって」

「そう」

封書から便箋を引っ張り出して読み始めた繭子の顔が般若のように歪んだかと思うと、いきなり大声で怒鳴る。

「ちくしょうっ！　騙しやがった、あいつ！　ふざけやがって！　あの狒々爺《ひひじじい》、ここに連れて来いっ！」

「どうした？　落ち着けよ！」

「いいから連れて来いよ、あの爺を！　連れて来ーいっ！」

突然の叫び声は、当然ながら室外にも漏れた。騒ぎを耳にした捜査一課の三人がすぐに駆けつける。ちょうど繭子のようすをうかがいに来ていた特命係のふたりも同行した。

「何事だ？」

繭子の肩を押さえた宮添は、一番乗りした三浦に向かって「なんでもない、なんでもない」と弁明したが、右京はもちろん信じていなかった。

「なんでもないようには見えませんね」

ふだんのおとなしい印象の仮面をかなぐり捨てた繭子が刑事たちに罵声を浴びせた。

「おい間抜け、よく聞け。わたしはやってないぞ！　そこの間抜けもだ！　わたしは犯人なんかじゃない！　馬鹿たれ！」

「馬鹿たれ？」

上品そうに見える繭子の口から飛び出したとは思えない暴言に薫はたじたじとなったが、右京はペースを崩さない。

「ぼくの聞き間違いでなければ、いま『騙しやがった、あいつ』と聞こえましたが」

その指摘でわれに返った宮添が、繭子の手からくしゃくしゃになった手紙を奪い、さっと目を通した。そして、繭子を問い詰める。

「この『約束』ってなんだ？」

そのことばに右京の好奇心が頭をもたげた。

「ちょっと拝見」

宮添から手紙を受け取り、目を通す。薫たちものぞき込んだ。

――用件だけを手短に。小生、昨今ボケ症状が進み、おまえとなにやら約束したような気がするが、その内容をとんと思い出せぬ。いずれにしろ大した約束ではなかろうから、おまえが服役を終えたのち、小生がまだ生き長らえておれば、どんな約束だったか聞かせてほしい。北条晴臣拝　親愛なる繭子様
手紙を読み終えた刑事たちが目で説明を求めると、興奮冷めやらぬ繭子が打ち明けた。

「わたしが捕まったあと、閣下が真犯人だと名乗り出る約束だったの」

「はっ？」

「閣下がね、どうしてもあなたたちに恥をかかせたいって言うから、ちょっと協力してあげただけ」

繭子がその約束を暴露した。

………「あのふたりに、どうしてもひと泡吹かせてやらないと気が済まないんだ」

ある夜、寝室でふたりきりになると、北条は自分を殺人犯にした輩を陥れる計画を打ち明けたのだという。

「特に杉下右京……小賢しい推理を振り回しおって、俺をこんな目に遭わせた張本人だからな。あいつの推理がいかにいい加減なものかということを、社会のみなさんに知らしめてやりたい。笑い者にしてやりたい」北条は憎々しげにこう吐き捨て、繭子に協力を求めた。「そのためには、どうしてもおまえの協力がいる。おまえ、わしと結婚したいんだろ？」

「閣下が本当にしてくださるなら」

繭子が憧れを込めて言うと、北条は交換条件を持ち出した。

「するって言ったろ？　俺の全財産をおまえにやる。ならば嵩人はもういらないだろ？疑うわけじゃないが、おまえたちが俺の財産を狙っているんじゃないかと不安もある」

「ひどい！　そんなことあるわけないじゃないですか！」

反論する繭子に対し、北条が逆上気味に言った。

「だったら始末してもいいだろう！　それともなにか？　あのノロマを飼っとく理由がほかにもあるのかね？　俺はおまえの本心を確かめるためにそうしたいんだ。もちろん、おまえが自分で手を汚す必要はない。協力してくれりゃあいい。協力してくれれば、俺はおまえの愛情を信じることができるんだ。協力してくれるな？」

ややためらったものの、繭子は決断した。

「すべて閣下にお任せします」

そのことばを聞いた北条は繭子の腕を取ると、待ちかねたように老いた唇を這わせながら言ったという。

「安心しろ。なにがあってもおまえは無事だからね」………

繭子の暴露話を聞き、ようやくからくりに気づいた薫が確認する。

「俺たちをミスリードしたってことか？」

「そう。あなたたちが得意そうに無実の人間を捕まえる。そのあとで真犯人が名乗り出る。あなたたちの面目は丸潰れってこと。笑ってたわ、閣下」

繭子が右京に挑戦するような目を向けた。

「『杉下右京ってのは天邪鬼だから、なんでも物事を裏から見たがる。裏にもまたその裏があって、裏の裏ってのは表なんだから素直に表を見てればいいものを、ああいうタイプの陥りやすい落とし穴だな』って」

「なるほど。ぼくはまんまと踊らされていたわけですか」

繭子がその場の男どもに質問した。

「わたし、なんか罪になる?」

「もし、その話が本当なら」目の前の性悪女をなんとかして捕まえたい伊丹が睨みつける。「あんたは郷内嵩人殺害に同意したわけだな?」

しかし、性悪女のほうが一枚上手だった。

「冗談だと思ったの。まさか本当に殺すなんて思わなかった」

「よく言うよ」三浦がなじる。「こうやって身代わりになって閣下に協力してるじゃないか」

右京が態勢を整えなおした。

「しかし、ぼくもずいぶん舐められたものですねえ。本当に、ぼくがあなたを犯人だと思ってると思いますか?」

「はあ?　だって自分で推理したじゃない」

「あくまでも可能性のひとつを申し上げたまでです」右京は平然としている。「いまさらこんなことを申し上げると負け惜しみのようですが、本当ですよ。ですから、ちゃんと申し上げたじゃありませんか。殺害の手口をひとつご披露すると。わざわざひとつと申し上げている以上、ほかにもあると思いませんか?」

繭子がはっとして口をつぐむと、薫が勢い込む。

「あるんですか?」

「あくまでも可能性の話ですからねえ。当然ありますよ」

「だったら、どうしてあのとき……」

右京はいけしゃあしゃあとしていた。

「ふたつめを申し上げる前に、あっさり彼女が任意同行に応じたからです」そして繭子のほうを向きなおり、「もっともらしい理由をつけていましたが、あなたはあのときもっと抵抗できたはずです。なにしろ証拠のある話じゃありませんからねえ。しかし、あなたは素直に連行された。閣下はもちろんですが、あなたもそれを望んでいたかのように。ひどく違和感を覚えましたが、どうにも真意がつかめない。そこでとりあえず成り行きに任せてみることにしたわけですよ。おそらくなにか動きがあるだろうと思いましてね」

付き合いの長い薫にも、この上司の考えばかりは読めなかった。心底呆れたが、いまはそれよりも訊きたいことがある。

「で、ふたつめの可能性ってのは？」

「そちらは閣下が犯人ですよ」反論を予測して、右京は先に説明した。「ただし、その場合、鎧をつけていたのは犯人ではなく嵩人さんのほうですが」

「嵩人さんが？」

「ええ」右京はうなずき、推理を述べた。「あのタイプの鎧は槍を脇に抱えるための隙間ができます。本来は下に鎖帷子《くさりかたびら》を着用しますから、その隙間も急所にはなりませんが、嵩人さんはそんなものは着ていません。遺体の刺し傷の位置は鎧の隙間と一致するんじゃありませんかねえ。むろん一致したとしても偶然かもしれませんが」

薫はまだ納得できていなかった。

「だけど、その手口なら彼女にだって殺害は可能でしょ？　閣下の犯行とは言い切れない」

「閣下の大事なコレクションの鎧を、彼女が嵩人さんにつけさせるのは容易じゃないと思いますよ。しかし閣下ならば命令すればいい。嫌でも嵩人さんはつけますよ」右京が繭子に向きなおる。「いかがでしょうね？　これ見よがしに現場に転がっていた鎧は『これをヒントに謎を解け』という暗示だと思いましたので、ふたつほど推理してみたのですが」

微笑み交じりの特命係の警部の顔が、繭子には憎らしくてたまらなかった。

「閣下がどうやって殺したかなんて知らないわよ。閣下が勝手にやったことなんだもの」

「ええ。そういう約束だったようですね。しかし手紙の文面から察するに、閣下は約束を反故《ほご》になさったようですよ」

右京が指摘すると、再び繭子の顔が歪む。

「あのくそ爺！　早く捕まえてよ、あいつが犯人なんだから」

「ご心配なく。あなたに言われなくても、そうするつもりですよ。ああ！　それからもうひとつ」右京はまるでいま思い出したように続けた。「閣下は、あなたに嵩人さん以外の男性がいることをご存じのようですよ。ひどくご立腹だったそうです。だから約束を反故になさったんじゃありませんかねえ。ちなみに、あなたでしょうかね、繭子さんのお相手は？」

右京が目で示したのは宮添弁護士だった。刑事たちの注目を受け、宮添がそわそわしだした。

「え？　この人？」

薫が信じられない思いで弁護士を眺めた。

「ええ。きみは早手回しと揶揄しましたがね」右京が再び繭子のほうを向く。「あなたは手はずどおりにお芝居をなさっていたのでしょうが、あのとき閣下のほうはお芝居ではなく本気であなたを捕まえさせるつもりだったんですよ。宮添弁護士の存在を知って、閣下は怒り心頭に発したのでしょうね」

「あんたが彼女と結託して閣下の財産を狙ってたのか？」

上司の推理を理解した薫が宮添に質問した。

「財産？　冗談じゃない！　私だって彼女がいきなり閣下と結婚するって聞いて面喰ら

ったんですよ。ぼくと付き合ってたくせして閣下と……しかも嵩人くんともそういう関係だったなんて！」

「あんたが付き合いたいって言うから付き合ったんじゃない」

開き直った繭子が性悪女ぶりを見せつけると、宮添は絶句してしまった。ここで改めて右京が繭子に問い質す。

「ところで、嵩人さんが邪魔だったんですか？」

「ええ、邪魔よ」

繭子の目が冷酷な光を帯びる。薫はこの女の本性を垣間見た気がした。

「鬱陶しくてたまんなかったわ。捨てられた子犬みたいな目してわたしにまとわりついて、もううんざりだった。そりゃ好きだったときもあるわよ、彼が大好きだったときも。あの純朴さがたまらなく魅力だった時期もね。ふたりとも初めての相手だったし」

「しかし想いは冷めてしまったわけですね」

「冷めてみたらただのウスノロよ。始末に負えないのは『繭ちゃん、繭ちゃん』ってわたしを頼って追いかけてくること。もう限界だった」

薫の頭に血が上る。説得せずにはいられない。

「だったらちゃんと言ってやりゃよかったろ？　おまえは邪魔なんだって、もう冷めたって、はっきり言ってやりゃよかっただろう」

「言えるもんなら言ってたわよ。でも、あの頼りない目で見つめられると言えなかった、どうしても」繭子が冷たい視線を薫に向ける。「ラブシーンに見えた？　でも、あれはラブシーンなんかじゃない。彼を黙らせるために、ああするしかなかったの」

繭子がなにを言っているのか思い当たり、薫は心底からこの女が空恐ろしくなった。

「要するに、あんたは邪魔者を始末したかった。けど自分じゃできないから閣下の馬鹿げた提案に飛びついて殺害に同意した。そういうことだろう？」

伊丹が再び攻め込むが、繭子に逸らされる。

「冗談だと思ったからね」

右京はうなだれる弁護士に近づき、質問した。

「確認ですが、犯行のあった夜、つまり城をお暇したあと、あなたは繭子さんと連絡を取り合いませんでしたか？　恋人がいきなり別の男性と結婚を発表したのですから、当然その真意を確かめなければ眠ることもできないと思いますが」

宮添が顔を上げて言い募る。

「取りましたよ！　何度も彼女の携帯を鳴らして。明け方近くになってやっと出てくれたんで話しました」

「彼女はなんと？」

「冗談だからって。みんなをびっくりさせるために閣下といたずらしただけだって」

「そのことばを信じたわけですか?」

「信じるも信じないも、その直後にこんな事件が起きて、あとはもうなにがなんだか……

ひどい女だな、きみは!」

薫はこの弁護士が哀れな道化に見えた。嵩人のように殺されなかっただけ、まだましなのだろうか。右京の推理が続く。

「おそらく閣下はその電話を聞いてしまったのでしょう。いずれにしても嵩人さん殺害のあとに、閣下は宮添弁護士の存在を知ったんですよ」

「美和子が遺体の第一発見者になったのも仕組まれてたってことですかね?」

薫が訊くと、右京はわずかに顎を引いた。

「きみの友人だと聞いて利用することを思いついたのでしょうね。われわれを事件に巻き込むための仕掛けです」

六

嵩人の遺体に鎧を当ててみると、右京の推理どおり、傷の位置は鎧の隙間に一致していた。しかしながら、北条晴臣が郷内嵩人を殺したという物証はない。薫はそれが気になっていたが、上司は自信満々だった。小野田公顕に頼んで、一計を案ずることにしたのである。

「でも、閣下が最初から彼女に罪をなすりつけるつもりだったとしたら、おまえの言う決定的な証拠は存在しないよね？」

官房室長室で作戦を聞いた小野田は薫と同じ意見だった。

「閣下は途中で翻意したはずです。嵩人さん殺害後に宮添弁護士の存在を知って、当初の計画を取りやめた。だとすれば必ずありますよ」

右京はあくまで強気だった。小野田が折れる。

「だったらぐずぐず議論してる暇はありませんね。お願いします、お茶の子さいさいでしょ？」

小野田に呼び出されていた衆議院議員の瀬戸内米蔵が突然話を振られてうろたえた。

「えっ……ひょっとして、またかい？」

「ええ」

「私の立場を利用して裏から手回すのは、今後は極力自重してくれと、小野田くん、この間きみに意見したばかりじゃないか！」

「ええ。そのおことば、肝に銘じたつもりだったんですがね」

アイアンハート城まで殺人容疑を直接ぶつけにやってきた小野田、右京、薫の前で、北条がさもおかしそうに笑った。

「いやぁ面白いね、愉快だね、傑作だね。あの女の言うことを信じとるのか、おまえら？」

「馬鹿げた話ですから、私はあり得ないんじゃないかって言ったんですけど」小野田が譲歩する。「なにしろ閣下は今度事を起こせば、保釈は即刻取り消し、保釈金も没収ですからね」

「そう！　そのとおり。まあ、ちなみに言うと五億ぐらい没収されたって痛くも痒くもないんですがね。はっはっはっは」

北条の場をわきまえない発言に、無理やり一緒に連れて来られた瀬戸内が顔をしかめる。

「北条さん、私はちょいとばかし小野田くんと意見が異なりましてね。人間ってのは屈辱に耐え切れなくなると、たとえ我が身を滅ぼそうとも一矢を報いたいと願うようになるもんだと思ってるんですがねえ」

右京が慇懃な物腰で、北条に語りかける。

「あなたが真犯人だと名乗り出るおつもりだったならば、必ず証拠の品をお持ちのはずです。自分が犯人でないことを証明するのは容易ではありませんが、逆もまた同様。自分が犯人だと証明するのも容易じゃありません。いくら真犯人だと名乗り出たところで証拠がなければ犯人にはなれませんからね。つまり、あなたは真犯人である証拠を必ず用意していたはずなんですよ。ご自分の手で、決定的な証拠を」

上司が言い聞かせる間に、薫が携帯電話で連絡した。この合図で、捜査一課の捜査員が一斉に入城してきた。

大量の刑事たちの姿を目にして、北条が激怒した。

「なんだ、なんだ貴様ら！　なにをするつもりだ！」

伊丹が得意げに書面を掲げて見せた。

「家宅捜索令状です」

「本物ですよ。ちゃんと裁判所が発行したものです」

芹沢が言わずもがなの説明をすると、三浦がきっぱりと宣言した。

「これから城の中を捜索しますので、よろしくどうぞ」

説明を求めようと振り向いた北条を、小野田が冷たくあしらう。

「閣下もご承知のとおり、われわれは多少裁判所に顔が利くものですから」

「ふざけたことをするな！　貴様ら、俺の城の中で勝手な真似はさせんぞ！」

大声で怒鳴ると、北条は草履を脱いで足袋だけになり、慌てふためいて一目散に奥の部屋に走り去る。

「あれ？　閣下、どうしました？」

薫が追うあとから捜査員たちがついていく。真っ先に追いついた伊丹が、薫を押しのけて北条の逃げ込んだ部屋に入った。北条は録画済みのビデオカセットを物色していたが、なにやら目当ての一本を見つけると磁気テープをずるずると引きずり出して、なんと口に投げ入れて嚙みはじめたのである。

「あ、食った！」

「こら、なにやってんだ、おまえ！　口を開けろ、口を！」

芹沢と伊丹が両側から被疑者に駆け寄りテープを回収しようとするが、北条は貝のように口を固く閉じてしまった。

「往生際が悪いですよ。ほら閣下、出して出して」

説得を試みる薫の前に、「ちょっと失礼」と立った右京は、おもむろに北条の鼻をつまんだ。次第に顔に赤みが差し、息ができず苦しくなった北条は、ついに口を開いた。

三浦がすかさずテープを回収する。

「だめだ、こりゃ。おい鑑識だ！　大至急、修復させろ」

しわだらけになったテープを芹沢に渡す。

テープを持って出て行く芹沢を見やりながら、この期に及んでも北条は負け惜しみたっぷりに立ち上がった。

「言っとくがな、きっちりした証拠が示されないかぎり、俺は警察には絶対出頭せんからな。覚えとけ！　あー、糞してえ。どけ邪魔だ！　糞してくる！」

引き止めようとする伊丹の手を、「うっせえ、触んな」と北条が邪険に振りほどいた。

それを見ていた右京がひらめいた。

「閣下、お体を検めさせていただきます」

「なに？」

「亀山くん」

「はい。失礼しますねぇ。はい、ちょっと……あれ？」

ボディーチェックをしていた薫の手がなにか硬いものに触った。北条の着物の合わせ目に手を差し入れ、それを引っ張り出す。先ほどとは別の磁気テープが出てきた。

「これはなんでしょう？」

薫が訊くと、北条の顔から余裕が消えた。右京が説明する。

「ご指摘のとおり天邪鬼なものですからね。物事を裏から見ようとする、ぼくの悪い癖」

部屋のビデオ・デッキで再生してみると、そのテープにはおぞましい映像が録画されていた。北条が、鎧を身につけて身動きが取れない嵩人をなぶり殺しにするシーンが収まっていたのだ。鎧の隙間から剣を刺してバトラーを殺害した城主は、最後にはビデオカメラに向かってピースサインを向けていた。

テープの再生が終わると、三浦が首を振った。

「決定的だな」

「北条晴臣、あんたを殺人容疑で緊急逮捕する」

伊丹が殺人犯の襟首をつかみ、引き立てていった。

パトカーに乗せられ連行される元外務省高官を眺めながら、小野田がつぶやく。

「とうとう閣下も終わりですか」

「しかし土壇場で彼女の裏切りに気づかなきゃ、囚われの身になるつもりだったんだからなあ」

瀬戸内がある種の感慨をことばにこめると、薫が同調した。

「ええ。真犯人だと名乗り出るためにわざわざ証拠まで用意してましたからね」

「いったいどういう心境の変化だったのでしょうねえ」

右京の質問に瀬戸内が答える。

「さっきの解釈じゃ足りねえかな？」

「屈辱に耐え切れなくなったのでしょうかね？」

「生臭坊主としちゃ、もう少し御託を並べていいかな？　屈辱に耐え切れなくなった、そのときに菩薩が現われたんだ」

「菩薩？」

「さしずめ観音菩薩さ」

「繭子さんですか？」

右京が不得要領な表情になったのを見て、瀬戸内が正す。

「いや、閣下にだよ。で、繭子が嵩人くんを持て余してるのを感じてなんとかしてやりたくなったんだな」

「己が身を破滅させてまで彼女を守りますか？」

小野田も承服できないようすだったが、瀬戸内は自分の解釈に納得していた。

「だから破滅じゃねえんだよ。菩薩が慈悲をおかけになったんだ。北条晴臣にとっては、これが始まりなのかもしれねえな」そう言って、三人に訊いた。「ロマンチックすぎるかい？」

七

東京拘置所の接見室には郷内繭子が面会に訪れていた。その顔をひと目見ただけで、北条の心にはひと筋の光が差したようだった。

「来てくれたね。きみは無罪放免だったろ？」

仕切りの透明板越しに婚約者に語りかける。

「ええ」

「だから言ったろ、きみはなにがあっても無事だって」

「途中ひやっとしたけど」

藺子が責めるような口調で返すと、北条の声がわずかに大きくなった。

「そりゃきみが……いや、怒った俺が悪いんだ。うん。つい頭にカーッと血が上って……短気は損気だ。おかげで奴らにひと泡吹かせ損なった」

「そうね」

「でも、もういい。そんなことはもうどうでもいい」

すっかり悟りきったような表情を浮かべた北条には、かつての欲得にとらわれた俗物の面影はなかった。

藺子が微笑みながら言う。

「閣下には本当に感謝してます。閣下のおかげで、わたしは幸せよ」

「ならいい。おまえさえ幸せだったら、それでいい」

本心からそう言い切る北条の頭に、藺子から殺人を持ちかけられた夜の記憶がふいに蘇ってきた。

……………「嵩人を殺せ？」

あまりに非常識な提案に問い返すと、藺子は笑いながら言った。

「だって閣下、人殺しなんでしょ？　だから、お願い！」

「しかし、今度やったら俺は保釈取り消し、拘置所行きになるんだ。裁判でも間違いなく死刑判決が出るだろう」

そう反論したときの繭子の大胆な返事。いま思い出しても鳥肌が立つ。

「新しく罪を犯せば裁判も延びるでしょ？　大丈夫よ。判決が出る前に、閣下は天国だわ」

すごいことを平気で言う女だと思った。だからこそ、自分にふさわしいと。

「しかしね、俺がここにいられなくなったら、おまえに会えなくなるじゃないか」

「じゃあ頼まない。わたし、明日ここを出て行きますから。閣下がここにいたって、わたしには二度と会えないわ」

そう言ってすねる繭子のコケティッシュな表情を見た瞬間、自分はもうこの女を離せないと感じたのだ。

「待って、ちょっと待ってくれよ！」

「じゃあ、やってくれます？　鬱陶しいのよ、あいつ。でもね、嵩人とわたし、お互いに一億の保険をかけ合ってるの。万が一のときのために」

「一億ぽっちどうってことないじゃないか。俺の財産を全部やると言ってるんだぞ？」

「それももらうけど、嵩人の保険もほしいもの」

「欲張りだねえ、おまえは。かわいいなぁ」

「一生のお願い。ね、こんなこと閣下にしか頼めないでしょ？　わたしを愛しているならやって」

「ならばぼくのほうにもちょっと協力してくれるかい？」

「協力って？」…………

　気がつくと繭子が透明板の前に一枚の書面を掲げていた。署名捺印された婚姻届だった。

「帰りに出そうと思って」

「出してくれるんだ。また会いに来てくれるよね？」

「来るわ。約束だもの。閣下に命あるかぎり、ずっと来ます。それが妻の務めでしょ？」

　そう言って帰る繭子の後ろ姿を見ながら、北条は自分が完全に魂を抜かれたことを自覚した。

　その夜もいつものメンバーが〈花の里〉に顔をそろえていた。薫が昼間の出来事を美和子に報告する。

「閣下に面会に行ったけど、本人に拒絶された」

「薫ちゃんたちもか」

「おまえも行ったのか?」

薫は少々意外な気がして、訊き返す。

「行ったよ。回顧録の件だって結局うやむやになっちゃってるしさ」

「そんなもん、端っから出す気ねえよ」

薫が笑うと、美和子も舌を出した。

「やっぱりそうか。そうだよね」

薫はこのとき右京がなにやら放心状態であることに気づいた。

「どうしたんですか? 考え込んじゃって」

「彼女はどうしてあんな晴れやかな笑顔でいられるのでしょうねぇ」

右京が言っているのは繭子のことだとわかった。東京拘置所で北条との面会を申し入れているとき、その横を面会帰りの繭子が通り過ぎたのだ。確かに繭子は笑顔だった。内面から湧き出す笑みを抑えようとしても、どうしても微笑がこぼれてしまう。そんな会心の笑顔だった。

「どうやら閣下はなにもしゃべらないみたいだし、彼女を問いつめたところで本当のことを言うとは思えませんしね」

「永遠の謎、ですか」

右京は思索を断念し、杯を口に運んだ。

〈花の里〉からの帰り際、唐突に美和子が言った。

「朝ごはん、ちゃんと食べてる？」

「まあ適当にな」

そう答えた薫は美和子の次のことばに驚いた。

「作ってあげようか？」

「そりゃあ作ってもらえるとうれしいけど……」

「それじゃあ明日の朝、行くね」

「え？　いまから来りゃいいじゃん」

美和子がきっぱりと首を振る。

「ううん。明日の朝、行く。お礼のつもりだから」

「お礼？」

「ずーっとずーっと変わることなく優しくいてくれる薫ちゃんに、お礼。ただそれだけ。じゃあね」

美和子の後ろ姿を目で追う薫の胸の中で、なにか温かいものがじんわり広がっていった。

第二話
「殺人講義」

一

特命係の亀山薫にとって、捜査一課の同期生、伊丹憲一は宿命のライバルと呼んでもいい存在だった。そのライバルが警視庁の玄関先で中年女性につかまり、難渋している。これを見逃すテはなかった。

「こらぁ、捜査一課の伊丹。警察は市民の味方だろうが」

薫が皮肉をこめて言うと、中年女性がこちらを振り返り、「そうだよねぇ」と同意した。

伊丹の眉間のしわが消え、晴れやかな顔になる。そして、なれなれしく薫の肩を叩いた。

「亀山くん、きみの言うとおりだ。俺は警察官として恥ずかしい」

「なんだ?」

罠にはまったと悟った薫は警戒したが、もう遅かった。

「管理人さん」伊丹が女性に呼びかけた。「この警視庁の良心、特命係の亀山刑事なら必ず相談に乗ってくれるでしょう。なあ、亀山くん?」

かくなるうえは覚悟を決めるしかない。

「相談には、私、亀山が乗りますよ」

薫が胸を張ると、管理人の女性はにっこりと笑った。

女性は名前を遠山ちずといった。なんでも彼女が管理人をしているマンションで、娘のようにかわいがっていた女性入居者の島田加奈子が死亡したらしい。死因は猛毒のテトロドトキシンによる服毒死。ベッド脇のテーブルには〝毒薬〟とラベルのついた瓶とともに遺書が残っていたため警察は自殺と見なしたが、ちずはそれを認めず、殺人を疑っているのだった。

薫はその遺書を鑑識課から取り寄せてみた。メモ用紙のような紙切れに「ごめんなさい。許して　加奈子」という文字がボールペンで走り書きされている。

「うーん、確かに素っ気ない遺書ではありますけど、筆跡鑑定でもちゃんと本人が書いたものだって判明してるみたいですしねえ、どう考えてもこれは……」

薫の発言はちずに遮られてしまった。

「そんなわけないの！　あの日の夜だってね、帰ってきたとき、笑顔で話しかけてくれたんだから。加奈子さんのあんなに幸せそうな顔見たのは初めてだったね。自殺なんかするはずないよ。あの子、殺されたんだよ」

「誰に？」

「だからそれを調べろって言ってんじゃないか！　さあ、おいでなさい」

ちずは勢いよく立ち上がり、自分のハンドバッグを抱えた。

「どこへ？」

「現場百遍って言うだろ？」

ちずのことばは少なくとも間違ってはいなかった。

ちずが案内したのは、〈イーストサイドマンション〉という低層の快適そうなマンションだった。敷地の前で幼稚園児くらいの男の子がサッカーボールで遊んでいた。ちずを見て、元気よく「おかえり！」と挨拶する。

「実、道路で遊んじゃだめだよ！」

ちずが注意する。男の子はちずの孫の実だった。

「サッカーか。よし、蹴ってみろ」

薫が実の相手をしようとすると、すぐにちずからたしなめられた。

「あんたは仕事、さあ！」

島田加奈子の部屋は調度品や装飾品の少ないさっぱりした居住空間だった。窓を開け閉めしたりして薫はざっと見て回ったが、特に不審なものを見つけることができなかった。

「もっとちゃんと調べなさいよ。せっかく元のままにしてあるんだから」

薫の熱意が足りないのを見透かして、ちずが文句を言う。

「でもね、誰かが侵入した形跡はまったくなかったそうですよ」

「そりゃそうさ。セキュリティーはしっかりしてんだよ！」

当然、という顔でちずが自慢する。薫は思わず苦笑した。

「つまり加奈子さんはひとりだった。ね？　誰かに無理やり飲まされたわけじゃない。〝毒薬〟と書かれた液体を自分の意思で飲んだんですよ。これは世界中の誰が見ても……」薫はここでちずに笑いかけた。「たとえば俺の上司、この人どんなに細かいことも見逃さない、すっごく頭のいい人──ま、ちょっと変な人なんですけどね──その人でも、これは自殺って言いますよ」

薫が断言したとたん、廊下のほうから聞き慣れた声がした。

「どうでしょうねえ。そうとも限りませんよ」

上司の杉下右京がなぜかそこに立っているではないか。

「う、右京さん」

上等な仕立てのスーツをきっちり着込んだ丁寧な物腰の侵入者に管理人が訊く。

「誰だい、あんた？」

「亀山くんの上司の、ちょっと変な人です。お孫さんに鍵を開けてもらいました」

「あの、なんでここに？」

狐につままれたような顔で薫が問うと、右京は加奈子の部屋を見回しながら答えた。

「個人的興味です。気になる点がいくつかあったものですからねえ」

「でも、これはやっぱり自殺、ですよね？」

右京は思わせぶりな笑みを浮かべるだけで、相棒の問いには答えようとしなかった。

二

左右対称なインクのしみを見せられて、薫は頭をひねった。

「んー、難しいな」

右京がロールシャッハ・テストの注意事項を述べる。

「正解、不正解はないんですから、難しく考えず、ぱっと思いついたことを言えばいいんですよ」

「そうか。じゃあ……毛ガニ！」

意表を突かれた答えだったのか、右京が愉快そうに笑った。

「あ、笑った。人の想像力を笑った！」薫は仕返しをすべく、立場を交代して訊いた。

「じゃあ、右京さんはなんに見えるって言うんですか？」

「そうですねえ。アルプスの谷底にひっそりと咲く一輪のエーデルワイスといったところでしょうか」

上司の口からすらすらと答えが出てきたので、薫は不満だった。

「なんすか、それ！　前にもやったことあるんでしょう？」

「やってませんよ」

右京が珍しくむきになったのが楽しく、薫が「嘘ばっかり」とからかったとき、部屋の持ち主が帰ってきた。成華大学心理学研究室の教授、春日秀平である。

「おふたりともユニークな発想力をお持ちのようだ」

「あ、春日教授でいらっしゃいますか？」

薫の問いかけに低い声で「ええ」と答えた人物は、蝶ネクタイを締めた洒落者だった。口元のひげも丸眼鏡も、教授の貫禄より、遊び人風の外見を強調するのに寄与している。

「警視庁特命係の杉下と申します」

「亀山です。ここで待つように言われたものですから」

ふたりが自己紹介をすると、春日はすぐに刑事の来訪目的を察した。

「島田加奈子くんの件ですね？　どうぞおかけください」

「ええ。ちょっとおうかがいしたいことがありまして」薫が口火を切る。「教授の助手をしていらしたそうですね？」

「ぼくが彼女を殺したんです」

春日がいきなり意外な告白をした。右京と薫は顔を見合わせたが、すぐに発言の真意がわかった。

「もっと早く気づいてやるべきでした。講師になったばかりでいろいろと悩んでもいただろうし、サインも出していただろうし、なのに、彼女は優秀だから大丈夫だと思ってしまって、本当に悔やんでも悔やみ切れません」

紅茶の準備をしながら悔しそうに語る春日を、薫が慰めた。

「でも、それは教授のせいじゃないですよ」

「いや、ぼくは単に彼女の上司というだけではない。心理学者なんですよ。そういう意味でも失格ですよ」春日は茶葉をポットに入れ、湯を注ぎながら、「捜査は終了したと聞きましたが？」

右京は春日の手元をじっと見つめるばかりで、口を開かなかった。受け答えはもっぱら薫の役割である。

「そうなんですけど、『あの子は自殺なんかする子じゃない！』なんて言い張ってる人がいまして」

「ぼくもそう考えたいですね。でも、そういう考え方はナンセンスですね」

「え、ナンセンス？」

「人間というのは誰しもいくつかの顔を持っていて、相手や状況によって無意識的に使い分ける。安易な特性論や類型論で他者を完全に理解するなんてのは不可能です。どんなに親しい間柄でも」

春日が厳しい顔をして、ポットの紅茶をティーカップに注ぐ。

「じゃあ、教授も自殺ということで納得されてるわけですね？」

「まあ、常識的かつ理論的に考えてもそういうことになりますかね」春日はティーカップを刑事たちに差し出した。「さあ、どうぞ」

「どうも」「いただきます」

大学教授は自分の紅茶をひと口啜って、

「彼女は非常に真面目で几帳面で責任感が強く、潔癖と言ってもいい、いわゆる優等生タイプでした。そういう子に限って、ちょっとした失敗に自分自身を追いつめ絶望し、自殺を企ててしまうんですね」

「はぁ〜、明快な分析ですね。ねえ、右京さん？」

薫が納得して話しかけると、上司は目をつぶってじっと固まっていた。

「違いますね。全然違います」

「……どう違うんですか？」

春日が怪訝な顔になると、右京がようやく目を開けた。

「まず、香りが違います。そして、瑞々しい甘みと深いコク……これこそマスカットフレーバーです」

右京がティーカップを掲げて香りを楽しむと、同好の士を見つけた春日の顔が明るくなった。

「わかるのかい？」

「これがわからないようでは紅茶好きとは言えません」

「いや、うれしいなあ」

「もう、紅茶の話ですか」

薫の批判はふたりから無視された。

「最高級のダージリンですね」

右京が褒める。

春日は「全然違うだろう？」と自慢げに言ったあと、「ぼくはほとんど紅茶中毒でね、朝は濃いダージリン、夜はアッサムにミルクたっぷり」と笑う。

「欠かすと眠れないのですね」

右京が話を合わせる。

「そうそう。百年の知己に出会ったみたいだよ。もう一杯どうだね？」

「恐れ入ります」右京はうれしそうに頭を下げたが、それを再び上げたときには表情が変わっていた。「しかし、引っかかります。発作的な自殺でテトロドトキシンが用意できますかね？」

紅茶を淹れようとした春日の手が止まる。

「まあ、以前から持ってたんじゃないんですかね？　こういうときのために。いまはネットかなんかで簡単に手に入りますから」

「しかし、ぼくにはどうしても素直に自殺とは思えないんですよ」

右京が異論を唱えると、春日は心配顔になった。

「なにか気になる点でも？」

「ここだけの話ですが、加奈子さんは不倫をしていたのではないかと思います」

心理学教授が即座に否定する。

「不倫？　まさか。彼女は不倫なんかする子じゃないですよ」

「面白いですね」右京が身を乗り出した。「自殺なんかするような子じゃないという意見にはナンセンスとおっしゃったのに」

「それはそうですが」春日はちょっと言いよどみ、「それで、なんでまた不倫なんですか？」

「加奈子さんの部屋にノートがありました。いわゆる家計簿です。毎日の支出を事細かに記してありました、それこそガム一個に至るまで」

「彼女らしいですね」

春日はうなずき、紅茶を淹れるのを再開した。

「それによると、加奈子さんは毎日決まったスーパーで食材を買い、自炊をしていたようです。ところが毎週火曜日と金曜日だけはほとんど買い物をしていません。食事はどうしていたのでしょう?」

「さあ」

ここで薫が口を挟んだ。

「まさかダイエットってわけでもないでしょうから、外食だろうと」

「しかも、ご自分では支払っていませんから、どなたかにごちそうになっていたということになります」

「つまり、火曜と金曜がデートの日だった」

右京は薫の推理にうなずきながらも、

「ところが交際していた男性の影がないんですね、これが。家族同然に仲良くしていたマンションの管理人さんでさえ知らない」

「つまり、周囲に隠して交際していたんです。それもかなり用心深く」

「不倫と考えるのが妥当じゃありませんか?」

特命係のふたりによる掛け合いの推理を聞いた春日は目を見張った。

「なるほどね。彼女が亡くなったのは……」

「火曜なんです」

「うん、大した洞察力だ」

ようやく助手の不倫を認めた春日に、右京が詰め寄る。

「教授にお訊きしたいのは、お相手に心当たりはないかということなんです」

「プライベートには関知しないんでね。しかし、そうだとして、それが自殺の否定にはならんでしょう。むしろ不倫で悩んでの自殺と考えるほうが自然なんじゃないんですか？　本人の遺書もあったんでしょう？」春日はチャイムが鳴ったのを機に立ち上がり、講義用のノートを脇に抱えた。「悪いが講義の時間なんでね。まあ、できる限り協力させてもらいますよ」

そう言いながら、立ち去り際にふたりに名刺を渡す。右京の好奇心がここでも刺激されたようだった。春日の名刺入れに目を留めた右京は、「ちょっとよろしいですか？」とそれを手に取った。

「素敵な名刺入れですねえ」

「妻のプレゼントなんですよ」

春日は照れながら、去っていった。その姿を見送った右京がぽつんと言う。

「彼ですね」

「え？　不倫相手ですか？　いや、そうかなあ」

「彼ですよ」

右京は断定したが、薫にはその理由がわからなかった。

特命係のふたりの刑事は学生食堂へ回り、目当ての学生、田辺健太郎を見つけた。昼食を一緒に食べながら、右京が訊いた。

「島田加奈子さんのことはショックだったでしょうねえ」

田辺は髪を茶色に染めてはいるものの、遊びよりも勉強が好きという印象を薫に与えた。

「大学院でぼくの研究をずっと手伝ってくれてたから」

「これにお心当たりはありますか？」

右京が取り出したのは、遺書と同じようなメモ用紙だった。遺書と同じ筆跡で、「田辺くんにCDを返す」と書かれている。

田辺が逆に訊き返す。

「これは？」

「加奈子さんが冷蔵庫に貼っていたものです」

右京の答えを聞いて、田辺は納得したようだった。

「はい。確かに加奈子さんにCDを貸してました。あげたつもりだったからいいけど……」

三

翌日、右京と薫が成華大学を訪れたとき、春日は講義中だった。ふたりが講義室をのぞいてみると、春日の低く響く声が聞こえてきた。

「……この観察学習が〝モデリング〟だ。つまり模倣だね。幼稚園に行ってるような小さな女の子が、よくおばさんみたいなこと言ったりするだろう？『昔はよかった』なんて。これは母親のモデリングをしているわけだね」

ふたりが教室に入り席に着くと、春日はちょっと見咎めるような顔をしたが、そのあといたずらを思いついた少年のように目を輝かせた。

「このモデリングというのは子どもに限ったことではない、大人もやってるわけだが、その話は次回にしよう。残りの時間は特別講義としよう。犯罪心理学について考えてみようか。みんなも興味があるだろう。人はなぜ罪を犯すのか。で、今日は特別にゲスト講師をお招きしている。警視庁特命係、杉下警部だ。さあ、どうぞ！」

春日が拍手をすると、教室を埋めていた学生たちが一斉に拍手をした。突然講師役を振られた右京は、両手を顔の前に掲げて固辞したが、拍手は鳴り止まない。薫も調子に乗って、指笛で上司をせかした。

「もう決めちゃってくださいよ」

薫が背中を押すと、右京は「そうですか？」と言って立ち上がった。そして、堂々とした足取りで演壇に向かう。代わって春日は演壇を降り、前列の席に着いた。

壇上に立った右京は一礼し、「杉下です」と挨拶すると、おもむろに話し始めた。

「そもそも人はなぜ罪を犯すのか、非常に難しい問題です。ちなみに、ぼくの経験をお話ししますと、たとえば自分の父親に似ているという理由で愛した男性を、父親とは違うという理由で殺害した女性がいました。あるいは、長年ともに仕事をし尊敬してきた相手が、自分の名前を覚えていなかったという理由で殺害した男性もいました……」

右京は過去、特命係で解決に導いた事件を事例に挙げて話を続けた。それはすべて薫もともに捜査に当たったものであり、懐かしく思い出される。考えてみれば、この学者然とした変わり者の上司と一緒に数多くの事件を解決してきたものだ。薫は少し誇らしく思った。回想している間に臨時講義はまとめに入っていた。

「……つまり、人は誰でも犯罪者になりうるわけです。あなたも、あなたも、あなたも」

右京が学生たちを次々と指差す。その指を春日秀平に向けると、教授は茶目っ気たっぷりに否定するジェスチャーをして、学生たちの笑いを誘った。右京は最後に指を自分に向けた。

「かく言う、このぼくも。しかし、これだけは申し上げておきます。どんなに綿密な計画を練り万全を期して実行し、見事成功したかのように思えても、必ずどこかにほころびがあるものなんです。そして、それ相応の、もしくはそれ以上の罰を受けなければなりません。捕まった犯罪者はこう嘆くでしょう、『ああ、なんと割に合わないことをやってしまったんだ』と。いいですか、みなさん。この世に完全犯罪などあり得ません」

右京が語り終えると同時に、薫が拍手をした。それに釣られるように次々と学生たちが手を叩き、やがて教室内は拍手の渦で包まれた。春日教授も臨時の講演者を惜しみない拍手で讃えた。

講義が終わり研究室に向かう途中も、春日はまだ右京を褒めていた。

「実にいい講義だったよ」

「教授もお人が悪い」

右京が謙遜すると、薫が持ち上げた。

「いや本当、様になってましたよ」

仲間内のお世辞には取り合わず、右京が春日に要望した。

「ところで教授、少しお時間をいただきたいのですが」

研究室に腰を落ち着けた右京は、さっそくこの部屋の主に、「田辺くんにCDを返す」というメモを見せた。春日が苛立ちを隠そうともせずに意見を述べる。

「なにが気になるのかね。田辺くんにCDを返すために、忘れないようにメモしておいた。しかし、発作的に自殺を思い立ち、遺書を残し、返す前に実行してしまった。そういうことじゃないのかね？」

　右京は春日の苛立ちを気にも留めずに続ける。

「ぼくもそう思っていました。しかし、それだと少し説明のつかない事情が出てきました。問題は紙なんです」ここで遺書を取り出す。「こちらの遺書のメモと同じ紙を使っているんです。亀山くん」

　薫が一冊の手帳を取り出した。よく使い込まれている手帳だった。

「どちらもこの手帳を破いて使ったみたいなんです」

　春日は手帳に目をやると、

「うちの大学の手帳だね。彼女のかね？」

「そうです」薫が手帳を開く。「ちょうど終わりの十枚が破かれています」

「いちばん後ろから順番に使ったんでしょうねえ」

　右京の推理はきわめて妥当なものだったので、春日も「そうみたいだね」と認めた。

　右京がにやりとする。

「これが不可解なんです。ご存じでしょうが、この手帳、どううまく破いてもきれいに破けない。このように、どうしても破いた跡が残ってしまうんですね」

　薫が破いた部分を見せた。確かに閉じてある側の破り目がぎざぎざになって残っていた。右京が遺書を取り上げ、破り目を合わせようとする。

「試しにこの遺書のメモを手帳の破り跡と一致するかどうか確かめてみたんです」

「一致しなかったのかね？」

「一致しました。でも、九枚めなんです」

「ん？」

「遺書は破られた十枚のうちの九枚めなんですよ。亀山くん」

薫が手帳の破り跡を数え、九枚めを遺書のメモと合わせてみた。破り目がぴたりと一致する。それを確認したあと、右京がもう一枚のメモ用紙を取り上げた。

「そして、こちらの『田辺くんにCDを返す』のメモ。これは十枚めの破り目と一致します。つまり書かれた順番は、遺書が先で、田辺くんがあとなんです。そこでこんがらがってしまいました。解釈するとどうなりますかね、亀山くん？」

疑念を感じている表情の春日の前で、薫が加奈子の行動を再現した。

「加奈子さんは発作的に自殺を思い立ち、遺書を書いて破く。そこでふと『あ、田辺くんにCD返さなきゃ』と思い、メモを書いて冷蔵庫に貼っておく。そしてベッドに戻って毒を飲んで死ぬ……めちゃくちゃですね」

考え込む春日に右京が質問した。

「いかがでしょう、不自然じゃありませんか？　いずれにしても、この遺書は加奈子さんが亡くなる直前、最後に書き残したものではない可能性がきわめて高いということになります。とするならば、いつなんのために書いたのか、教授のご意見をうかがいたいわけです」

心理学教授は力なく笑うと、肩をすくめた。

「ぼくも万能じゃないんでね。むしろ、きみの意見を聞きたいな」

「では、こういうのはどうでしょうか?」右京が左手の人差し指を立てた。「これが最後に書き残したものではないということは、そもそもこれが遺書ではないという可能性が出てきます。教授による加奈子さんの性格分析を思い出してみました。優等生タイプ、真面目で潔癖……そこで思ったんです。恋人との不倫関係に悩む加奈子さんは、その相手に対し、なにか攻撃的なことを言ってしまったのではないでしょうか」

「攻撃的なこと?」

戸惑う春日を観客にして、再び薫が加奈子を演じた。

「『わたしと奥さん、どっちを取るのよ!』とか、『奥さんと別れてくれなきゃ全部ばらしてやるから!』とか」

「彼女はそんな声じゃないよ」

春日の演技指導が入ったが、右京は自分のペースを崩さない。

「しかし、その手のことです。そこで男は加奈子さんに対し殺意を抱いた。一方、加奈子さんはすぐに後悔し、メモを書いて相手に渡した」

「ごめんなさい。許して」薫は性懲りもなく女性の口調で言うと、「男はそれを遺書として利用した」

ここまでの推理を右京がまとめる。

「もちろんぼくの仮説に過ぎませんが、そう考えるといろいろなもやもやしていたものがすっきりするように思えるのですが、いかがでしょう？」

「面白い。実に面白い考察だ」春日のせりふが口先だけなのは、目を見ればわかった。なぜかおどおどしていたのである。「しかしそうなると、どうやって毒を飲ませたのかねえ」

「それが頭痛の種でして」

薫がわざとらしく上司を励ます。

「とにかく、その不倫相手をなにがなんでも見つけ出しましょう。そいつを突き止めれば、すべてが解明されますよ」

「そう、そうだね。その調子でがんばってくれたまえ」

春日が特命係のふたりを追い出すべく、席を立ち研究室のドアを開けた。右京が不敵な表情で言った。

「進展がありましたらご報告にまいります」

　その夜、春日秀平が帰宅すると、入れ違いに右京と薫が帰っていくところだった。適当な挨拶をし、ふたりの後ろ姿を見送ってから、妻の佳恵に尋ねた。

「なにを訊かれたの？」

　妻に頭が上がらない春日は口調も丁寧だった。一方、佳恵のほうはつっけんどんに返す。

「島田加奈子さんのこと」

「なんて？」

「いろいろよ」佳恵は春日と目を合わせようともしない。「それから火曜と金曜、あなたの帰りが遅くないかって。正直に答えたわよ。火曜と金曜はゼミの勉強会で遅いって。いけなかった？」

「いけなくないよ」春日が妻に近づいた。「だって本当のことだもの。根拠もないのに馬鹿な勘繰りをする連中がどこにでもいるもんだよ。わかってるだろう？」

「……信じてもいいのよね？」

「当たり前だよ」

　春日は後ろから妻の体に手を回そうとしたが、佳恵はそれを邪険に振り払った。

四

翌朝、春日が成華大学に出勤すると、特命係の刑事たちが心理学を専攻している学生に勉強会について質問しているところだった。質問されたほうの学生は戸惑ったようすで、勉強会など知らないと答え、離れていった。

春日は背後から刑事たちに近づくと、咳払いをして自分の存在を知らせた。刑事たちが慌ててお辞儀をすると、大学教授は悪びれずに言った。

「知らなくて当然でしょうね。勉強会なんて存在しないんですからね」

「と、おっしゃいますと？」

「嘘をついていたんですよ、妻を言いくるめるために」

「だからといって不倫をしていたわけじゃないんですよ」春日は秘密を打ち明けるように、「いわば自分自身の時間。読書をしたり、思索にふけったり、音楽を聴いたり、たまにドライブに行くこともある。ぼくにとっては絶対に欠かせない、なによりも贅沢な時間なんです。男にはそういう時間が必要でしょ？」

「確かに」

右京が認めたところで、春日が釘を刺す。

「なにか訊きたいことがあるなら、ぼくに直接訊いてください。大学というのはよからぬ噂が広まりやすいんでね」

「軽率でした」と右京が腰を折る。

「それに、うちに来るのはやめてください。妻はデリケートなんでね」

「すいません」と薫が頭を下げる。

「仕事熱心なのはわかるが、少し非常識だね」

春日が立ち去ろうとすると、右京はまったく懲りずに慇懃無礼な質問を放った。

「ちなみに教授、昨日は絶対に欠かせない贅沢な時間、どうされたんでしょう？　金曜日でしたが、ずいぶんお帰りが早かったようで」

「ぼくを疑ってるのはわかるが……」

「いやいや、疑ってるわけじゃないですよ。ただ純粋に訊いているだけです」

春日をなだめようと薫がした言い訳は途中で遮られた。

「きみ、私は心理学者だよ」

右京は薫よりも素直だった。

「疑っております」

「いいかね」春日が声のトーンを上げた。「彼女は自分の意思で毒を飲んだんだ。猛毒だと知ったうえでね。これは自殺と言うんじゃないのかね？」

「もし教授が俺たちと同行してくださって署のほうでじっくり話し合いをさせてもらえ

れば、そのへんのところも解明されるんじゃないかと思うんですが」

薫の申し出はいとも簡単に拒絶された。

「杉下くん、推理ごっこはもうやめましょう。ぼくを疑ってるなら証拠を提示してください。完全犯罪なんて成立しないんでしょう？　どこかに必ずほころびがあるんでしょう？　だったら、そのほころびを提示してください。そうしたら警察でもどこでも行きましょう」


その夜、右京と薫は行きつけの小料理屋〈花の里〉に立ち寄った。ここで飲んでいると事件解決の糸口が見つかることも多いのだ。薫はさっそく、この店の女将であり右京の別れた妻である宮部たまきに疑問をぶつけてみた。

「飲みたくもないのに飲ませる方法ですか？」たまきは薫の質問を繰り返し、「うちはそういう商売してませんから」

にこやかにそう答えられると、薫も「ごもっともですね」と引き下がるしかない。やりとりを聞いていた帝国新聞記者の奥寺美和子が口を差し挟む。

「マインドコントロールってのはどう？　心理学者なんでしょ？　どうしても飲みたくなっちゃうように言いくるめちゃうのさ」

「なるほど。毒を渡すときに『いいかね？　これは猛毒と書いてあるけど嘘なんだ。本当は体に良くて、とっても甘い、それはそれはおいしい』……なわけねえだろ、馬鹿！」

　薫がノリツッコミで否定すると美和子は笑いながら立ち上がった。

「冗談よ。じゃあ、ごちそうさまでした」

「あ、美和子さん」たまきがカウンターの中から水筒を手渡した。「はい、これどうぞ」

「ありがとうございます！」

「なにそれ？」

　薫が興味を示すと、たまきが説明した。

「美和子さん御用達〈花の里〉特製ニンジンジュースです」

「毎晩飲んでるんだ」

「いつからだよ、そんな習慣？」

「いつからでもよかろう」

　薫は昔の同棲相手の私生活に干渉しようとして一蹴されたが、右京の興味は違うところにあった。

「夜飲むと、なにか効果があるんですか？」

「別にそういうわけじゃないんですけど……」

美和子が口を濁すと、たまきが誘い水を差す。

「ある人の影響なのよね？」

「今度社会部に来た女性記者がいてね」美和子が遠い目になる。「仕事ができて、いい記事書くんだ。なんか憧れちゃってさ。毎晩ニンジンジュース飲んでるっていうから、わたしも飲んでみようと思って」

「そんなとこ真似してもしょうがねえだろうがよ」

薫の現実論はここでは通用しなかった。

「いいの、気休めでも」

「わかるわ。なんか近づける気がするのよね」

女性ふたりのことばを聞いた右京が、なにかに思い当たったように、だしぬけに立ち上がった。


「飲んでない？」

島田加奈子のマンションへ向かいながら、右京が言ったことばは薫を混乱させた。

「当然です。毒薬の入った液体を飲むはずはありません。あれはダミーですよ」

「ってことは、毒は別の方法で飲ませた？」

「それがわからなかったんです」と右京。「おそらく教授は小瓶に入った毒薬と遺書に見立てたメモを同封して加奈子さんに渡したのでしょう。安眠剤とでも偽って。もしかしたら瓶にわざわざ〝毒薬〟というラベルが付いていたのも、その種のジョークが二人の間の戯れの習慣だったのかもしれません。そのとき、もうひとつ別なものも一緒に渡していたとしたらどうでしょう？　そして、それは加奈子さんが毎晩必ず口にするもの」

「必ず口にするものというと？」

「『モデリングは大人にもある』教授はそうおっしゃっていました。尊敬する人物や憧れている人物に近づきたいと思うとき、その人物の癖や生活習慣を模倣する。これもその一種でしょう。つまり美和子さんにとってのニンジンジュース、加奈子さんにとっては……」

「あっ！」薫も気がついた。「紅茶！」

加奈子の部屋に入ったふたりは、まずキッチンに急行した。しつらえられた戸棚を調べると、いくつもの紅茶の缶がしまってあった。薫が歓声を上げる。

「ビンゴ！」

「加奈子さんの生活には似つかわしくない高級茶葉ばかりですねえ。おそらく紅茶は、なくなるたびに教授が買い与えていたのでしょう」

缶のラベルを確かめて右京が推理した。

「そいつに毒を染み込ませておいて……ってことは、この中に毒入り紅茶が残ってるかもしれませんよ」

缶を戸棚から取り出して検《あらた》め始めた薫を尻目に、右京はシンク横の水切りラックをのぞき込んだ。きれいに洗われた缶が逆さまに置かれていた。

「最後に飲んだのはこれだと思います。きっと洗ったのでしょう」

「洗った？」

「テトロドトキシン自体は無味無臭ですが、紅茶というのは、カビが生えることがあるんですよ。おそらくカビの生えた茶葉も一緒に混入させておいたのでしょう。しかも、テトロドトキシンは症状が現われるまでに時間がかかります。加奈子さんは教授からもらったばかりの紅茶を口にして、カビが生えていることに気づいた。だから、ポットとカップを洗い、茶葉も捨ててしまったのです」

証拠隠滅のための仕掛けだと気づいた薫が、排水口をのぞき込む。

「ディスポーザーか。下水に直行だな。くっそー。教授はここまで全部計算ずくだったって言うんですか？」

右京は落胆する様子もなかった。

「もっとも、教授に言わせれば単なるぼくの推理ごっこでしょう。しかし、加奈子さんの性格と生活習慣を知り尽くしていれば、かなりの確率で成功すると思いますよ」

「なんでうれしそうなんですか？」

「手強い相手ほどやりがいがありますからね」

変わり者の上司に薫が呆れていると、管理人の遠山ちずが駆け込んできた。なんでも孫の遠山実が加奈子の恋人を知っているというのだ。ちずの勢いに気圧されてすごすごとあとをついてきた実に、薫が声をかけた。

「加奈子さんの恋人、知ってんの？」

「うん」

実がうなずくと、ちずが補足した。

「この子よくマンションの前で遊んでるんだけどね、加奈子さんを車で送り迎えする男を何度も見たことがあるんだと。ね？」

「うん」

右京が自分の目線を子どもの目線と合わせるために、しゃがみ込んだ。

「その人を見れば、わかるかな？」

「わかる！」

決定的な証拠がなかったふたりにとって、実の目撃情報は天の助けだった。

五

翌日、特命係のふたりは遠山実を連れて、春日秀平の研究室を訪れた。春日はそのときゼミの最中だったが、右京は構わずノックして、ドアを開けた。

「少し、よろしいでしょうか？」

「きみ、いまなにをやっているか、見ればわかるんじゃないかね？」

春日の嫌味にも右京はまるで動じない。

「これが最後です。もう二度と現われませんから」

「なんだね？」

春日が怒りを露わにして訊く。

「ここでは、いささか……」

「ここでいいから、さっさと言いたまえ」

「そうですか？　では、亀山くん」

右京が合図をすると、薫が「失礼します」と言って、実を戸口に連れてきた。

「実くん、この中にきみが見た加奈子さんの恋人はいますか？」

力強くうなずく実を見て、右京が言う。

「その人を指差してくれますか？」

勢いよく上げた実の人差し指の先には、田辺健太郎の顔があった。

「へっ？」

田辺がうろたえて声を上げると、薫が実に念押しした。

「実くん、間違いないの？」

「うん」

実の返事には迷いがない。成り行き上、薫が田辺を重要参考人として連れて行くのを見送りながら、春日がしみじみと右京に言った。

「まさか田辺くんとはねえ。きみの想像していた犯人像とはちょっと違っていたようだね。では、もう会うこともないだろう。杉下くん、さようなら」

田辺は加奈子の殺人容疑を全面的に否定した。車で送り迎えしていたのは事実だったが、それは田辺が一方的に加奈子に好意を寄せていたからだと主張した。右京も薫もこの証言を信用し、次の手を打つことにした。

再び成華大学に戻った薫は揉み手をしながら、帰宅準備をする春日に近づいた。

「教授、お帰りですか？」

「田辺くんがなにかしゃべったのかい？」

「そのことでちょっとお願いがありまして。彼、相当ナーバスになってて、なにを訊いてもらちがあかないんですよ。これから現場検証に付き合わせるんですけど、なんせ言動が理解不能で。それで専門家に協力してもらったほうがいいんじゃないかってことになりまして……お願いできませんかね？」

こう頼まれて断われる立場にない春日は、薫の運転する車で〈イーストサイドマンション〉に連れて来られた。そして薫の誘導により、加奈子の部屋に入る。

春日はリビングを見渡しながら、「ここが加奈子くんの部屋か」そして薫のほうを向き、真剣な顔になった。

「で、ぼくをここへ連れてきた本当の理由は？　現場検証というのはぼくをここへ連れてくるための口実だね？　専門的にはロー・ボール・テクニックという説得技法のひとつだよ」

騙していたつもりの薫のほうが一本取られた形だったが、結果オーライである。

「ふーっ、まいりましたね。じゃあ、ぶっちゃけますか。教授、田辺くんが殺したと思いますか？」

「さあ、どうだろうね。人は誰でも多面性を……」

またしても持論を開陳しようとする春日を薫が手で制した。

「彼はもう釈放されましたよ。俺はあくまで犯人はあんただと信じてますよ」

刑事から犯人と名指しされ、春日は笑うしかなかった。声に出して高笑いすると、薫が奥の部屋のベッドを指差して、叫んだ。

「笑い事じゃねえんだよ！　あれを見ろ！」

　ベッドには、加奈子が死に際にもがき苦しんだ跡が生々しくシーツや枕の乱れとなって残っていた。

「あんたをここに連れてきたのは、これを見てほしかったからだ。加奈子さんはここで死んだ！　どんな思いで死んでったんだろうな。よく見ろ！」

　薫が大声で説いても、春日は目を逸らしたままだった。

「あんたは人を殺したんだよ！　自分を愛してくれた人を、自分を信じてくれた人を殺したんだよ。いいか。あんたにも心ってもんがあるだろ？　人は罪を犯してそうそう平気でいられるもんじゃない。良心の呵責、彼女への罪悪感、いつかばれるんじゃないかという恐怖！　そういう重荷を、これから先の人生ずっと背負っていくことになるんだよ。ずっとだ！　あんたも苦しむんだよ！　その苦しみから逃れられるかもしれない唯一の方法が、罪を償うことだ。自首してください。春日教授！」

　懸命の説得も、心理学者の心には届かなかった。春日は芝居がかったせりふ回しで、

「素晴らしい。なんて感動的な演説なんだ。きみにも教壇に立ってもらうべきだったな。でも亀山くん、いまの演説は真犯人に聞かせてやりたまえ」

　薫は悔しさのあまり歯噛みした。全身から力が抜ける。そのとき、管理人の明るい声

がした。ちずがお盆を持って入ってくる。

「ごめんくださーい。はい、お茶淹れてきましたよ」

「せっかくだが、もう用は済んだんでね」帰りかけた春日の足が止まった。「おや、この香りは、日本茶かと思いきや、紅茶だね？」

「緑茶を切らしちまってね。はい、どうぞ」

「これはありがたい。いただくよ」紅茶中毒の大学教授の頬が緩む。「うん！　これは上物だ」

「あらそう？」ちずは春日が紅茶を喉に流し込んだのを確認して、薫にも紅茶を差し出す。「この紅茶、誰がくれたと思う？」

「え？」

「加奈子さんがくれたんだよ。死んだ日の夜にね……すごい高いお茶だから味わって飲んでねって。でも、あたしゃ紅茶が苦手でねえ、飲まずに放っておいたんだけど」そう言いながらちずはポットの中をのぞき込んだ。「あらやだ。これカビじゃない？」

このことばを聞いた春日は思わずカップを床に落とした。陶器の割れる音が主を亡くした部屋に響く。

「どうかしましたか？」

のんびりした調子で訊く薫とは対照的に、春日は切迫しているようすだった。

「きゅ、救急車を呼べ……救急車を呼べ！　救急車を呼んでくれ！」

「大げさだねえ。カビなんてどうってことないよ」

ちずが笑い飛ばしても、春日の慌てぶりはただ事ではなかった。「救急車、救急車」と言いながら血相を変えてキッチンに駆け込み、水道の水で口をすすいでいる。薫が相変わらずのんびりと話しかける。

「いったいどうしたんですか？　教授、落ち着いてくださいよー」

誰も一一九番通報しないのに焦れた春日は、ついに自分で部屋の電話器に飛びついた。

「あ、もしもし！　救急車を至急！　救急車を至急呼んでくれ！　毒だ、毒を飲んだんだ！　救急車を……」

そのとき何者かの腕が伸び、電話のフックを押した。強制的に電話を切ったのは右京だった。春日の前に姿を現わして、笑いかける。

「毒など入っていませんよ」

「管理人さん、カビなんか入ってませんよ」

薫がポットの中をのぞいて言うと、ちずがおかしそうに手を口に当てた。

「あら、わたしの勘違い？」

「そもそもこの紅茶、先ほどぼくが差し上げたものじゃありませんか」

右京が指摘すると、ちずが精いっぱいの演技でとぼける。

「あ、そうだっけ？　なんで加奈子さんが分けてくれたものなんて勘違いしたのかねえ。歳だね、こりゃ」

右京が春日に向きなおる。

「それにしても、どうして紅茶に毒が入っているとお思いになられたのでしょうねえ、教授？」

「そのへんのところ、署のほうでじっくり説明してもらいたいんですけどね」薫が春日の肩に手をかける。「ご同行願えますね？」

「やったね」春日が拳を握り締めた。「杉下くん」

「スマートなやり方とは言えませんが」

右京が認めると、春日の拳がぶるぶると震えた。

「卑劣極まりない」

「おっしゃるとおり。ですが、先ほどの亀山くんのことばも心に届かないあなたには、存外ふさわしいやり方だと思いますよ」

まだ釈然としない春日が願い出た。

「ひとつ聞かせてくれ。最初にぼくに会ったときから目をつけていたようだが？」

「はい。教授が加奈子さんの不倫相手だという確信がありました」

「ぼくがそんな女ったらしに見えるかね？」

答えをすでに上司から聞いていた薫がヒントを出した。

「名刺入れですよ、教授」

「名刺入れ？　これかね？」

春日の取り出した名刺入れを右京が取り上げた。裏返すと素材の革の表面に丸い形が浮かび上がっていた。

「細かいことが気になるたちでしてねえ。スーツもカバンも皺ひとつないのに、これはなんの跡だろうと思いましてね」右京はおもむろに春日の左手に顔を近づける。「この立派な結婚指輪、加奈子さんは嫌がったでしょうねえ。だから、彼女と会うときはいつもこの名刺入れにしまっていたのではないでしょうか？」

「さすがだね、杉下くん」

洒落者の大学教授は今度こそ素直に負けを認め、自分から薫の車に乗り込んだ。

第三話

「黒衣の花嫁」

一

海老原元章《もとあき》の遺体の第一発見者は、芹沢慶二と信近《のぶちか》哲也だった。

突然の悲劇を前に芹沢は立ち尽くすことしかできなかった。しばらくすると通報を受けた捜査員が新築されたばかりの被害者の一戸建て住宅に押しかけてきた。やや遅れて警視庁捜査一課の先輩、伊丹憲一と三浦信輔もやってきた。

「ご苦労さまです」

いつものような元気が感じられない後輩へ目をやり、伊丹は芹沢が礼服を着ているのに気づいた。

「なんだ、おまえのこの格好は？」

「おまえ、今日非番じゃないのか？」

三浦が訊くと、芹沢は肩をがっくりと落として答えた。

「俺たちが第一発見者なんです」

「なに？　被害者《ガイシャ》と知り合いなのか？」

「知り合いもなにも、ゆうべ一緒に飲んでた相手っすよ」

海老原は胸を刃物で刺された姿で、自宅の床の上で絶命していた。迫り来る自分の運命に直前まで気づかなかったのだろう、遺体は呆気に取られたような表情を浮かべていた。それを見下ろしながら、三浦が芹沢に質問した。

「ガイシャとの関係は？」

「大学時代のゼミ仲間です。ゆうべは海老原のバチェラーズ・パーティーがあって、俺たち一緒だったんです」

「独身最後の夜を男友だちが集まって飲んで騒ぐってやつか」伊丹が後輩に確認した。

「ガイシャになにか変わった様子は？」

「いえ、なにも。今朝、海老原がなかなか式場に来なかったのでようすを見に来たんです。まさか、こんなことになってるなんて……」

挙式直前に命を落とした友人の無念を思い、捜査一課の若手刑事はことばを詰まらせた。

「財布が見当たらないな」

遺体の所持品を調べていた三浦が指摘する。庭に面した掃出し窓のクレセント錠の横が外側から乱暴に叩き割られている。

「帰宅したところを強盗と鉢合わせか。つくづく運のないホトケだぜ。結婚式の当日が命日になっちまうとはなあ」

すでに到着し遺体を検分していた鑑識課の米沢守が伊丹のことばに振り返った。

「当日ではなく前日ですね。監察医の報告によりますと直腸の温度、死後硬直の具合、角膜の混濁の程度から、死亡推定時刻は昨夜の十時三十分前後だということです。置時計とも一致しますね」

米沢の視線は床に転がった置時計に注がれている。時計は壊れ、針は十時三十二分を示していた。

「ゆうべガイシャが店を出た時間は？」

芹沢はちょっと考えてから三浦の問いに答えた。

「十時ぐらいです」

「帰宅後いきなり頭を殴られ、抵抗しようとして刺されたか」

真新しい住宅を見回しながら、米沢が言った。一枚の紙を手にしている。

「新居が裏目に出たようですね。これは警備会社との契約書ですが、来月からになっています」

芹沢の隣でここまで無言だった同年代の礼服の男が唐突に感情を爆発させた。

「なんでだよ！　ゆうべまであんなに幸せそうにしてたやつがさ……こんなのひどすぎるよ！　どうしてなんだよ、芹沢！」

「知るかよ、信近！　知りたいのはこっちだ！」

鑑識課の米沢守と特命係の杉下右京は気持ちの通じ合う友人だった。右京が興味を持ちそうな事件に遭遇すると、米沢は捜査資料をこっそり特命係の小部屋に持ってくるのだった。今回の事件もご多分に漏れなかった。

「むごい話ですね。式の前日に強盗殺人の被害に遭うだなんて」

事件の概要を聞いた亀山薫が憤慨すると、米沢が見聞きしてきた情報を横流しした。

「花嫁はショックでまだ放心状態だそうです。一課も事情を訊けずに弱ってるようです」

捜査資料に目を通していた右京が顔を上げた。

「殺害の直前、メールが送信されていますね」

「ええ。被害者が花嫁にメールを」米沢はその文面を撮影した写真を差し出し、「これです」

――ごめん。話はまた日を改めて。明日、式場できみのウエディングドレス姿を楽しみにしているよ。

薫が殺害シーンを想像し、再現する。

「被害者はメールに気を取られていて無防備だった。そこをいきなり殴られて、ブスッと」

「ひどい話です。最愛の人の花嫁姿を見られずに殺されてしまうとは、無念だったでしよう」

薫が深くうなずいていると、米沢は自分の身の上に触れた。

「ちなみに私は花嫁姿を見たあとに逃げられましたが」

「それも無念だったでしょう。うんうん」

ふたりのやりとりは無視して、右京が疑問を提示した。

「被害者は婚約者になにを話すつもりだったのでしょうねえ」

「えっ？」

「『ごめん。話はまた日を改めて』ということは、その夜、彼は花嫁に何かを話すつもりだった」

「新居とかハネムーンのこととかですかね？」

薫が思いつきを口にしたが、右京を満足させることはできなかった。

「しかし、なぜ日を改めたのでしょうねえ」

二

私的な感情が入り込むとまずいという理由で捜査から外された芹沢は、庁内の喫煙コーナーでひとり、新郎に渡すはずだった寄せ書きをじっと見つめていた。芹沢が大学四年のときのゼミ仲間の写真が真ん中に貼られ、周りに友人たちが手書きのメッセージを記入した色紙だった。

「友だち、気の毒だったな」

悄然とする芹沢の肩に手をかけたのは薫だった。横にいた右京が色紙に目を留めた。

「お祝いの色紙ですか？」

「ゼミ仲間で寄せ書きしたんです。結局、海老原には渡せずじまいでしたけど」

「この写真は？」

色紙に貼られた写真を薫が指差している。

「大学のゼミ合宿のときの写真です。海老原も一緒でした。こいつがそうです」

写真の海老原元章は大学生らしく自信と希望に満ち溢れていた。怖いものなどなにもない、と言わんばかりの笑顔で写っている。

芹沢が立ち上がった。

「家に帰って着替えなきゃ。これから海老原の葬儀があるんで」

「ああ」

「じゃあ失礼します」

去っていく芹沢を眺めながら、右京が提案した。

「われわれもお邪魔することにしましょうか」

海老原元章の葬儀は、本来ならば結婚式を挙げるはずだった教会で、しめやかに執り行なわれることになったようだった。礼拝堂の一番前に立った新婦の津島瑞希《みずき》は、黒衣に身を包み、参列者たちに一本ずつ白いバラを手渡していた。まさに悲劇のヒロインだった。

端から見ても心労が目につく新婦の前に、芹沢たちゼミ仲間五人が進み出た。

「申し訳ありません。われわれがあんなパーティーをやらなければ……」

芹沢が頭を下げると、横に並んだ信近が苦渋の表情で言った。

「ちゃんと彼を家まで送り届けるべきでした」

ほかのメンバーも口々に詫びのことばを述べる。

「まさか、こんなことになるなんて」「俺たちの責任です。すいません」

「いいえ……みなさんのせいでは……」

瑞希はやっとそれだけ言うと、泣き崩れてしまった。薫はその光景を見ていていたたまれなくなる。

参列客がひと段落ついたところで、瑞希は控え室に下がった。右京と薫は芹沢に仲介してもらって、新婦に面会に行った。津島瑞希は控え室でもひとりぽつんと椅子に座り、心ここにあらずという様子だった。間近で見る瑞希は目鼻立ちの整った美人だった。澄んだ瞳と引き締まった唇から気品が漂っている。場所が場所ということもあり、まるで聖女のようだ、と薫は思った。

特命係のふたりは自己紹介したあと、お悔やみを述べた。

「海老原さんのことで少しお話をうかがいたいのですが」

「杉下警部。彼女のつらい気持ちも考えてください」

右京の申し出は芹沢によって阻まれそうになったが、瑞希が気丈にも「わたしなら大丈夫ですから」と了承したので、芹沢もしぶしぶ認めた。

「彼の最後のメールに『ごめん。話はまた日を改めて』とありました。彼はあなたになにかお話があったんですね？」

「はい。パーティーのあと大事な話があるから、夜遅くなってもわたしの部屋を訪ねると言ってました」

「しかし彼のメールでその予定はキャンセルになった」

「はい」瑞希の声がかすかに震えた。「今夜はもう来ないと思い、わたしは翌日の式に備えて休みました。あのとき彼はもう……」

途中から涙声になり、語尾は立ち消えてしまった。そんな相手に訊きづらいことを訊くのも刑事の役目だと、薫は自分を叱咤する。

「大事な話っていうのはなんだったんでしょうかね？　たとえば、その……すみません、女性関係のこととか？」

「わかりません」瑞希は首を振った。「ただ、過去の女性関係や若い頃の話なら、わたしにすべて話してくれていました」

瑞希の事情聴取を切り上げて教会の中庭を歩いていると、芹沢が瑞希の話を補足した。

「海老原のやつ、昔は結構遊んでましたけど、彼女に出会って生まれ変わったって言ってましたから」

「そうか」

薫がうなずいたとき、礼拝堂から故人の名前を呼ぶ女性の叫び声が聞こえてきた。礼拝堂周辺がざわついているので駆け付けてみると、喪服姿の女が棺に取りすがるようにして、「元章、元章」と愁嘆場を演じている。

「おい、ハルミ」

見かねた男が女を棺から離そうとしたが、抵抗にあっている。芹沢のゼミ仲間たちが駆け寄って、なんとか女を引き剝がすのに成功した。

「あの方は？」

右京が訊くと、うんざりした口ぶりで芹沢が答えた。

「海老原が大学時代から付き合っていた浅葉ハルミです」

そこに騒ぎを察知した瑞希が入ってきた。ハルミは瑞希に気づくと、男たちを振り切ってつかかと歩み寄った。そして、だしぬけに新婦の頬を平手で叩いた。ぴしゃりと乾いた音が天井の高い礼拝堂に響く。芹沢が飛び出して行き、ハルミを制する。ちょうど姿を現わした伊丹と三浦も後輩に加勢した。

「あなたのせいよ！　あなたのせいで元章は」ハルミは興奮していた。息を切らせながら、新婦を糾弾する。「あなたさえいなければこんなことには……」

「ハルミ、もうよせ！」

芹沢が大声で諌める。それでもハルミは憎々しげな視線を瑞希に向けていた。

「だって……」

「はいはい、落ち着いて」

そう言いながら伊丹と三浦がハルミを礼拝堂の外に連れ出した。芹沢もそれについていく。庭園のベンチに座らされ、ようやくハルミは少し冷静になった。

「元章とは大学時代からの付き合いで、結婚の約束もしてました。なのに、あの女のせいで……」

「結婚の約束を反故《ほご》にされたんですね？」

伊丹が訊くと、ハルミは声を荒らげた。

「みんな、あの女が悪いんです！　あの女に会って元章は変わってしまいました。変に分別臭くなって、まるで別人みたいに」

「未練があったんですね、彼氏に」三浦は確認するように言うと、「式の前夜十時半頃、どこでなにしてました？」

容疑者扱いを受け、ハルミははっとなった。大学の同窓生に助けを求める。

「芹沢くん、この人たち、わたしを疑ってるの？」

「誰にでもする質問だよ。ちゃんと答えたほうがいい」

ハルミは伊丹と三浦の顔を交互に見ながら、

「家で仕事をしていました。わたし、ウェブデザインの仕事をしてるんですけど、会社から仕事を持ち帰って自宅のパソコンで作業をしてました」

「大好きな元彼の結婚式が翌日に迫ってるのに、仕事する気分になんかなれないんじゃないですかね、ふつうは」

伊丹が挑発すると、ハルミは語気を強めた。

「逆です。仕事でもしてないといられなかった！」

「あなたのアリバイを証明してくれる人は？」

三浦が質問しても答えないので、芹沢が思いやりの感じられる口調で訊く。

「誰かいないのか？」

ハルミは首を振りながら、「わたしはやってない。元章を殺したのはあの女、津島瑞希よ」と決めつけた。

「根拠もないのにそんなこと言うのはよせ」

芹沢がたしなめると、

「根拠ならあるわ。あの人の……お父さん」

ハルミの証言を聞き、伊丹と三浦の表情が引き締まった。


その頃、別室では右京と薫が芹沢のゼミ仲間で、海老原のバチェラーズ・パーティーに参加していた面々から話を聞いていた。細面で神経質そうな信近哲也、丸顔で陽気な人柄をうかがわせる田村厚、眼鏡をかけちょっと気障な感じのする古井太一、ぼさぼさ髪で背の高い氏家《うじいえ》肇、の四人である。

「海老原は絶対ハルミと結婚すると思ってました」

信近がみんなを代表して言うと、田村がそれを裏付ける。

「あのふたり、うまくいってたからな」

「でも、いくら悔しいからって花嫁殴るか？　あれは許せないよ」

古井はハルミを責めたが、氏家はもう少し冷静に分析した。

「あの性格だからな。あいつ、思い詰めると周りが見えなくなるから」

「もしかしたら、あいつが……」

信近のことばに、薫が反応した。

「海老原さんのことを相当恨んでたってことですか？」

「八年も尽くしてきましたからね」と田村。「それなのに海老原は結局、瑞希さんを選んだから」

右京が最初からずっと引っかかっていたことを質問する。

「ところで事件の夜、海老原さんは花嫁の津島瑞希さんに大事なお話があったようなんですが、その内容についてどなたかお聞きになっていませんか？」

「パーティーでは、そんな話してませんでした。なあ？」

どうやらこのグループでは信近がリーダー格のようだった。彼のことばに一同、深くうなずいた。

三

結婚式前夜の惨劇は単なる強盗殺人かと思いきや、雲行きが怪しくなってきた。

翌朝、特命係の小部屋にいつものようにコーヒーをたかりに来た組織犯罪対策五課長の角田《かくた》六郎に薫は事件の概要を伝え、意見を訊いた。

「その被害者、若いのに会社の社長なんだろ？」

いつものように黒縁眼鏡とニットのベストという格好の角田がコーヒーを片手に確認した。

「ええ。精密機械メーカーの二代目です」

「だったら花嫁にする話は決まってるさ」角田が気楽に推理する。「『いままできみには景気のいいことばかり言ってきたけれど、実は会社は火の車。いまにも倒産するかもしれない。それでも俺についてきてくれるかい？』ま、そんなところだな」

「残念ながら、ここ数年、経常利益は黒字らしいですよ」

期待したほうが悪かったと、薫はマグカップのコーヒーを一気に飲み下す。

「でもほら、どっかの会社みたいに粉飾決算ってこともあるだろ？　なあ？」

諦めきれない角田は右京に同意を求めたが、変わり者の警部の意識は別のところにあった。

「失礼。メールのことを考えていました」

「メールって、被害者が最後に打ったあのメールですか？」

「ええ。大切な人との大事な予定をキャンセルするのにメールで済ませるでしょうかねえ」

右京が椅子から立ち上がり、自分の頭の中の疑問を口に出した。すぐに角田が応じた。

「電話するよな、ふつうは」

「花嫁が待っていたのを彼は知っていたんですよ。きみならメールで済ませますか？」

改めて問い質された薫も不思議に思った。

「そう言われりゃ、そうですね。『ごめん』って謝ってるぐらいですもんね」

ここで右京が大胆な推理を語った。

「メールは別人が打ったんだと思いますよ」

「なんでですか？」

「ウエディングの〝エ〟です」薫も角田もぴんと来ていないのを見て、右京が最後のメールの文面が写った写真を引っ張り出した。「人には書き癖があります。海老原さんが打った最後のメールでは大文字の〝エ〟が使われています」

「ああ、はい」

薫がうなずくのを待って、今度は遺留品の手帳を取り上げて開く。

「ところが彼が普段使っていたのは、すべて小文字の〝ェ〟なんです」

「ほんとだ。うわー、相変わらずちまちまと細かいね、警部殿は」

角田が皮肉たっぷりに言っても、右京は堪えなかった。

「お褒めのことばと受け取っておきます」

遅ればせながら薫も上司の言いたい主旨を理解した。

「だとしたら、被害者と花嫁が会うのを知っていた人物が犯人ってことになりませんか？」

「そういうことになりますねえ」

「その人物、捜し出しちゃいましょうよ」

黒衣の花嫁は今日も教会の礼拝堂の堅い椅子に腰掛けて、ただ時の過ぎるのを待っているようだった。背後からそっと近づいた右京が声をかけた。

「今日もこちらだとお聞きしました」

瑞希はゆっくり振り返ると、感情を押し殺して言った。

「ここにいると心が落ち着きます」

「少しよろしいですか？　海老原さんがあの夜の予定を誰かに話したか聞いてませんか？」

右京の質問に瑞希は首を振るだけだった。

「あなたのほうはどうですか？　どなたかにお話ししませんでしたか？」

「いえ」

質問役が薫に代わる。

「式の前夜に新郎から大事な話があると言われたわけですよね。不安はなかったですか？」

瑞希はいっさい感情を表に出さなかった。

「不安はありませんでした。彼はわたしになんでも話してくれましたし、彼の過去もすべて含めて受け入れるつもりでいましたから」

そうですかと言おうとした矢先、薫を妨害するのが仕事だといわんばかりのタイミングで捜査一課のライバルが現われた。

「特命係の亀山ぁ〜。邪魔だ、消えろ！」

伊丹が喧嘩を売ると、薫が買って出る。

「なんだと、このやろう！」

毎度毎度飽きずに小競り合いを繰り返す同期のふたりを横目で見ながら、三浦が瑞希に願い出た。

「ちょっとお話をうかがいたいんですが、よろしいですか？　ここではなんですので署までご同行願えますか？」

言い方は優しいものの有無を言わさぬ口ぶりに、瑞希よりも先に特命係の刑事が驚いた。

「任意同行？　なんでだよ？」

「それなりの根拠がおありなんですね？」

右京の指摘に伊丹はしてやったりと笑い、「ええ、もちろん」

瑞希の目に影が差した。

「どういったお話でしょうか？」

「亡くなられたあなたのお父上についてお話をうかがいたいんですが」

三浦が一端を明かすと瑞希は決然と抗議した。

「父の死と今回のことは関係ありません」

「こっちは関係あると思ってるんですよ」伊丹がねちっこく宣告する。「お互いの溝を話し合いで埋めませんか？」

薫の抵抗もむなしく、瑞希は捜査一課の刑事に連行されてしまった。

警視庁の取調室に戻った伊丹と三浦は、津島瑞希に交互に質問を浴びせた。

「あなたの実家は工場を経営していましたね？」

「しかし得意先の切り捨てに遭い、工場は倒産、お父上は自ら命を絶った。間違いないですね？」

「得意先はテクノ精機。つまり、あなたの婚約者、海老原元章さんの父親が社長を務めていた会社です。不況で経営危機に陥ったテクノ精機は非情にも下請けを切り捨てた。おたくの工場もそのひとつだった。提案したのは当時執行役員だった海老原さんです。そのことは知っていましたね？」

「そうすると、海老原さんが自分の父親を自殺に追い込んだ相手と知っていて結婚しようとしたんですか？」

「許せたんですか、そんな相手を？」

刑事たちの集中砲火に対してここまでただうなずくだけで耐えていた瑞希が、質問者をまっすぐ見据えて言い返した。

「父の死はもちろんショックでした。でも誰かを恨んでも仕方のないことですから」

「だが結婚となると事情は違うでしょう？」

伊丹がかまをかける。しかし瑞希はきっぱりと言った。

「彼は心から悔やんでいました。わたしはそれだけで十分でした」

「世の中にそんな聖女みたいな人がいるんですかねえ」

伊丹はまるで信じていない。それは三浦も同様だった。

「彼からその話を聞いたのは結婚式の前夜じゃないんですか？　あの夜、海老原さんはあなたを新居に呼び出し、懺悔した。いままでその事実を隠してきた彼にあなたはショックを受け、猛烈に腹を立てた。そして……違いますか？」

「彼からその話を聞いたのはもっと前です」

瑞希は真摯に訴えたが、伊丹は聞き流す。

「じゃあ彼はあの晩、あなたになにを話そうとしてたんでしょうね。いまの話以上に大事な話ってあるんですか？」

「わかりません」

「とぼけるんじゃないよ！」三浦が机を叩く。「あのメールだって、あんたが打ったんじゃないのか？」

厳しく責め立てられ、ついに瑞希の口から嗚咽が漏れた。それでも伊丹は追及の手を緩めなかった。

「どうして泣いてるんです？　泣いてたらわからないじゃないですか」

取り調べのようすを隣の部屋からマジックミラー越しに眺めていた薫が思わずつぶやく。

「嘘だろ、まさか瑞希さんが」

右京は無言のまま部屋を出ると、取り調べの真っ最中の隣室に移動した。伊丹が不快感を露わにする。

「ったく警部殿！　いま非常に大事なところなんですけどね」

「すぐに済みます」右京は委細気にせず携帯電話を瑞希に差し出す。「これに〝ウェディング〟と打ってみてください。いつものように、どうぞ」

涙を拭いた瑞希は訳がわからないまま、言われたとおりに文字を入力した。

――ウェディング

右京は携帯電話を受け取って一礼する。

「どうもありがとう。お邪魔しました」

廊下で待っていた薫が上司に質問する。

「例の書き癖ですか？」

「ええ」右京は携帯電話を薫に渡しながら、「彼女も小文字の〝ェ〟を使っていますねえ」

「メールが犯人の偽装工作なら、打ったのは瑞希さんじゃない」

「そういうことになりますねえ」

薫はほっとして、何度もうなずいた
右京と薫はその足で捜査一課の芹沢のところへ出向いた。そして先日の色紙を見せてもらう。怪訝そうな顔で色紙を取り出した芹沢の前で、薫は寄せ書きの手書き文字に視線を走らせる。求める書き癖はすぐに見つかった。

「右京さん、これ、大文字ですね」

薫が指差したのは、中央に貼られた写真の上に太いマジックで大書した文字だった。

「この『祝・ウエディング』と書いたのは、どなたですか？」

右京が尋ねると、芹沢は考え込んだ。

「幹事の信近じゃないかなあ」

「どういうやつなんだ、その信近っていうのは？」

「幸浦《さちうら》市の市議会議員です」芹沢は先輩の質問にそう答え、「信近を疑ってるんすか？あいつには無理ですよ。だって海老原が殺された時間、俺たちは店でずっと一緒だったんすから」

薫が頭をひねっている間に、右京が訊く。

「みなさん、日頃から仲がよろしかったんですか？」

「いやぁ、俺がみんなに会うのは八年前のゼミ合宿以来です」

「なるほど。とにかく信近さんに会ってみましょう」

まだ三十そこそこなのに市議会議員をしているだけあって、信近の受け答えはしっかりしていた。

「あのパーティーは海老原にやってほしいと頼まれたんです」

薫が例の色紙を取り出す。

「この色紙なんですけど、『祝・ウエディング』これを書いたのはあなたですか？」

若手市議が即答する。

「いえ、田村です」

「田村さんっていうのはどういう？」

薫の問いに答えたのは、同行してきた芹沢だった。

「弁護士ですよ。なかなか優秀なやつです」

「田村さんもずっとお店に？」

「ええ、一緒でした」芹沢はここで信近に向かって、「おまえ、海老原からなんか相談受けなかったのか？　いちばん信頼されてたの、おまえだろ？　ほら、あいつがアルコール依存症になりかけたときだって」

「いや、俺じゃない。立ち直らせたのはハルミだ」

「ハルミさんが海老原さんに、その……捨てられそうになったとき、なにか話はされましたか？」

薫が訊くと、市議は頭を振った。

「意見はしましたよ。けれど海老原はもう瑞希さんに夢中で。ハルミのことは、自分の肩書に惚れてる打算的な女だと切り捨ててましたね」

右京が疑問をぶつける。

「瑞希さんのお父さんの件で、彼のほうに負い目のようなものはなかったんですか？」

「初めはそれもあって、責任感から瑞希さんに近づいたようです。でも彼女は広い心で海老原を許した。それで、すっかり参ってしまったんです」

なるほどそういう事情か、と薫は納得がいった。

信近哲也事務所を出た特命係のふたりと捜査一課のひとりは、浅葉ハルミを訪ねることにした。ハルミには動機があり、アリバイがなかった。しかもウェブデザイナーである彼女が手がけたケーキ屋のホームページを見たところ、「ウエディング・ケーキ」と大文字の〝エ〟が使われていたのだ。

ハルミに対しては芹沢が口火を切った。

「ハルミ、俺に話があるんじゃないのか？」

「芹沢くんまでわたしのこと疑うの？」

「おまえがどれだけ海老原に尽くしてきたか、俺は知ってる。裏切られてどんなに悔しかったかも」

芹沢の気取ったせりふにハルミが苛立った。

「わかったようなこと言わないでよ。わたしは二十代を彼に捧げたわ。女の二十代をすべて彼に。なのに、わたしはただ捨てられて、なーんにもなしで終わり？　そんなのひどすぎるわ。あの人が自殺未遂をしたときだって、わたしがついてなければ……」

「海老原が自殺未遂？」

それは芹沢も知らない出来事らしかった。右京も興味を持ち、口を挟む。

「それは、いつのことですか？」

「大学四年のときでした。そのあと彼の生活が荒れていろんな女と遊んでるときも、わたしは我慢してたんです。彼を信頼してました。でも、なんで……なんであんな女と」

ハルミはどうしても瑞希を許せないらしい。

「自殺未遂の原因はなんだったのですか？」

「よくわかりません。その年の夏頃から人が変わったみたいにおかしくなって、いくら訊いても話してくれませんでした」

「夏だったら」芹沢が問い質す。「ゼミ合宿に行った頃かな？」

「確かそうだったと思う。それからは『なにもかもが嫌になった。死ぬしかない』って」

「そういえば、あいつ、ゼミ合宿のあとなんかおかしかったな」

「おい、ゼミ合宿でなんかあったのか？」

薫が後輩の刑事に質問する。

「いや、なにもなかったと思いますけど……」芹沢の答えは歯切れが悪い。「実はあのとき、俺、熱出して寝込んでたもんですから」

「それじゃ合宿に行った意味ねえじゃねえか」

「すいません……って、なんで俺が先輩に謝らなきゃいけないんすか？」

「亀山くん」ここで右京が相棒を呼んだ。「きみに調べてほしいことがあります」

四

数日前と同じレストランの個室に急に招集をかけられて、温厚な田村厚が珍しく怒っていた。

「結婚祝いをやった場所で追悼の会とはね」

「あまり趣味がいいとは言えないな、信近」

古井太一が同調すると、中央のソファに腰掛けた信近が弁解する。

「俺の発案じゃない。芹沢の発案だ」

「芹沢の？」

氏家肇が訊き返したときドアが開き、当の芹沢が入ってきた。後ろには右京と薫の姿もあった。

「おう、みんな集まってるな」

「芹沢、なぜ刑事さんたちが？」

信近がいぶかしがると、自らも刑事である芹沢がなだめるように言った。

「うん。事件についていくつか訊きたいことがあるんだ」

「俺は海老原を弔うために来たんだ」

古井の眼鏡の奥の目には険があった。氏家が椅子から立ち上がった。

「そうだ。こういうことなら帰らせてもらう」

「頼む、いてくれ」芹沢が説得する。「みんなの協力なしではこの事件は解決できない」

「わかったよ」と田村。「その代わり早く済ませてくれ」

右京が前に進み出た。

「では早速、本題に入りましょう。芹沢くん、確認のために当日の経過を教えていただけますか」

「はい。パーティーが始まったのは夜七時です。みんなで飲みながら昔話をしたり、写真を撮ったりしました。夜十時、翌日に式を控えた海老原がひとりで先に店を出ました」

「そのとき海老原さんを見送りに、どなたか外へ出ませんでしたか？」

右京の問いに氏家が答える。

「ぼくと古井が出ました。外でタクシーをつかまえて、海老原を乗せて帰したんです」

「なるほど。続けてください」

右京に促され、芹沢が従った。

「そのあとは残ったメンバーで酒を飲み続け、深夜の二時頃お開きにしました」

「つまり夜十時から深夜二時まで、みなさんはこのお店にいたというわけですね？」

信近が代表して「そうですよ」と答えた。

「海老原さんが殺害されたのは午後十時三十分頃、場所は彼の新居、しかし、みなさんは全員このお店に残っていた。ひとり残らず？」

「芹沢が証人ですよ」

右京は芹沢が首を縦に振るのを確認し、

「なるほど。みなさんにアリバイがあることはわかりました」

「刑事さんは俺たちの中の誰かを疑ってるんですか？」

古井が不満をぶつけても、右京は平然としていた。

「単なる確認ですよ。確認ついでに、その四時間の間に、長時間このお店を離れた方は？」

「誰もいないよなあ？」

田村が周りを見回すと、全員うなずいた。

「では、短時間ならどうです？」

「そりゃあトイレに行ったり携帯かけに行ったりしたやつはいましたけど」

「あなたご自身はいかがですか？　お店の中は電波が悪いようですが」

右京が田村を集中的に攻める。

「出ましたけど」

「何時頃に？」

「時間は覚えてないです」

「携帯の履歴を見ればわかると思いますよ」

「なんか疑われてるみたいでヤだなあ」

田村の顔が曇ったのを見て、右京は薄笑いを浮かべた。

「単なる確認ですよ。みなさんはいかがですか？　外に出た方はいませんか？」

信近が挙手のうえ、自己申告した。

「それならぼくも出ましたよ。駐車場に止めた車に色紙を取りに」

「飲み会なのに、お車でいらしたんですか？」

「ええ。いつも車だし、酒は飲めないんで」

四人の中でいちばん短気そうな古井が焦れた。

「もういいでしょう！　あなたがなにを疑ってるか知らないけど、ぼくらにはアリバイがあるんです。俺は帰る！」

「では、最後にもうひとつだけ。亀山くん」

右京に合図された薫が、おもむろに色紙を取り出した。右京が大きな文字を指差す。

「この『祝・ウエディング』と書いたのは、田村さん、あなたで間違いありませんね？」

「ええ、そうですけど」

弁護士の返事は上ずっていた。

「なるほど。それですべてがわかりました」

右京が自信満々に宣言すると、信近が上ずった声で訊いた。

「わかったって、なにがわかったんですか？」

「海老原さんを殺害した犯人ですよ」

四人を均等に見つめる右京に、氏家が抵抗を試みる。

「ぼくらの中に殺人犯がいるとでも言う気ですか？」

「いいえ、あなた方の中にではありません。あなた方、全員が犯人です！」

右京が大声で告発すると、店内の空気が一瞬凍りついた。

「馬鹿馬鹿しい！」

体勢を整えなおして若き市議が抗議する。一方の右京は冷静さを取り戻していた。

「確かに非常識な話です。しかし、ぼくにはそうとしか考えられないんですよ」

「ぼくたちには確実なアリバイがあるって、いまあなたが言ったんですよ」

「言いました」

「じゃあどうやれば、この店にいながら自宅にいた海老原を殺せるんですか？」

「おっしゃるとおり。どうやっても自宅にいる海老原さんは殺せませんねえ」右京が左手の人差し指を立てる。「ですが彼が自宅ではなく、このお店の近くにいたとしたらどうでしょう？　夜十時、お店を出た海老原さんを見送ったのは、古井さんと氏家さんでしたね？」

「ええ」と氏家。

「しかし、あなた方は彼をタクシーに乗せなかったんです。なんらかの理由をつけて海老原さんを駐車場へ連れていき、背後から襲った。気絶した海老原さんを縛り上げ、隠しておいた。そして店で時間が経つのを待つ。海老原さんが自宅に帰り着くはずの時間を見計らい、今度は田村さんと信近さんが店を抜け出す。そして、身動きのとれない海老原さんの胸をナイフで刺して殺害。実行犯はあなたですか？」

右京はここでことばを切り、挑戦するように市議を見つめた。信近が神経質そうに身震いしているのを確認し、告発を続ける。

「血が飛び散らないようにナイフは抜かなかった。そのあたりは周到な計画性を感じさせます。海老原さんが花嫁と会う予定をキャンセルするため、携帯メールで『ごめん。話はまた日を改めて』と送った。そして何事もなかったかのように店に戻った。メールを打ったのは、田村さん、あなたですね？　この中で大文字の〝エ〟を使うのは、あなただけですから」

冷酷に名指しで罪状を読み上げられた田村はうつむいて目を逸らした。

「殺害後、店で酒を飲み続けアリバイを作る。証人には芹沢くんを利用しました。刑事である彼ほどアリバイを立証してくれる人はいませんからねえ。深夜二時、パーティーをお開きにしたあと海老原さんの死体を自宅へと運び、室内を荒らし、そこで殺害されたかのように偽装工作をした。同時に殺害時刻を確かなものにするために、置時計の針を戻し、それを壊しておいた。これで犯行時刻の十時三十二分には全員がこの店にいたというアリバイができるわけです」

「だけど、それは全部あなたの推測でしょう?」

震える声で信近が必死に抵抗する。それを打ち砕いたのは薫だった。

「携帯電話の基地局を調べたんだけどね、海老原さんの最後のメールは、どういうわけだろうねえ、この近辺から発信されてるんだよ」

「待ってください。肝心なことを忘れてませんか?」と古井。「俺たちには海老原を殺す動機がない」

「明日結婚するって友だちを殺したりするもんか」

氏家も懸命に言い募る。

「そこがいちばんの悩みでした。田村さん、あなたは大学四年のゼミ合宿のあと、突然勉強が手につかなくなり、確実視されていた司法試験に落ちていますねえ」

右京はこの中でいちばん落としやすいのは田村だと読んでいた。

「それは……実力がなかっただけです」

「なぜ勉強が手につかなくなったのか話していただけませんかねえ？」

怖じ気づいて黙り込んだ弁護士の目の前に、薫が一枚の写真を掲げた。初老の男性が写っている。

「この男性に見覚えあるだろう？　しっかり見るんだ。あんたら、八年前の夏この人になにをした？」

写真を四人全員に見せながら、薫が真相を暴く。

「結婚式の前夜、海老原さんが花嫁にしようとしてた大事な話ってのは、この人のことなんじゃないのか？　彼はあんたらに相談したんじゃないのか？『式を挙げる前に瑞希さんにすべてを話したい』って。それを聞いたあんたらは口封じのために殺害を計画した！」

ついに田村が観念した。

「だめだ、信近……全部ばれてる」

「黙れ！　しゃべるな！」

信近の忠告は田村の耳に届いていなかった。

「だから俺は嫌だって言ったんだ！　なのに、こいつが無理やり」

「黙れと言ってるだろ！」

「『計画は完璧だ。自分が手を下すから協力しろ』だと？　なにが完璧だ！」

「おまえ！」

逆上した信近が田村を殴りつける。それまで黙って聞いていた芹沢が慌てて飛びかかり、友人の市議を羽交い絞めにした。真っ直ぐ顔を見ながら言う。

「話してくれ、信近。全部話すんだ。いまなら自首扱いにできる」

刑事の立場に戻ったゼミ仲間のことばにがっくり肩を落とし、信近はぽつりぽつりと忌まわしい過去の出来事を語り始めた。

「大学四年のゼミ合宿最後の夜、熱を出して早く寝てしまったおまえを残して、みんなで遊びに出たんだ。川原で騒いでたら、その写真の男がやってきてトラブルになった。ゴミを片付けろとか口出して、そのうえ俺たちのことを『親のすねかじりども』と罵ったんだ。怒った海老原が男を軽く小突くと、男は足を取られて倒れ、石に頭をぶつけて意識を失くしたんだ」

信近の衝撃的な告白を田村が引き継いだ。

「男は死んだみたいだった。海老原はみんなに手伝わせて証拠隠滅を……荷物と一緒に男を川に放り込んだんだ。何日かして、川下で死体が揚がった。そのとき五人で誓い合った。『このことは絶対に秘密にする』と」

自分が熱にうなされている最中に、悪夢のような出来事が繰り広げられていたと知り、芹沢はぞっとした。この場にそろった旧知の友人たちが全員、知らない人間のように思えた。再び信近がしゃべっていた。

「それなのに海老原のやつ、『あのことを秘密にしたまま結婚はできない。式の前の晩に瑞希にすべて打ち明けようと思う』って……過去がばれたら俺たちはおしまいだ。そうしないためには、海老原の口を封じるしかないと思った」

芹沢の頭に血が上った。信近に詰め寄る。

「保身のために海老原を殺したのか？」

「ああ、そうだよ。あれから八年、みなそれぞれに守るべきものがあるんだ」

「友だち殺して！　それで俺をアリバイ工作に利用したんだな？」

「そうだよ、悪いか？　おまえだって熱出してなきゃ俺たちと同じ立場だったんだ」

「運のいいやつだ！」「うらやましいよ、おまえが」

口々に言われ、芹沢は友人たちが本当に信じられなくなった。田村だけは芹沢を責めず、右京に訴えていた。

「自首します。自首扱いにしてもらえるんですよね？」

右京が黙っていると、薫が言った。

「その前に、あんたらに見てほしい人がいる。来てくれ」

薫は四人を引き連れて個室から出ると、レストラン全体が見渡せる位置に移動した。

中央のテーブルに先ほど薫が見せた写真の人物がいた。信近が目を見張る。

「あの人は！」

「あんたらが殺したと思っていた、小渕さんだよ」

「そんな馬鹿な……」「どういうことなんだ？」

古井も氏家も啞然としている。薫が説明する。

「ゼミ合宿でなんかあったんじゃないかと思って調べてみたんだ。そしたら当時、地元署に小渕さんの捜索願が出されてた」

「だって、新聞記事で『死んだ』って……」

田村はクレームをつけるような口ぶりだった。

「記事の溺死者は別人だ。小渕さんはいったんは溺れかけたものの、自力で川岸までたどり着き、一命を取り留めた。だが捜査はされなかった。なぜならば、そのときにはもう小渕さんは記憶を失っていたからだ。あんたらのことも、自分がどうして川で溺れかけていたのかも。つまり、あんたらが海老原さんを殺す必要はまったくなかったってことだ」

「そんな……」

田村が膝から床にくずおれると、古井と氏家も頭を抱えた。

「じゃあ俺たち、なんのために海老原を……」「苦しんできたこの八年はなんだったたんだ」

「苦しんできたのは、あなた方だけではありませんよ。小渕さんはあのときの怪我が原因で、いまでもお嬢さんの手を借りなければ生活することもできないんですよ」

右京が諭すように言ったが、信近にだけは通じなかった。

「物証は？　俺たちが海老原を殺したっていう確実な物証はあるんですかっ！」

「おまえ、まだそんなことを！」

芹沢が信近の胸倉をつかむ。それでも市議は抵抗した。

「こんな騙し討ちみたいなことで捕まってたまるか！」

「いい加減に目を覚ましなさい！」豹変した右京が大声で怒鳴りつける。「この期に及んでまだ逃げるつもりですか⁉　あなた方が八年前に小渕さんにしたこと、そして今回、海老原さんにしたこと、一生かかっても償えるものではありませんよ！　しかし、いま向き合わなければ、いつ向き合うんですか！」

「警察なめんなよ。証拠なんか、これからいくらでも見つけてやるよ」

そう言って薫が凄むと、さすがの信近もすくみ上がった。

「逮捕か自首かは、あなた方ご自身でお決めなさい！」

最後に右京が冷たく言い放つと、共犯者の四人はただうなだれるだけだった。

「俺もあっち側にいたかもしれない。そう考えると本当に恐ろしいんです」

友人たちが自首するのを見届けたあと、特命係の小部屋にやってきた芹沢が胸のうちを語った。それは芹沢の本音に違いなかった。右京は優しく受け止める。

「でも、あなたはこちら側にいる。いまできることをすべきではありませんか?」

「ちゃんと瑞希さんに説明できるのか?」

薫がぽんと背中を叩くと、芹沢は前を見据えて「やってみます」と答えた。そして、今日もまた礼拝堂にひとりで座っている黒衣の花嫁のほうに足を踏み出した。

第四話 「密やかな連続殺人」

一

佐古秀樹が思いのほか元気そうなのを確認して、亀山薫は少し安心した。

元滝沢署の巡査部長だった佐古には、組織ぐるみで保身を図る警察署のいわば「トカゲの尻尾」として依願退職させられた苦い過去があった。警官を辞めた佐古は、なんと屋台のおでん屋に転身していた。〈御待堂〉という屋号のこの屋台、すでに常連客も多いようで、外のテーブル席では二十代の若いＯＬ風の女性たちが談笑しながら熱々のおでんをつついている。

「はい、お待ちどお」

すっかりおでん屋の主人の顔になった佐古が、屋号の由来になった決まり文句を発しながら、大根とはんぺん、厚揚げの載った皿を突き出した。

「うまそう」

薫が本心から言うと、佐古は相好を崩した。

「いやぁ、刑事辞めたときはどうなることかと思ったけど、なんとかやってますよ」

「いい店じゃないですか」清潔な屋台を見渡していた薫は、釘に引っ掛けられたリング状の物体に目を留めた。「それ、なんすか？　指輪？」

「ピアスだよ。被害者の遺留品」

「殺しですか?」

「そう。滝沢署勤務時代に担当した事件でね、片方だけ残ったのを遺族からもらい受けたんだ。いつも忘れないようにって」

事件はいまだに解決していないのだろう。佐古の目には悔しさが浮かんでいる。

「もう十三年になるかなあ」そう言って、テーブル席の女性客に目をやった。「あちらのお客さんと同じくらいの子だった。なあ、亀山さん」

「なんすか?」

「それ、預かってもらえないかな?」佐古の口調が急に深刻味を増した。「私なんかより、亀山さんみたいな現役が持っていてくれたほうがいいと思うんだ」

「いいんですか、俺なんかで?」

「ああ。あんただったらいいよ」

佐古の表情が緩むのを見て、薫は請け合った。義理と人情には弱いのだ。

「わかりました。そういうことならお預かりしましょう」

翌日、荒川に浮かぶ女性の遺体が見つかった。第一発見者は河川敷で犬を散歩させていた主婦、というよりもその飼い犬のジュンだった。

捜査一課の伊丹憲一と三浦信輔が駆け付けたときには、後輩の芹沢慶二がすでに初動捜査に加わっていた。

「ご苦労さまです」

先輩たちを迎え入れる芹沢を押しのけて、三浦が引き揚げられた遺体をざっと見た。全身のいたる所が傷ついているが、腹部の大きな創傷が死因であることは間違いなさそうだ。

「刺し殺されて、川に捨てられたってところか」

「遺体の身許はいまのところ不明。所持品からは特定できてません。荒川周辺の所轄、それから機捜を総動員して殺害現場の特定を急いでます」

芹沢がてきぱきと報告する。

「殺害現場がここじゃないとすると、てこずるかもしれないな。上流に向けて捜索範囲を広げる要請をするか」

伊丹が三浦に持ちかけると、芹沢がさりげなく「もうしました」と応えた。

「若い女性の捜索願は？」

後輩の実力を試すように三浦が訊く。

「いま所轄署に当たってます」

「ふん、手回しがいいじゃないか」と伊丹。

「俺たちはもう必要ないってか？」と三浦。

「はい」思わず答えたとたん、ふたりの先輩の目が険しくなるのを見て、芹沢は失言に気づいた。「いやいやいや、先輩たちの手を煩わせるまでもない事案かと」

「時代は芹沢さんですか？」

伊丹の嫌味を芹沢が真に受けた。

「そういうわけじゃないっすよ」

「ふざけんじゃねえ、馬鹿。百万年早いんだよ」

トリオ・ザ・捜一がじゃれ合うのを耳にしながら現場検証を行なっていた鑑識課の米沢守が、第一発見者が重要な情報を持っているのに気づいて、三人に呼びかけた。

「お取り込み中のところすいませんが、こちらが御用のようなんですが」

ジュンが女性ものの財布をくわえていたのだ。財布の中にあった免許証からまもなく被害者の女性の身許が判明した。日高鮎子という二十三歳の独身ＯＬで、池袋の会社に勤務していた。暴行された形跡はなかったが、不思議なことに遺体は片方にしかピアスをつけていなかった。

この事件は米沢の口を通じてすぐに特命係のふたりに伝わった。遺体が片耳にしかピアスをつけていなかったと聞き、薫の胸が騒いだ。米沢が去るのを待って、こっそり右京に疑惑を伝える。

「ちょっといいですか？　つまらない思いつきなんですけど」

「構いませんよ。きみのつまらない思いつきには慣れていますから」

右京の受け答えはにべもない。それでも薫はめげなかった。

「仮に水中で遺体が激しく揉まれたとしても、ピアスが外れる可能性って低いと思うんです。イヤリングじゃないんですから」

変わり者の上司が興味を持ったのか、紅茶を淹れる手を止めた。

「続けてください」

「はい。でもって、暴行を受けたとしても外れる可能性ってやっぱり低いと思うんです。とすると、ピアスはいったいいつ外れたのか。もしかして犯人が殺害したあとに持ち去ったんじゃないですかね？　理由はわかりませんが」

「亀山くん」

毎度毎度思いつきを否定されている薫が機先を制した。

「あっ、違いますよね」

ところが右京の次のせりふは逆だった。

「ぼくも同じことを考えていました」

「え？　マジっすか？」

「マジです」ことば遣いにうるさい右京らしからぬくだけた表現を用いると、「しかし、きみがそこまで考えるからには、なにかヒントがあると思うのですが」

やはり上司はお見通しだった。薫はおもむろに佐古から預かったピアスを取り出した。

薫は右京の好奇心に火をつけることに成功した。その結果、ふたりで十三年前の事件の資料をひっくり返すはめになった。

「一九九二年十月八日未明、被害者の小野塚秀子さんは紐状のもので絞殺され、凶器は発見されなかった」

薫が捜査資料を要約して伝えると、右京が遺留品の写真を指差した。薫が預かったのと同じピアスで、片耳分しかない。右京が指摘する。

「片耳ピアスの件は犯人しか知り得ない事実として、当時マスコミには公表されていません。ならば今回の事件は、誰かが模倣してピアスを外したとは考えにくい」

「ってことは、荒川の事件と同一人物の犯行って可能性が?」

「そう考えるほうが合理的だと思いますよ」

右京は自信ありげだったが、薫は懐疑的だった。

「でも十三年も経ってからねえ」

「いや。案外、間は空いていないのかもしれません」

右京が思わせぶりに言った。

二

捜査は難航していた。

荒川河川敷の死体の揚がった場所から都内上流域まで範囲を広げて捜索しても、犯行の痕跡にあたる証拠は出ておらず、外れたピアスも発見されていなかった。被害者の交友関係を調べても大きなトラブルは見つからなかった。はっきりしたのは被害者の当日の足取りくらいで、日高鮎子は勤務終了時刻の十八時に池袋の勤務先を退社し、十八時半頃、自宅マンションのある北池袋のラーメン店にて食事していた事実がわかった。

捜査の成果が上がらずに、捜査本部が重苦しいムードに包まれていた頃、特命係の小部屋では電話作戦が終盤を迎えていた。

薫は電話をかけていた。

「昨日お電話させていただいた警視庁の亀山と申しますが……はい、若い女性が殺害されて未解決のままになってる事件で……そうです、被害者の片耳にだけピアスが残されていたかどうかがポイントです……そうですか……いえいえ、お手数をおかけしました。失礼します」受話器を戻すと右京に報告した。「長崎はバツです。これで全道府県警からの情報すべて入りました」

右京はホワイトボードに貼った日本地図の長崎の部分に大きく×印をつけた。横のスペースに○印の都道府県が抜き書きしてある。それを上から読み上げる。

「八一年大阪扼殺、八三年北海道刺殺、八七年広島毒殺、八九年宮城刺殺。九二年東京絞殺、九六年千葉毒殺、九八年長野絞殺。二〇〇一年福岡溺死、二〇〇四年京都扼殺、そして今回の東京、荒川で起きた刺殺事件ですね」

「はあ」薫がため息をついた。「しかし全国で十件も未解決の片耳ピアス殺人事件があったなんてね」

「これらのすべての事件には暴行の痕跡がありません。つまり快楽殺人。快楽殺人犯が十三年も殺人の間隔を空けるというのはきわめて不自然です。どこかで必ず犯行をくり返していると思いました」

右京がさらりと自慢したとき、出入口からおなじみのせりふが聞こえてきた。

「おい、暇か?」

同じフロアにある組織犯罪対策五課長の角田《かくた》六郎だった。自分が暇なときにこう言いながら特命係に油を売りに来る。

「これが暇に見えますか?」

薫がホワイトボードを示すと、角田はあまり興味なさそうに、

「また悪だくみか。なに調べてんだよ?」

「日本各地の未解決事件です」

「ふたりで日本中の未解決事件を解決しようってか？」角田が茶化す。「あーあ、とうとうきちまったか。こんな狭っ苦しいカビ臭い部屋に何年も押し込められてたら、そりゃおかしくもなるわな」

「なってませんよ」

薫が否定しても、角田は意に介さない。

「いや、警部殿は別よ。元々、変人でらっしゃるから」

「恐縮です」

右京が苦笑すると、角田は改めてホワイトボードに目をやった。

「へえ、大阪、長野、東京。あら、これ昨日の荒川の事件じゃないか」

「ええ。片耳ピアス殺人のひとつですけどね」

「片耳ピアス殺人？　なんだそれ？」

「被害者の片耳にだけピアスが残されていた殺人事件です」

「え？　これ全部そうなの？」ようやく角田も興味を覚えたようだった。「どうやって調べたんだよ？」

糊の利いたワイシャツにサスペンダーという上半身だった右京が高級な生地のスーツに袖を通しながら、慇懃に説明する。

「ご存じのように日本にはＦＢＩのような犯罪の全国的な捜査機関も集中管理システムもありませんから、各道府県警に電話をかけて、ひとつひとつ確認しました」

「はぁ、つくづく暇だね」

フライトジャケットにワークパンツという格好の薫は、上司の準備が整ったのを確認して言った。

「では右京さん、まいりましょうか」

「まいりましょう」

「おいおい、どこに行くんだよ？」

角田には教えなかったが、ホワイトボードを押しながらふたりが向かった先は、刑事部長室だった。

特命係のふたりを毛嫌いしている刑事部長の内村完爾は、右京の説明を聞いて吐き捨てるように言った。

「くだらん。その程度の根拠で広域捜査態勢などとれるか」

「何者かが二十五年もかけて十人の女性を殺害し続けているというのか？」

内村の腰巾着である参事官の中園照生も呆れた口調だった。薫は気圧されないように強気に答えた。

「そうです」

内村が腕組みしたまま否定的な見解を述べる。

「扼殺、刺殺、毒殺……いちいち殺害方法を変える連続殺人犯など聞いたことがない。〝平成の切り裂きジャック〟浅倉だって犯行の手口は同じだった。違うか？」

「それはそうですけど……」

内村に痛いところを突かれ、薫はいきなり弱気モードになる。これには右京が反論した。

「同じ殺害方法を続けない。だから、この犯人はいままで見逃されてきたのではないですかねえ。県をまたげば警察の情報は共有されません。殺害方法を変えれば同一犯だとは気づかれにくい。まさに、われわれ警察の盲点を突いています」

「ほう。そんなにオツムのいい犯人が、なぜ東京で二度も犯行をくり返したんだ？」

難癖のような質問には、さすがの右京も答えることができなかった。鬼の首を取ったように内村がせせら笑う。

「その程度の説明もできなくて、よくもしゃあしゃあと広域捜査など口にできたもんだな」

「なぜ犯人が東京で二度犯行を犯したかと訊かれれば、ぼくにも謎です。しかし東京ではなく、埼玉ならばどうでしょう？」

右京のことばで混乱したのは相棒だった。

「埼玉？　いや、埼玉はいままで事件は起きてませんよ」

右京は荒川流域図を指差すと、遺体発見現場から上流へ荒川をたどっていった。

「あ、川口……埼玉！　なるほど、遺体は埼玉から東京へ。これじゃあ、いくら警視庁の管轄を洗ったところで殺害現場がわからないわけですね」

薫は納得しても、刑事部長は認めない。

「くだらん。桃太郎じゃあるまいし、ドンブラドンブラと埼玉くんだりから死体が流れてきたのか？」

「おそらく、それが遺体の損傷が激しかった理由かと思われます」

右京が進言したが、内村は聞き入れない。

「暇すぎるとね、つまらん妄想に取り憑かれるもんだ」

「妄想なんかじゃないですよ。現に十人もの女性がですね……」

「亀山くん」反論しようとする薫を右京は上司らしく制し、「貴重な時間を取らせてすみませんでした」

刑事部長室を出るときには、入るときの高揚感はすっかり失われていた。

「なにが妄想だよ！」

怒りが収まらない相棒に右京が本音を語る。

「広域捜査が認められるとは、端から思っていませんよ。しかし、一応報告の義務は果たしました。あとはいつものとおり」

「なるほどね！　いつものとおりですね」

一方、刑事部長室では内村が右京の意見を反芻していた。

「埼玉か……埼玉県警に協力を要請しろ。それから捜一を動かせ」

「はっ、わかりました」

腰巾着がうやうやしく腰を折った。


特命係の小部屋に戻った右京と薫はもう一度、十三年前の事件の捜査資料に戻った。

事件当夜、現場の公園から逃走する犯人らしき人物が目撃されていた。モンタージュが作成され、寄せられた情報から、村木重雄という予備校講師が容疑者として浮上した。村木は被害者の小野塚秀子と同じ通勤電車を利用しており、ストーカーの疑いが持たれていた。現場付近での目撃情報、下足痕《ゲソコン》の一致で、捜査本部は村木の容疑を固めたが、偶然にもその日、村木と同じ靴型の公園利用者が確認され、結局、証拠不十分で不起訴となったのだった。

ほかに手がかりがない以上、その男から始めるしかない。

右京と薫が村木の自宅マンションを訪ねると、先客がいた。伊丹と芹沢である。捜査一課のほうも村木しかとっかかりがなかったようだ。

しかし、その村木が曲者だった。伊丹たちから質問を受けたとたん、手首を切ったのである。幸い軽症で命に別状はなかったが、ひとまず病院に連れて行くことになった。村木を運び込んだ警察病院の処置室の前で、伊丹が右京に事情を話した。

「俺たちが上がり込んで、まもなく様子がおかしくなって」

「気がついたら手にカミソリを握っていたんですね？」

「そうです」視線を横にやった伊丹は、このときようやく不倶戴天の敵の姿を見つけた。「って、なんでおまえがここにいるんだよ」

「それはこっちのせりふだよ」

薫が言い返すと、伊丹が顔をしかめて応じる。

「なんだと、この亀吉」

「誰が亀吉だよ」

「おまえなんか亀吉で十分だよ。亀吉」

「なんだと、こらぁ」

ふたりが小学生のような低レベルの言い争いをしているところへ、きつい表情のロングヘアの女性がヒールの音を響かせながらやってきた。後ろに頼りなさそうな若者を引き連れている。右京が女性に確認する。

「奥様ですね？」

「ええ、村木順子です。主人は？」

「処置室です。命に別状はありません」

「わかってます」

順子はそう言うなり、処置室のドアを開け、勝手に中に入った。そして、処置が終わったばかりで左手首に包帯を巻いた村木を、持っていたバッグで思い切り引っぱたいたのである。遠心力のついたバッグの直撃をもろに食らって、村木は床に倒れた。順子は足を高く上げると、ヒールの踵で村木の脇腹を踏みつけた。

「ちょっと、ちょっと奥さん！」

「なにするんですか？」

薫と芹沢が止めに入ろうとするが、順子はバッグを振り回して抵抗した。鬼女のような形相でわめきたてる。

「どうせ傷は浅いんでしょ。本気で死ぬ勇気なんかないんだから、この人には」順子は足を下ろし、夫の耳に口を近づけた。「死ねるもんなら死んでみなさいよ。死ねないくせに！」

体を丸めて痛みに堪えていた村木が、そろそろと起き上がる。そして脅えきった目で妻を見た。妻は一転、猫なで声になると、夫の背中をさすりながら、「さあ帰りましょう」と杖を渡し、左手で髪をかき上げた。

村木は右足が悪いようだった。杖に右半身の体重をかけながら、よたよたと歩いていく。順子はぴったりと横に付き従い、その後ろから、結局ひと言も口を開かなかった謎の青年が続いた。

この一連の寸劇めいた出来事を右京は食い入るように凝視していた。村木夫妻の姿が見えなくなると、伊丹が苦虫を嚙み潰したような顔になった。

「わかんねえ。いや、わかりたくもねえ。いったいなんなんだ、あの夫婦は？」

「上層部《うえ》になんて報告します？」

芹沢が判断を仰ぐ。

「知るか。おまえがしとけ」

「いや、ぼくなんか百万年早いっすから……痛っ！」

伊丹が頰をつねったのだ。

「つまんないこと根に持ってんじゃねえよ、このやろう！」

頰をさすりながら、芹沢が真っ当な推測と大胆な意見を述べる。

「なんにしても、あの状態じゃ村木に今回の犯行は無理じゃないですかね。でも、あの奥さんなら人殺ししかねない感じですね」

「ああ、確かにな」

先輩刑事も賛同した。

右京と薫は謎の青年を追いかけ、捕まえて話を聞くことに成功した。男の名前は安斉直太郎といった。明教大学医学部の大学院生で、付属病院精神科医の内田美咲の助手らしい。薫はこのいかにも優男風の青年が精神科医の助手と知って驚いた。

安斉の話によると、村木重雄は八年前から内田医師にかかり、メンタルケアを受けていたという。

「八年前というと村木さんの容疑が晴れたあとですよね？」

薫が訊くと、安斉は明朗に答えた。見かけによらず、話し方は大人びていた。

「そうです。その後の精神状態が非常に不安定だったんで」

右京は別のことに興味を持ったようだった。

「安斉さんはなぜ奥様と一緒だったんですか？」

「内田先生がお忙しいので、ぼくが代わりに奥さんの相談を受けているんです」

「あの奥さん、大変でしょう？」薫が同情する。「エキセントリックっちゅうか、サディスティックっちゅうかね」

「ぼくたちに対しては全然違いますから」

右京が質問を続ける。

「奥様のお仕事は？」

「経営コンサルタントだと聞いてます」

「あれで？　経営コンサルタント？」

安斉は含み笑いしながら、「優秀らしいですよ」と答えた。右京がまた質問を変える。

「村木さんのお体の具合はいつ頃からでしょう？」

「五年前です。交通事故に遭われて、それからずっとあんな調子で。バイクに当てられたらしいです」

「車の運転はなさるんですかねえ」

「免許自体、持ってないと思いますが」これまで快活に答えていた安斉の顔が少し曇った。「すみません。これはなにかの捜査ですか？」

「ええ、まあ」

右京がうなずくと、安斉がきっぱり言った。

「だとすると、ぼくの立場でこれ以上、村木さんに関してお話しするわけにはいきません」

「では」と右京。「内田先生にお会いしたいのですが、お願いできませんか？　できれば明日にでも」

助手は少し考え、精神科医の予定を調整してくれた。

「明日の午後なら、なんとかなると思います」

三

翌朝、右京と薫は特命係の小部屋で事件のことを話し合っていた。

「今回の事件、村木には無理ですよね。あの状態ですから。じゃあ、どうやったのか」

「さあ、どうやったのでしょうねえ」

右京があまり真剣に考えようともせずに受け流すと、薫が自説を開陳した。

「共犯がいるんですよ。あのサドマダムならやりかねないでしょ。いや、むしろ主犯は妻のほうかもしれない。あの夫ならなんでも言うこと聞くでしょう」

そう言いながら、薫はバッグで叩き、ハイヒールで踏みつける真似をする。

「確かに、ただならぬ気配は感じましたね」右京も認めた。「しかし、その前にひとつ問題があります」

「なんですか？」

「事故に遭う前の過去の七件の事件、村木さんの犯行だという確証がまだなにも出ていません」

「まあ、そうなんですけどね。どう考えても怪しいでしょ、あの夫婦。ずばり事件当日のアリバイを奥さんに訊いてみましょうか？」上司の顔色をうかがいながら、「だめですよね、心証だけじゃね」

しかし右京の返事は意外だった。

「いや、そうとも限りませんよ」

「え？　なんか疑う根拠ありますか？」

「彼女の左耳を見ましたか？」

順子の耳はロングヘアに隠れていた。いつの間に耳など見たのだろう、と薫は舌を巻いた。


薫はひとりで村木順子の職場を訪ねると、いまはスポーツジムに行っている時間だと教えられた。そこでジムに回ると、再び伊丹と出くわした。

「なんでおまえがいるんだよ！」

「亀吉こそ、なんでいるんだよ！」

子どもの喧嘩が再開する。

「知りたいか？」

「知りたかねえ」伊丹はやせ我慢し、話を逸らす。「しかし、仕事中にプールとは優雅なもんだよなあ」

順子はプールで水泳中だった。ふたりの刑事ははだしになり、ズボンをまくり上げてプールサイドに進む。

「村木の奥さん、怪しいよな？」

伊丹はちっとも情報を寄越さないライバルにかまをかけたが、薫は気がなさそうに
「そうかあ？」と答えただけだった。

「すっとぼけてんじゃねえよ。なんかつかんでるんだろ？」

「そっちが先に言え」

「ばーか。それがないから訊いてんだろ」

「おやぁ？」薫が皮肉たっぷりに言う。「天下の捜一が心証だけで容疑者に仕立ててるんですかあ？」

「うっせえ」

「よっぽど手づまりなんだな」

「もういい、黙ってろ。おまえだってどうせ変人警部殿の入れ知恵だろ？　偉そうにしてんじゃねえよ」

そうまで言われると、薫も情報を隠しておけなくなった。

「左耳だ。左耳をさりげなく見ろ」

「左耳？」

タイミングよく、順子がプールから上がってきた。スイミングキャップをかぶっているおかげで、耳たぶの形状をはっきり目視することができた。順子の左耳は、気の毒に

も醜くただれていたのである。

順子は刑事たちを見つけると、キャップを脱いで、髪を下ろした。そしてつかつかと歩み寄ってきた。

「ちょっとお話をおうかがいしたいのですが」

と伊丹が切り出すと、順子は挑戦的な態度でまくし立てた。

「うちの主人《ひと》が殺人犯だって言うの？　答えてよ。十三年前、無実の人間を殺人者に仕立て上げて、あんなふうにしたの、誰？」伊丹が言いよどむと、声がさらに大きくなる。

「答えてよ！」

「われわれ警察、ですか」

押し殺した声で伊丹が答えると、順子はふたりの刑事を交互に見ながらあげつらった。

「そう。あなた方、警察よ」

「でも、容疑はすぐに晴れたんですよね？」

取りなそうとした薫は逆襲に遭った。

「あなた、馬鹿？　一度殺人の汚名を着せられた人がどうなるか想像できないの？」

「確か予備校の先生でしたよね、ご主人？」

伊丹は当たり障りのない話題を持ち出したつもりだったが、それも逆効果だった。

「それじゃまったく正確じゃないわね。人気予備校講師。年収五千万の人気予備校講師よ」

「年収五千万？」

「それが殺人の汚名を着せられたら一晩で消えてしまった。どんなに隠しても噂はついて回って講師を辞めざるを得なくなった。挙げ句、事故であんな体に」

途中から順子は左手の親指の爪を噛み始めた。しかもまばたきひとつしない。正常な精神状態なのかどうか疑わしくなる。

「あの……」遠慮しながら薫が訊く。「お子さんはいらっしゃらないんですか？」

「子ども？　いませんよ。わたしにはあの人ひとりで満足ですから。あの人にも、わたししかいないんです」

言い終わったときには順子の親指の爪はぎざぎざになっていた。

これ以上順子に話を訊いても、かえって翻弄されるだけだと悟ったふたりは早々に引き揚げることにした。

「ったく、とんでもないババァだぜ、ありゃ。アリバイどころじゃねえや」

帰り道で伊丹が愚痴る。薫はそれよりも順子の耳が気にかかっていた。

「でも、見たよな？」

「ああ、見た。間違いない。あれならピアスは片耳で足りる。偶然にしちゃできすぎの夫婦だ」

「村木は持ち去ったピアスを妻に渡していた」

薫の推測を伊丹が引き受ける。

「問題は、村木が事故に遭ったあと、どうやって犯行を続けたかだ」

「村木には無理だ。やっぱりあのサドマダムか？」

薫が憶測を述べると、伊丹が別の可能性を示唆した。

「いや、村木のやつ、芝居かもしれねえ」

その頃、右京は精神科医の内田美咲を研究室に訪ねていた。キャリアから推し量ると美咲は三十代半ばと思われたが、童顔のせいで若々しく見えた。小ぶりの耳に小さなダイヤモンドのピアスが似合っていた。

「村木重雄さんのことでしたね？」美咲が右京に着席をうながした。「あらかじめ申し上げておきますが、わたしがお答えできるのは患者さんのプライバシーに抵触しない範囲のことです」

「もちろん、それで結構です」右京がいきなり直球を投げ込む。「率直に申し上げますが、奇妙なご夫婦ですね、あのおふたり」

「昨日のことは安斉から聞きました」美咲が後ろを振り返った。そこでは安斉直太郎がデスクについて、なにか書きものをしていた。「驚かれるのも無理ありません。わたしが初めて村木さんの奥様にお会いしたときも、村木さんに対する奥様の専制的な態度には正直驚かされましたから」

「以前からあのような関係だったのでしょうか？」

「ええ、もうずっと前から。信じられないかもしれませんが」

美咲が隠し立てなくしゃべると安斉が立ち上がり、すっと寄ってきた。耳元で「先生」と注意して、そのまま退室していく。美咲は慌てて手に口を当てた。

「これは失言。ひと言多いのがわたしの悪い癖。いまのは聞かなかったことにしてください」

右京が嬉しそうに笑った。

「ぼくもよく、ひと言多いと言われます」

「じゃあ似た者同士かしら」美咲はにっこり微笑むと、「それはともかく、警察はもっと気を遣ってくださらい」

「はい？」

「村木さんは十三年前、警察に疑われ、それがトラウマになっていまだに苦しんでいます。いわば権力の犠牲者です」

右京が「気をつけます」と頭を下げると、美咲は突然、「支配と隷属」と言った。

「傍目からはエキセントリックに見える行為も、当事者の間では必要不可欠なコミュニケーションであるケースがままあります」

「村木ご夫妻のように?」

右京は確認したが、美咲は巧みにはぐらかす。

「さあ。わたしが話しているのは多くの臨床例に基づく私見。判断はお任せします」

右京はうなずいて、書棚の本の背表紙に目を走らせた。

「犯罪心理学がご専門なんですね」

「ええ」

「ところで、これはあくまでも仮定の話としてお聞き願いたいのですが」右京が犯罪心理学者の気を引く事例を提示する。「たとえば、何十年にもわたり日本各地で若い女性を殺害し続け、しかも同一犯だと気づかれないようにそのたびに手口を変える、かといって性的暴行はしない。そんな連続殺人犯がいたとしたら、どういう人物でしょうか?」

「プロファイリングしろと?」プロファイリングとは、犯罪の性質や特徴から行動科学的に分析し、犯人の人物像を推論することである。美咲は真面目な表情になり、「データが少なすぎるけど、いくつかの推測は可能です。まず、犯人は男性。性的能力に関して異性から侮辱された経験あり。普段はおとなしくて真面目なタイプ。隣のデスクにいても誰も殺人犯だなんて思わない。そんな人物」

美咲が犯人像を一気に明らかにした。

「なぜでしょうか？」

「自己顕示欲が強い犯人なら警察に挑戦状を送ったりして、すぐに失敗する。何十年にもわたって犯行を続けることは不可能」

右京が納得すると、美咲はプロファイリングを続けた。

「第二に、犯人は出張あるいは転勤が多い仕事に就いている。仕事先で犯行を重ねている可能性が高い。ロシアで五十二人を殺した連続殺人犯も出張を利用していた。そして第三に、犯人は自分だけにしかわからない印を残すか、あるいは記念品を持ち去っているはず」

見てきたかのような答えぶりに、右京は大いに興味をそそられた。

「たとえば、それがピアスだとしたらどうでしょう？」

「ピアス？　それも仮定の話かしら？」

「判断はお任せします」

先ほどの自分のせりふを刑事からそっくりそのまま返され、精神科医は苦笑しながら、

「もしピアスが持ち去られていたとしたら、それは大きな意味を持つわ。それは〝征服〟を意味するから」

「非常に興味深いお話ですね」

美咲は書棚から一冊の分厚い本を引き抜き、ぱらぱらとめくって、一枚の絵が載っているページを開いた。魔物めいた生き物が女性の耳元に息を吹きかけている。

「これは中世に数多く存在した悪魔崇拝の結社が残した絵のひとつ。その昔、ピアスは悪霊が耳から入り込むのを防ぐためにつけられたの」

右京は美咲の言いたいことを理解した。

「それを外すことは、つまり、相手を無防備にして侵入するという意味なんですね?」

「相手に暴行を加えなくても、象徴的に相手を征服、つまり〝支配〟した気分を味わえる。ピアスを外すだけで」そう言いながら、美咲は自分の右耳のピアスを外した。「こんなふうにね」

女性精神科医のしぐさはとても挑発的だった。

特命係の小部屋に戻った右京に、薫が順子との会見の様子を報告し、最後に伊丹の私見を伝えた。

「お芝居ですか?」

「ええ。本当はふつうに歩けるんじゃないかと。一課がその辺の事実関係を探ってます」

右京が冷静に分析する。

「しかし、それが事実だとして、まだ殺人の場所と時間に村木さんを結びつける確証がありません。動機もまた然りです」

「動機は妻にピアスを与えること……だけじゃ、いくらなんでもねえ」

部屋の隅に座って週刊誌を読んでいた角田が口を挟んだ。

「そんな理由でわざわざ人を殺さないだろ？　ピアスなんて簡単に手に入るんだし」

ここで右京が奇抜といってもいいような仮説を提示した。

「村木さんは、あの特異な夫婦関係に甘んじながら、その逆の願望を殺人という形で実現してきたのではないでしょうか。支配と隷属の関係を逆転させたいという願望です」

「支配と隷属？」薫の脳裏に病室での村木順子と村木重雄の姿が浮かぶ。「確かにあの夫婦の関係ですね」

「それを象徴的に逆転するもの、それがピアスだった」右京は内田医師から聞いたピアスの意味を説明し、「まず女性を殺し、ピアスを取る。この時点でピアスは〝支配〟の象徴となります。そして、そのピアスを妻に渡す。渡された奥さんは観念的に〝支配〟されたことになります」

説明をじっと聞いていた角田がうなずいた。

「その気持ち、わからなくもないね。実際にはカミさんに頭が上がんなくてもさ、心の中じゃ『俺のほうが偉いんだぞ』と思いたいのよ」

薫が伝え忘れていたことを急に思い出した。

「村木って人気予備校講師だったらしいですよ。年収なんと五千万」

「予備校の講師というのは、そんなに高給が取れるものなのですか？」

なんでも知っているような右京が大げさに驚いたので、角田がここぞとばかりに笑う。

「なに、警部殿、知らないの？」

「予備校には縁がなかったものですからね」

角田は藪蛇だったと反省しながら、「嫌味だねえ。スルッと言っちまうところが、これまた小憎らしいよね。ねえ？」

同意を求めた薫まで「俺も縁なしですよ」と胸を張る。

「おまえはスポーツ特待生だもんな」

ひと言で薫をしゅんとさせた角田は気をよくし、「マドンナ講師とかタレント講師とか言ってさ、年収が億超えるようなのがいっぱいいるんだから」

「詳しいっすね」

角田の情報にスポーツ特待生が驚く。

「うちの子《ガキ》が世話になってっから。でさ、人気講師になると飛行機の回数券なんか持ってるらしいぞ。大手の予備校になると全国に教室があるだろ？　それを教えて回るわけだよ。今日は横浜、明日は神戸、流れ流れて博多までってね」

角田の情報で今度は右京がひらめいた。

四

特命係のふたりは、村木重雄が以前勤めていた〈明新ゼミナール〉に行き、会議室を借りて人払いしてから、村木の勤務記録をチェックした。そして確信した。

村木が行なった出張講義は、八一年九月五日大阪府八尾校、八三年八月二八日北海道札幌校、八七年十二月十九日広島県呉校、八九年二月十日宮城県岩沼校、いずれも未解決の片耳ピアス事件の場所、月日と一致したのだ。

「このあとに十三年前の東京の事件。その後の二件は別の予備校に移ってからですかね？」

薫が興奮気味に訊くと、右京も晴れ晴れとした顔で応じた。

「ええ、間違いないでしょう」

そのときノックの音がし、事務の女性に導かれて伊丹と芹沢が入ってきた。伊丹は「また亀吉かよ！」と舌打ちする。

「お先～」

「結果はご想像のとおりですよ」

右京が立ち上がると、伊丹が精いっぱいの皮肉を言う。

「しかし、よく鼻が利きますねえ、警部殿は」

右京も負けじとユーモアで返した。

「ぼくの鼻など、ジュンちゃんに比べればまだまだですよ。行きましょう」

「はい」薫は勤務記録を芹沢に突きつけた。「ほら、やるよ」

痛快でたまらない薫が腹を抱えていると、右京の携帯電話が鳴った。電話は米沢から

で、荒川の殺人事件の殺害遺棄現場が特定されたという内容だった。

特定された現場は荒川の上流にかかる高い橋の上だった。右京と薫が駆けつけると、

米沢をはじめ、たくさんの鑑識員が捜査を行なっていた。橋の中央部にべっとりと血糊

がついていた。

「これだけ大量の血痕を見る限り、殺害現場もここだと考えられますね」

右京が言うと米沢が青い顔をして言った。

「ええ、間違いありませんね」

「じゃあ、犯人は初めて足がかりになるような証拠を残したわけですね。しかも殺人と

殺人遺棄を特定されるような重大なミスを」薫が勢いづく。米沢を抱きかかえる真似を

して、「ここからドボーンですか」

「やめてください。あ……だめだ、目が回る」

「ひょっとして高所恐怖症ですか？」

「恥ずかしながら」

米沢の顔色が悪かった理由がこのとき薫にもわかった。しかし、いまは鑑識員の心配をしている場合ではない。

「しかし、ここだと村木のいまの状態じゃ、やっぱり無理ですよね」

相棒の指摘に右京は静かにうなずいた。


その頃、伊丹と芹沢は捜査内容を内村刑事部長と中園参事官に報告していた。

「東京を除く六道府県すべてが、やつが講義した町と一致します」

「さらにウエイトレス、書店員、クラブホステスなど、被害者はすべて村木の予備校近くに勤務しており、十三年前の東京の被害者に至っては村木の教え子だった可能性があります」

伊丹と芹沢が真剣に訴えると、内村は「単なる偶然とは思えんな」と、村木の容疑を認めた。中園はもう少し慎重だった。

「しかし、二〇〇〇年以降の三件に関しては村木に犯行は不可能だろう。確か事故で体の自由が利かないらしいな。最後の三件に関しては、まったく別人の犯行だとでも言うつもりか？」

ここで伊丹が自説を披露する。

「あれは警察の目を欺く芝居かもしれません。状況証拠はやつを指してます」

「状況証拠では逮捕状は出んぞ」と中園。

「村木は被害者の片方のピアスを持ち去ったようです」芹沢が言った。「いまでも持ち続けている可能性は高いと思われます」

「家宅捜索令状を取りましょう。証拠さえ出れば」

中園が内村に提言した。伊丹も頭を下げる。

「部長。責任は自分たちが……部長！」


右京と薫は村木順子の事務所を訪れ、予備校講師時代の村木重雄の殺人容疑について伝えた。話を聞いた順子は挑戦的に言う。

「へえ、今度は連続殺人？」

「残念ながら、状況がそれを」

右京が相棒のことばを補う。

「各県警の資料をつき合わせれば、過去七件の容疑ははっきりすると思いますよ」

「勝手になさい。どうせ恥をかくのはおまえたちなんだから」

まるで動じない順子に薫が頼み込む。

「荒川の事件当日のアリバイを教えていただけませんかねえ」

「嫌。絶対言わない。言うもんですか」

と、順子の携帯が鳴った。夫からだった。

「もしもし？」

頼りない重雄の声が漏れ聞こえてくる。

――警察が来た。帰ってきてくれ。おまえがいないと……。

「すぐに帰るわ」

――頼む。

電話を切ったとたん、順子が激怒した。

「警察が家に来てるって、どういうことよ！」

「亀山くん」

「はい。戻りましょう」

右京と薫は、順子を車に乗せ、自宅マンションへ急行した。

村木の自宅を捜索していたのは、内村を説得して令状を取った伊丹と芹沢だった。

家捜しをしていた芹沢が、寝室のクローゼットの奥にしまい込まれた宝石箱を発見した。開けると、案の定、大切に保管されたピアスが見つかった。ピアスの数は七つ、いずれも片方だけ。最初の七件の殺人事件現場から持ち去られたピアスに間違いなかった。

ようやく物証を得たものの、ふたりが気づいたとき、村木の姿は部屋から消えていた。

追いつめられたことを悟った村木は、屋上に逃げ込んだのだった。

伊丹と芹沢が駆けつけると、村木は屋上の縁に杖を突いて危なっかしく立ち、なにやら意味不明の呪文を唱えていた。

「Vim patior《ウィン・パティオール》, Vim patior……」

「危ない。おい、危ないっ! こっち来い!」

芹沢がこちらに来るように手招きするが、村木は気もそぞろな様子だった。

「勘弁してくれよ。降りろ、降りろって!」

伊丹の声も届いているようには思えない。

「Vim patior, Vim patior……」

謎の呪文を唱えながら、村木はなぜか恍惚としており、笑みさえ浮かべていた。

一触即発の緊迫した状況が続く中、右京と薫が順子を引き連れて屋上にやってきた。

「おいおいおいおい、どうなってんだよ?」

薫が腐れ縁のライバルに訊く。

「やつの家を家宅捜索《ガサいれ》したら、ガイシャのピアスが出たんだ。間違いねえ。あいつが連続殺人犯だ!」

伊丹の声が聞こえたのか、村木が久しぶりに意味のあることばを発した。

「私は捕まらないよ」

「村木さん、落ち着きませんか？」

右京が語りかけると、村木はにやりと笑い、再び呪文を唱え始めた。

「Vim patior, Vim patior……」

「やっぱりおまえが犯人だったんだな！」

伊丹が問い質しても、村木は変わらず、“Vim patior”を繰り返すだけだった。

「なに言ってんだよ、あれ？」

薫が訊いても、伊丹も頭をひねることしかできない。

「さ、さあ。リンパテ……知るか！」

薫にも伊丹にも意味がわからないようだったが、右京には心当たりがあった。“Vim patior”はラテン語で「圧迫に耐える」という意味だった。黒魔術の際に用いる呪文である。

手出しができない刑事たちを嘲笑うように、村木の呪文が響く。

「Vim patior, Vim patior, Vim patior……礼を言わせてもらうよ。二十年以上も警察は私を捕らえることができなかった。おかげで、ずいぶんと楽しませてもらった」

「てめえ！」

伊丹が一歩詰め寄ると、村木は杖を手放し、左足の片足立ちになった。少しでもバランスを崩すと地上に真っ逆さまである。

「十件全部を私がやった。この手でね」

「動機はなんなんだ？」

薫の質問が届いたらしく、村木はぞっとするような笑顔になった。

「動機？ 忘れたな。そもそも、これは不治の病なんだ。誰にも治すことはできない」

「ふざけるな！ 理由もなく、なんも罪もない人たちを殺したっていうのか！」

「ああ、そのとおりだ。おまえたちには絶対にわからないだろうな。われわれのような人間の存在は！……Vim patior, Vim patior……」

この瞬間、村木の顔に怪物が憑依した。目の焦点が中空をとらえ、口角が耳の方へ引き上げられる。

「あなた！」

順子が前に出る。

「順子……おまえは褒めてくれるだろう？」

「行かないで！ わたしたち死ぬまで一緒でしょ？」

うろたえた妻を一顧だにせず、無機質な顔で答える。

「約束を守れないのは残念だが、時間が来たようだ」

順子が夫のもとに行こうとするのを、懸命に薫が止めた。怪物が高笑いする。

「来るな。くり返すが、おまえたちに私は裁けない。私は善悪を超えた存在なのだ」

「ふざけるなっ！」

「捕まるくらいなら自分で終わりにしてやる」

順子の「やめて！」という声が刑事たちの耳に突き刺さったとき、怪物は虚空に向かって飛び立った。薫はそのとき一瞬、稲光が走り雷鳴が轟いたような気がした。

数秒後、どすんと鈍い音がして、怪物はアスファルト道路に叩きつけられた。村木は即死だった。体の下からみるみる血が広がっていく。屋上からのぞく捜査員の目には、広がった血の形が悪魔の翼のように映った。

「あなた……」

順子が嗚咽を漏らした。

五

・内村は怒りが収まらなかった。伊丹と芹沢を頭ごなしにどやしつける。
「馬鹿者！　被疑者に自殺されるとは何事だ！」

伊丹は無念でならなかった。強く握り締めすぎて、拳が痛い。

「申し訳ありません。あと一歩というところで」

「言い訳をするな。で、十件すべて立件できるのか？」

「なんとしても立件させます」

中園が意地悪く指摘する。

「証拠のピアスがまだ三つ見つかってないだろう」

「必ず見つけます」

「村木はどうして免許がないのに埼玉の犯行現場まで行ったんだ」

内村の疑問には芹沢が答えた。

「それは、おそらく共犯がいたのではないかと。妻の順子には免許があります」

「必ず吐かせろ。いいな」

「はっ」

伊丹と芹沢は再び深くお辞儀した。

特命係の小部屋では、薫が佐古秀樹から預かったピアスを手に載せ、語りかけていた。

「きみのおかげで犯人はわかったけど、死なれちまった。ごめんな。逮捕できなくって」

紅茶を啜っていた右京が振り返る。

「きみは本当に村木さんが残り三件も手を下したと思いますか？」

「え？　だって村木本人が言ったじゃないですか。『十件全部を私がやった』って。事件は表に出ていなかった。十件というのは犯人しか知らない。だから村木が犯人だっていう裏付けになる。でしょ？」

薫にしては論理的な解答だったが、右京は納得していない。

「しかし、部屋からはピアスが七点しか見つかっていません。残りの三点はどう考えるんですか？」

「うーん、捨てたんじゃないすかね？」

「人の命を奪い、かなりのリスクを犯してまで手に入れたものを簡単に捨てたりはしませんよ」

「じゃあ、右京さんは残りの三件はやっぱり別人がやったと思ってるんですか？」

右京はためらわずに「はい」と答えた。

「もしですよ、ほかの犯人あるいは共犯がいたとして、ピアスの秘密は村木に近い人間しか知り得ない。やっぱり奥さんですか？」

薫は確信を持って訊いたが、右京は首を振る。

「だとすれば、残りのピアスも同時に見つかっているはずです」

「じゃあいったい誰なんですか？」

薫には変わり者の上司の考えが読めなかった。すると右京の携帯電話が鳴った。内田美咲医師からだった。

——実はお見せしたいものがあるんです。

「ぼくも先生のお会いしたかったところです。そちらへうかがえばよろしいですか？」

——日中は身動きがとれないの。夜はいかが？

「わかりました。連絡いたします」

右京が内田美咲と約束をしたところに、「暇か？」と笑いながら角田が入ってきた。

「なんか大きなもの釣り上げちゃったみたいじゃない。連続殺人だって？」

「それがね」薫がリールを巻くジェスチャーを交えて気軽に応じる。「釣り上げるまでもうちょっとのところで、また潜られちゃって」

「そうなんだ。ところでお友だちが来てるよ」

角田の背後から、やけに嬉しそうに米沢が丸顔をのぞかせた。

「こんにちは」

「わざわざすみません」

鑑識員は右京が呼んだようだった。

「なにか出ましたか？」

「これといったブツはまだ」米沢は捜査資料のファイルを右京に渡しながら、共犯者めいた目配せを寄越す。「これ、いちおう捜一には内緒ということで」

「いつもどおりですね？」米沢も大きくうなずきながら、「急遽、埼玉県警と合同調査になったもんですから、まだ足並みがそろっていないというのが現状です。この段階でお見せしていいのかどうか、ちょっと迷ったんですけども、とりあえず」

「構いませんよ。拝見します」

「どうせまた縄張りがどうこう言ってんだろ、上層部《うえ》はさあ」

頭頂部が少し寂しくなりつつある角田の推測を、坊ちゃん刈りの米沢が肯定した。

「それこそ犯人の思うつぼなんですけどもね」

右京は日高鮎子の遺留品写真をチェックした。〈浦和ファイナンス〉の広告が挟まれたポケットティッシュの写真があった。しわしわなのは、川の水を吸ったからだろう。

被害者のポケットから見つかったようだった。

組織犯罪対策五課と鑑識課、ふたりの黒縁眼鏡の男の発言に調子を合わせて薫が愚痴る。

「犯人がわざわざ東京の人間を埼玉まで連れてって殺すから、こんなことになるんですよ。ガイシャが埼玉の人間だったら、埼玉県警だってもっと早く動いたのにね」

右京がファイルから顔を上げた。

「犯人は東京の人間を埼玉まで連れて行って殺したのではなく、埼玉の人間だと勘違いしたから埼玉で殺したんですよ」

「ん？」

戸惑う薫を放ったまま、右京が暇なほうの黒縁眼鏡の男に頼み事をした。

「角田課長、ひとつお願いしてよろしいでしょうか」

「なになに？」

「埼玉県警の生活安全部に協力を要請していただけませんか？」

警視庁の組織犯罪対策部は、かつては生活安全部の一部だった。そのため、角田は埼玉県警の生活安全部にも顔が利くのだった。


捜査一課の取調室では、伊丹が村木順子の事情聴取を行なっていた。

「アリバイなんですがね」

伊丹が訊いても、順子はまともに答えようとしない。

「今日わたしがこんな殺風景なところに来たの、なぜかわかる？」

「ご主人の犯した犯罪について話すため。証拠の出ていない残り三件の殺人事件に関する警察の捜査に協力するため、ですよね？」

「違う。あの人とわたしをはめようとする愚か者の顔をじっくり見るためよ」

そう言うと、目をいっぱいに見開き、まばたきもせずに伊丹の顔を凝視した。その言動は伊丹を激怒させるには十分だった。

「ふざけんな！　前の七件に関しちゃ、あんたの旦那は完全にクロなんだよ！」

机を叩いて興奮する先輩を落ち着かせようと、芹沢が前に出た。

「つらいお気持ちはわかりますが、事件当日のアリバイを話していただかないと、あなたに共犯という疑いがかかりますよ」

「言うもんですか！」

順子が拒絶すると、伊丹が決めつけた。

「いや、もう訊く必要もねえ。認めてるようなもんだ」

「いや、もう訊く必要もねえ。認めてるようなもんだ」順子が伊丹の口ぶりを真似た。

「あははは、愚か者！」

「なんだと、このやろう！」

手を出そうとする伊丹を芹沢が止める。

「座ってください、先輩！」

伊丹は順子に手玉に取られていた。隣の部屋からマジックミラー越しに取り調べのようすを見ていた三浦が頭を振った。

「完全にやられちまってる」

一緒に見ていた中園が三浦の肩を叩いた。

「選手交代だ」

「はい」

被疑者の取り調べに関しては伊丹よりも自信を持っていた三浦も、しかし順子には翻弄される結果に終わる。

「片方しかピアスをつけられないあなたは、ピアスをしている若い女性に対してコンプレックスを抱いていた。だから、夫と共謀して若い女性を次々に殺害、ピアスを奪った。村木はあなたの言うことだったら、なんだって聞いたんじゃないかな?」

三浦が穏やかな声で問いかけると、順子は表情を変えずに答えた。

「聞いたわ。とても従順な、そういう意味では最高の夫」

「じゃあ、やっぱりあなたが命令して?」

順子は誘導尋問には引っかからなかった。逆に質問を放つ。

「おじさん、老眼でしょ?」

「なんの話だ?」

困惑する三浦に、順子が突然高圧的に迫る。

「答えなさい!」

「最近少し」

「じゃあ、老眼になったら若い男にコンプレックスを持った？　コンプレックス持って若い男殺したい？」

「それは話が……」

違うだろう、と言う前に順子のほうが主導権を握っていた。

「ピアスが片方つけられないぐらいで、なんで若い女なんかにわたしがコンプレックス持たなきゃならないのよ！」

「それは……」

順子はこれ見よがしに首を回し、自分で肩を叩いた。

「飽きたから言うわ。あの日、若い男と一緒だったわ。嘘だと思うなら、その人に確認なさい。なんだったら一緒に入ったホテルを言いましょうか？」

そして悪びれずに男とホテルの名前を言った。

車で埼玉方面に向かいながら、右京は薫の疑問に答えた。

「そもそも犯人は埼玉で犯行のすべてを完結させたかったはずなんです」

ハンドルを握りながら、薫が相槌を打つ。

「同じ都道府県で犯行を重ねないのが捕まらない絶対条件ですからね」

「しかし、犯人はミスを犯した。ひとつは、遺体を荒川に捨てたために東京まで流され、以前に一度事件を起こしたことのある警視庁の東京管轄になってしまった」

「そしてピアスをきっかけに事件は繋がった」

右京は軽く顎を引くと、話を続けた。

「第二に、埼玉ですべてを完結させたいのなら埼玉在住の人間を狙うはずです。ところが犯人は東京在住の日高鮎子さんを殺してしまった」

「確かにおかしいですよね。そうなると遅かれ早かれ東京の警視庁が出張ってきますもんね」

「犯人は彼女を埼玉の人間と勘違いしたとしか思えません。では、なぜ勘違いしたのか。彼女の遺留品に浦和の金融ローンのティッシュがありました。街頭で配られたものでしょう。彼女は事件の夜、埼玉の浦和にいたんですよ。では、池袋のOLが金曜の深夜なぜひとりで埼玉の浦和にいたのか」

右京がそこまで言うと、薫も被害者がどのようにして犯人と合流したかおぼろげながら想像がついた。

特命係のふたりの刑事が向かったのは、浦和にあるデートクラブだった。埼玉県警の生活安全部から情報をもらったのだ。うら寂しいアパートを訪れると、坊主頭を亜麻色に染めた男が出てきた。なぜか乳飲み子を抱いている。男は水橋という名で、デートクラブの経営者だった。

「悪いけど、もう一回手帳を見せてもらえるかい?」

右京と薫を部屋に通して水橋が求める。部屋で休憩していたらしい露出度の高い女の子が慌てて別室に逃げた。

「大丈夫だよ。今日はそっちの捜査じゃないから」

女の子たちを安心させながら、薫が警察手帳を掲げた。

「騙しじゃないだろうね? 本当に警視庁の人? いや、県警が最近うるさくてさ。街の浄化だなんだって言ってさ、そんなにきれいにしたいんだったら花壇でも造れってんだよな」

「今日は街の浄化についてお話をしに来たのではありませんので、ご安心を」

右京が丁寧に言うと、水橋が不思議そうな顔をした。

「ああそう。じゃあ、警視庁《えど》の刑事さんがなんの用?」

薫が口火を切る。

「浦和で客が外でデート嬢と待ち合わせできるのは、こちらのクラブだけだって聞いてもんですから」

「うちはあくまで男女の出会いをプロデュースしてるだけだよ」

「そうそう。その出会いをプロデュースした男女について、ちょっとね」薫が日高鮎子の写真を出した。「この女性なんだけどね、こちらに在籍してませんでした?」

「どうかなあ？　ちなつって娘《コ》に似てるような気がするんだけど。女ってさ、化粧でどうにでも化けるだろ？」水橋がコンパニオンのリストをめくる。ちなつという源氏名のコンパニオンを指差して、「ああ、この娘」

　髪形も違っているし化粧も濃かったが、顔の輪郭や鼻と唇の形はそっくりだった。

「確かに似てますよね？」

　同意を求められた右京はうなずくと、

「ちなつさんの連絡先を教えていただけませんか？」

「携帯でいい？」

　右京が番号を確認する間に、薫が質問する。

「十一月二日の夜、ちなつさんに客は？」

「ついたけど、事務所に寄らないで帰っちまいやがった」水橋が口を尖らせる。「気に入った客だと、そのまんまフケちまうんだよ、あいつ」

「その客の電話には誰が？」

「ナナって女が出たんだけどね」水橋の瞳に怒りの炎が点った。「居場所ならわかんない。むしろ、こっちが聞きたいよ！　店の売り上げ持って昨日トンズラしやがった。しかもガキ置いたまんまだぜ。ひでえよな？」

　乳飲み子がまるで母親の名前に反応したかのように泣き始めた。薫が事情を推し量っていると、右京がちなつの電話番号と手帳に控えていた日高鮎子の電話番号を並べて差し出した。

「ビンゴですね！」

薫が歓声を上げる。

「ところでおたくら、なんの捜査なんだい？」

水橋の質問に右京は答えた。

「ちなつさんが……いや、本名日高鮎子さんが殺害されました」

「えっ？」

「犯人はおそらく彼女を指名した男です」

「でもね」水橋がむずがる赤ん坊をあやしながら思わせぶりに言った。「うちの客、男とは限らないからさ。女と女、最近はそんなものも多くてさ」

ふたりがデートクラブの事務所を出たとき、薫の携帯電話が鳴った。芹沢が順子の取り調べの状況を知らせてきたのだ。電話を切った薫が、興奮して右京に電話の内容を伝える。

「大変です。村木の奥さん、荒川事件当日のアリバイを話したって」

「確証は？」

「証人がいます……というか男と浮気してたらしいんですが、その相手がなんと、あのしる。


「精神科医の助手です」

さすがの右京もそれは予想していなかったらしく、頬を強張らせた。薫が頭をかきむしる。

「ああ！　もう正直、俺にはなにがなんだか訳わかんなくなってきましたよ」

「嫌なら、きみは降りてもらっても構いませんよ」

「いや……そういうわけじゃないっすけど」

混乱して投げ出しそうになった薫の気持ちを見透かしたように、右京が厳しい口調で言い放った。

「きみには聞こえませんかねえ。殺された彼女の悲痛な叫びが。聞こえないのなら、刑事などいますぐに辞めるべきです」

六

警視庁からのアリバイ確認の電話を切った安斉直太郎を、内田美咲は汚物でも見るかのような目で見つめた。

「本当に村木さんの奥様と関係してたの？」

「すみません」

安斉が魂の抜けたような声で謝る。それでも美咲の追及の手は緩まない。

「いつから？」

「ぼくが村木さんのことで奥さんに相談を受けるようになってから……本当にすいません」

「わたしの監督不行届きってことね。でも、いまは奥さんが心配だわ」

美咲は気分を変えるように言うと、安斉を連れて車で桜田門へ向かった。村木順子は警視庁のロビーでぐったりしていた。精も魂も尽き果てたようすだった。美咲と安斉のふたりで両脇から抱え上げ、車に乗せた。

美咲は助手の不倫相手を思いやるように優しく声をかけた。

「家にいても警察やマスコミがうるさくて落ち着かないでしょう。ホテルの部屋を取りましたから、休んでください。ご主人のこと、もう少し早く気づいていれば……せめて、これくらいはさせてください」

「先生は、わたしがあの人のこと恨んでると思う？」順子が爪を嚙む。「世間を騒がしてる連続殺人鬼。それが事実だったとして、わたしには関係ない。世間がなんて言おうが、わたしにはかけがえのない男なのよ」

突如順子は左側の髪をかき上げ、ふふふと笑った。

「あの人がわたしの耳をこんなふうにしてからいままで、どれだけ幸せだったか。愚か者たちには到底わかんないでしょうね。それとも、わたしがあの人を怪物にしたの？」

「誰の心にも、怪物は棲んでるんですよ」

美咲が突き放すように言った。


特命係の小部屋に戻った右京はパソコンを使ってひとり調べ物をしていた。内田美咲の過去の論文を検索すると、目を引くタイトルのものが見つかった。

「悪は人を魅了する」

右京は美咲の講演場所と講演日を調べ、その内容を確認するために電話をかけ始めた。


薫が珍しくひとりで〈花の里〉のカウンター席に座っていると、いまや薫以上の常連客である奥寺美和子がのれんをくぐって現われた。女将の宮部たまきに「こんばんは」と挨拶すると、薫には気安く「よ、お疲れ」と声をかけた。

「おう」

美和子は「とりあえずビール」とオヤジのような注文をすると、うつむきかげんの元同棲相手のほうを向いた。

「あれえ、薫ちゃん、どうした？　元気ないね」

「そうか？」

「んー、なるほどなるほど。わかりました」

美和子はひとりで納得している。

「なんだよ」

「右京さんにひさびさにガツンとやられたんでしょ？」

「あらそうなの、亀山さん？」

たまきが目を丸くすると、薫は力なく否定した。

「いやぁ、別に」

美和子が薫の心の中を的確に読む。

「そんでもって、俺ってやっぱ刑事には向いてないのかなあ、なんて思っちゃったりして。よし、じゃあ、郷里に帰って造り酒屋のオヤジを継ぐか。んでもって、わたしも一緒についてっちゃったりするとか。どう？」

「美和子……」薫は一瞬どきっとしたが、必死に気持ちをごまかした。「いや、どうって……なにひとりでくっちゃべってんだ、ばーか。なんで俺が田舎帰るんだよ」

たまきが美和子のグラスにビールを注ぐ。

「美和子さんにはお見通しね」

「なんすか、なんすか？」

薫が訊き返すと、女将は巧みに言い換えた。

「ん？　はい美和子さん、お通しね」

薫が美和子のおかげで少し元気を取り戻している頃、右京は都心の高層階にあるレストランで、内田美咲と食事をしていた。

「こうなったのも、すべてわたしの責任かもしれません」

美咲が覚悟を決めたような目で言った。

「どういう意味でしょうか？」

美咲がバッグから持参した何枚かの絵を取り出して、テーブルの向こうへ押しやった。

「この絵を見てくださる？　いまさら遅いかもしれないけど、あなたにお渡しします。村木さんが描いたものです」

右京は絵に目をやった。口をふさがれてもがく女、首吊りをしている男、悪魔にしか見えない奇怪な生き物……どれもグロテスクな絵だった。線は一様の太さでなく、時として震えている。画面も薄汚れていた。前に右京が美咲の研究室で見せてもらった、耳に息を吹きかける魔物を模したと覚しき絵もあった。

「これは、先生が彼に描かせたのですか？」

「治療の一環として。絵には、その人の抑圧した精神の内面が現われますから。いま思うと、この中にすべてのヒントがあったんです。それなのに、わたしはこの絵の意味を取り違えてしまった」

右京が興味を持つ。

「どのように？」

「冤罪によるストレスだと」

「あなたのお立場なら、そう解釈するのが正しいのではないですか？」

「だけど、それで許される？」美咲が目を伏せた。「こんな大事件の犯人が目の前にいて気づかなかった」

「あなたの責任じゃありませんよ」

右京が慰めのことばを投げかけたとき、ウエイターが近づいてきて、「失礼いたします。窓際の席をご用意できますが、お移りになりますか？」と言った。せっかくの高層階なのにふたりが座っていたのは内側のテーブルだったので、気を利かせたのだろう。しかし、美咲は即座に断わった。

「えっと……なんの話でしたっけ？」

「あなたの責任ではない、と」

右京が繰り返すと、美咲はわれに返ったような表情になり、

「そう。だけど、その一方で、もし村木重雄が連続殺人の詳細を語ってくれていたら、どんなに興奮したかと思うの。不謹慎かもしれないけど」

「犯罪心理学がご専門なら当然だと思いますが」

「理解していただけるかしら」

「論文をいくつか読ませていただきました。先生はユニークな考えをお持ちのようですねえ」

美咲の瞳に妖しい輝きが宿る。

「悪は人を魅了する」

「刺激的なテーマですね」

「凶悪な事件が起きるたびに人は犯人の生い立ちや素性、家庭環境、どんな性格などかを知りたがる。被害者のことなんか忘れて。彼らのなにがそこまで人を惹きつけるのか、おわかり?」

犯罪心理学者は小首をひねった。そのしぐさは妙にコケティッシュだった。

「さあ、なんでしょうか?」

「彼らがわたしたちの中にもある〝なにか〟を持っているからよ」

「〝なにか〟とは?」

「怪物とでも言ったらいいかしら」

「怪物?」

美咲は愛しい人の自慢話でもするかのように、幸せそうな口調で語った。

「人は社会や会社、家庭、法律などさまざまなものに縛られている。解放されたいと思ってても人には自制心や良心、責任感があるから、自分の中の怪物をなんとか飼いならす。だけど、怪物はときどき囁きかけてくるの。そんなくだらないものから自由になれ、って」

七

翌朝、右京が自分の机に村木重雄が描いた絵を広げて眺めていると、捜査一課に情報を仕入れに行っていた薫が戻ってきた。

「村木順子なんですが、事件があったとき福岡、京都、埼玉には行ってません。右京さんの予想どおり村木の奥さんはシロですね」

村木の絵から目を離さず、右京が言う。

「となると、奥さんを除いて村木重雄にいちばん精神的に近かった人物は誰でしょう?」

「うーん」薫は浦和のデートクラブの経営者、水橋の思わせぶりなせりふを思い出し、

「内田先生ですか?」

「現在の情報をもとに消去法で考えると彼女しか思い当たりません」

薫は机から一枚の絵を取り上げ、

「だとしたら、わざわざ右京さんにこの絵を渡すなんて大胆すぎませんか?」

「犯人だとしたら、挑戦ともとれる大胆さです。ちなみに彼女の過去の講演のスケジュールを調べてみました。二〇〇一年十月十八日福岡医科大学、二〇〇四年六月三十日京都医科大学」

薫が片耳ピアス殺人の発生日時を記した自分のメモと照合した。

「ぴったりです！」

「事件のあった日、間違いなく彼女はこれらの場所に行っています」

「動機はなんなんですかね？」

右京はパソコンを操作し、内田美咲の論文のファイルを表示させた。

「彼女の研究テーマは〝悪は人を魅了する〟」

「ミイラ取りがミイラになっちまったってことですか？」

と、薫の携帯電話が鳴った。ついいましがた思い出していた水橋からだった。

――ナナの居場所がわかったよ。大塚の〈エデンの星〉ってヘルスだよ。急ぎなら店の前を張れよ。捕まえたら、あたしにも連絡頼むわ。

「わかった。右京さん、ナナって娘の居場所がわかったんで、ちょっと行ってきます」

内田美咲がホテルに着いたとき、村木順子はベッドの上で眠っていた。付き添いを任せていた安斉直太郎に訊く。

「どう?」

「お疲れのようだったんで、お薬を飲んでいただきました」

「そう」美咲はうなずくと、財布から千円札を数枚取り出し、「なにか食べる物でも買ってきて」と、安斉を部屋から追い出した。そして安斉のバッグをあさり、自宅の鍵を探り出した。


「水中で揉まれたおかげで、死亡推定時刻はやはり曖昧なままですね」

その頃、米沢が特命係の小部屋で右京に話していた。

「事件当夜かなり遅い時間だったかもしれません。それから、これは埼玉新入荷分です」新しい捜査資料のコピーを右京に渡し、「これといったお勧めのブツがなくて残念です。埼玉では私本来の力が発揮できませんでしたから」

「どうしてですか?」

「なにしろ高い橋の上、なんかこう、指紋採取さえおっかなびっくりの覚束ないありさまでして」

米沢の話を聞いて、右京の脳裏に昨夜の高層階レストランでの美咲の言動が蘇ってきた。なぜ、彼女は窓際の席をきっぱりと断わったのか。

「そうです! 彼女は高所恐怖症だったんです!」

「いや、私が高所恐怖症なんですが……」

米沢にはなんのことやらさっぱりわからなかったが、右京にはこれですべてがわかった。

同じ頃、薫は無事にナナを捕まえ、話を聞くことに成功した。その結果、犯行当日、店に電話をかけ、ちなつこと日高鮎子さんを呼び出したのは男だということが判明した。

電話でその報告を受けた右京は、日高鮎子の殺害犯人が内田美咲ではなく、助手の安斉直太郎だったことを確信した。

「村木順子さんとの密会のあと、彼は埼玉に向かったんですよ。そしてデートクラブに電話をかけ、女性にピアスをつけてくるように言った」

――右京さんっ！

電話越しに薫の緊張が伝わってくる。

「安斉さんのマンションに急ぎましょう！」

その安斉のマンションには、まんまと鍵を手に入れた美咲が先に来ていた。初めて助手の部屋に入った美咲はひととおり室内を眺め渡したが、特に異常は見つからなかった。立ち去ろうとした精神科医の目にウォークイン・クローゼットが飛び込んできた。カーテンで仕切られたその向こうが気になる。

美咲はカーテンをかき分けて、クローゼットの中に入った。

そこはまるで邪教の祭祀空間のようだった。手前の床には六芒星《ヘキサグラム》が描かれ、周囲に蠟燭が立てられている。正面には祭壇のようなものが据えつけられ、悪魔信仰の本の横に誇らしげに片方だけのピアスが三つ飾られていた。それを見つけた瞬間、室温がいきなり下がったように感じた。

ふいにカーテンが開く音がした。振り向くと、安斉がナイフを持って立っていた。

「先生、勝手に入ってもらっては困ります」

「あなただったのね？」

「いえ」この期に及んで否定するのかと思いきや、「あなたですよ、先生。そのピアス、しっかり持っててくださいね」

安斉は美咲を拘束し、三つのピアスを精神科医の上着のポケットに入れると、ナイフで脅しながら屋上に連れて上がった。

屋上に出たとたん、美咲が座り込む。おもちゃを見つけた子どものように安斉が笑った。

「高所恐怖症ですか？　克服するいいチャンスじゃないですか」そう言って美咲を端まで引っ張っていき、「立ってください。それじゃ突き落とせないじゃないですか」

体を硬直させて必死にしゃがみ込む美咲に対して、安斉は事もなげに言う。

「わたしに罪を着せる気ね？」

美咲が精いっぱい抵抗する。

「先生が悪いんですよ、気づいてしまうから。まだ試したことがないんですよ、突き落として殺すのって」安斉は強引に美咲を立たせようとする。「死んでしまえば高所恐怖症からも解放されます。楽になれますよ」

襟首を鷲づかみにして美咲を引き立て、上体を揺する。

「やめて……」

「その恐怖の顔がたまらないんだ。ほら！」

助手の童顔が醜く歪む。

「おやめなさい！」

そこへ右京と薫が駆け込んできた。安斉が振り返り、愉快そうに叫んだ。

「来るな！　来たら突き落としますよ」

「やめなさい。最後の三件の殺人は、きみがやったんですね？」

「なに言ってんですか。村木さんが全部自分でやったと告白したじゃないですか」

美咲の襟首をつかんだまま、安斉がとぼけた。

「あれは彼なりにきみを守ろうとしたのでしょう」

右京のこのことばは、安斉にも意味がわからなかったようだ。

「守る？　ぼくを？　どうして？」

「それは、きみが彼の連続殺人を受け継いだからですよ」間合いを保ったまま右京が告発する。「きみは村木重雄という悪魔に魅入られ、魂まで取り込まれてしまった。そうですね？」

安斉が声を立てて笑った。ひとしきり笑い終わったとき、安斉には怪物が乗り移っていた。

「そう。まるで悪魔のように魅力的な人物。ぼくには素晴らしい出会いでした。何度も会ううちに彼はつまらないこの世の抑圧からぼくを解き放ってくれたんです。Vim patior, Vim patior……」

黒魔術の呪文を唱える怪物が村木の声を真似た。

「きみは、女がもっとも美しい表情を見せるのはいつか知っているか？　信頼しきった人間に殺されるとわかった瞬間さ。涙がね、見開かれた目から嘘のように噴き出すんだ。ぽろぽろぽろぽろ、まるで宝石のようにね。見たいと思わないか？」

ふいに怪物の仮面の下から頼りない安斉が顔を出す。

「そして、彼は自分の犯行を語りました。饒舌に！　あたかもいま目の前で殺しが行なわれているかのように。ぼくは興奮しました。だって、ぼくにだけ秘密を打ち明けてくれたんです」

「秘密ってなんだ？」

薫が相手を刺激しないように静かに訊いた。

「Vim patior, Vim patior……」

優男の顔がだんだん虚ろになり、再び村木そっくりの声を発した。

「きみは呼吸をするのに、いちいち意味を考えるかね？　それと同じことさ。ただ、それが自分に必要だから行なう。人によって嗜好が違うだけだ。うまいものを食べたり、女を抱いたり、宝石を集めたり、ほかの人間たちが抱く欲望となんら変わりはない。私はもう、この趣味を続けられる体じゃない。さあ、どうする？　初めてきみを見たときわかったよ。私と同じ目をしている」

「村木がきみを虜にし、捕まらない方法も教えてくれたんですね？」

右京が質問すると、またも安斉が顔をのぞかせた。

「ええ。同じ県内で事件を起こしてはいけない。証拠を残してはいけない。そして同じ手口を続けてはいけない。そうすれば、この国には犯罪記録を統合するシステムがないから、連続殺人が起きてることさえ警察は気づかない、と」

「しかし、征服の刻印としてピアスを奪うという行為だけはやめられなかった」

右京が指摘すると、安斉は涙目になってうなずいた。明らかに安斉の情緒は不安定だった。特命係のふたりは次々と交互に語りかけることで、なんとか安斉の意識をこちらに向けさせようとした。

「最初の殺人は、先生の講演に同行した福岡医科大学の近くだな？」

「そして、さらに京都と埼玉で二件の殺人を犯した」

「最後の遺体が東京に流れ着いたのが、おまえにとって誤算だった。東京はかつて村木が犯行を行なった場所だったからな。このピアスと右京さんがいなければ、十三年前の事件と今度の事件とのわずかな類似点に気づく人はいなかっただろうけどな！」

　刑事の波状攻撃を受け、安斉はぶるぶると震え出した。すでに憑き物は落ちてしまったようだった。しかし、精神科医はそんな助手を責めるしかできなかった。

「快楽のためだけに人の命を奪うなんて……」

　安斉が涙を流しながら訴える。

「先生だって認めてたじゃないですか！　悪は人間を魅了するって。ひとたび怪物が目覚めたら、自分ではもうどうすることもできなかった。これは不治の病なんですよ！」

「病だと？」

　薫が少しずつ距離を縮めながら言うと、安斉の感情が爆発した。

「そう。救ってほしいのはぼく。本当の犠牲者はぼくなんですよ！」

「いいかげんにしなさいっ！」右京が大声で叱責する。「きみも村木重雄も、妄想を繋ぎ合わせて自らの欲望のために勝手な理屈を作り上げただけです。その挙げ句、尊い人の命を奪った。それを病気とは何事ですか！」

「うるさい、黙れ！」

「どんなに御託を並べようと、きみは自分自身で戦いもせず欲望に身を任せた。それだけのことじゃないですか」

「うるさい！　黙れ、黙れ！」安斉は泣き叫びながら美咲を解放した。「ぼくは捕まらないよ。あの人が呼んでるんだ」

突然、回れ右して宙に身を投じる。しかし、そのコンマ数秒前にダッシュした薫が安斉を取り押さえていた。

「そんな簡単に死なれてたまるか！　いいか、てめえに……いや、てめえらに命を奪われた人間が絶対にそんなことは許さねえんだよっ！」

薫が佐古から預かったピアスを目の前に突き出すと、安斉は膝から崩れ落ちた。


その夜、薫はピアスを持って〈御待堂〉を訪れた。事件の経過を報告すると、佐古は薫をねぎらった。

「いやあ。しかし、よくやってくれたね」

「それもこれも、このピアスのおかげですよ。遺族の方にお伝えください」

佐古はピアスを両手でしっかり受け取ると、

「ありがとう。よーし、今日は全部おごりだ」

「いや、そんな悪いっすよ」薫は一旦遠慮したが、「やっぱ甘えます。じゃ、とりあえずビールで」

佐古が笑顔で「お待ちどお」とビールを差し出した。


同じ頃、右京は美咲とふたりで事件を振り返っていた。

「〝悪は人を魅了する〟、先生はそうおっしゃいましたねえ」

右京のことばに美咲は顔を伏せた。

「ええ。その恐ろしい結末を、こんなに間近で見ることになるとは思わなかったけど。しかも、こんなに身近に殺人犯がいたのに、なにもできなかった。医師としても、犯罪心理学者としても失格です」

ふたりの怪物を目の当たりにして自信を失った精神科医を、右京が諭す。

「そうでしょうか？　先生にはこれから研究すべきテーマがあるじゃありませんか。〝人はいかに悪の魅力から回避できるか〟。今回の事件を体験したあなたなら、誰よりも真摯に取り組めるはずです」

右京のことばに、美咲は顔を上げてきっぱりと言った。

「そうですね。それを研究するのが、わたしの使命かもしれません」

第五話

「殺人ヒーター」

一

警視庁特命係は依頼さえあればなんでもやる部署であった。このところは連日、放火現場に焼け残った証拠品の仕分けに追われている。都内で連続放火事件が発生していたのだ。すでに五件の被害が出ており、五件とも暖房器具を使って火をつけるという手口が共通していた。痛ましいことにふたりが巻き込まれて焼死していた。

その日も杉下右京と亀山薫は、五件めの放火現場から押収された証拠品をひとつずつビニール袋に詰め、ラベルを付ける、という非常に地味な作業に追われていた。捜査一課に押し付けられたのだ。放火現場が書店だったせいか、やたらと書類が多い。

薫がいいかげん飽き飽きしていると、電話が鳴った。右京が立ち上がりそれに出た。神妙な受け答えをしたあと受話器を戻すと、薫に言った。

「また放火事件です」

六件めの現場は大手家電メーカーの〈ヨツバ電気〉本社ビルだった。七階の労働組合事務所が火元で、残業中だった女性社員がひとり犠牲になっていた。

到着した捜査一課の伊丹憲一と三浦信輔を、先に現場に入っていた芹沢慶二が迎え入れた。

「ご苦労さまです」さっそくタイムカードを見せる。「焼け死んだ被害者です」

タイムカードには「小柳津桐子」と書いてあった。

「なんて読むんだ？」

伊丹が訊くと、芹沢が即答した。

「コヤナツキリコ。四十二歳。お客様相談室勤務で、労働組合の組合長です」

「被害者《ガイシャ》の家族には？」

試すような三浦の質問にも芹沢はぬかりなく答えた。

「知らせましたけど、札幌なので来るのは明日になります。なお、被害者は独身です」

「独身か……」

まだ焦げ臭い出火現場では鑑識員たちが慌ただしく仕事をしていた。伊丹たちの姿を認めた米沢守が、焼け焦げたヒーターを目で示す。

「これが出火元です」

「ヒーターか。連続放火の手口はすべて暖房器具」

伊丹のことばを薫が受けた。

「間違いない。とうとう六件めだ」

「ああ」同意しようとして、伊丹はようやく相手が特命係のライバルだと気づいた。

「……って、なんでいる？」

「だって、呼んだだろ？」

薫が指差す先で、右京が鑑識員から焼け跡で見つかった証拠品を預かっていた。

「おまえはおまえの仕事にさっさと戻って、とっとと出てけ」

「なんだぁ。呼び出しといて、このやろう」

伊丹と薫が恒例行事となっている口喧嘩を始めると、右京が米沢に訊いた。

「失礼。ちょっとよろしいですか」

「なんでしょう？」

右京は不思議そうな目をヒーターの横の物体に向ける。

「これ、消火器ですよね？」

「ええ、消火器ですね」

「火が出て慌てて被害者が持ってきたんでしょう」

得意げにそう答えた芹沢は、伊丹から「余計なこと言うな」と頭を叩かれた。

二

翌朝、刑事部の部屋の片隅で伊丹、三浦、芹沢の三人は刑事部長の内村完爾から激しい叱責を受けていた。

「いつまで放火犯をのさばらしとくつもりだ。すでに三人が焼き殺されてるんだ。この六件に怨恨の線は？」

ホワイトボードには「都内大手企業連続殺人事件」と題して、六件の放火事件の概要が書き出されていた。二件め、四件め、六件めのところに貼られた人物写真は、放火の犠牲者だった。

「いや、六件全部に怨恨を持つやつってのは……」

芹沢の意見は口答えと見なされたようだ。

「俺の捜査方針が間違ってるとでも言うのか？」

「いえいえ、そんな」伊丹は一旦上司を立てて、「しかし部長、無差別犯のセンも視野に入れて捜査をしたほうが……」

「今回の放火は手口が統一されている」

内村が断言すると、参事官の中園照生が追従した。

「はっ。ストーブなどで現場にあるものが燃やされています」

「だから同一犯だとは思いますが」

三浦が調子を合わせたとき、ドアが開いて薫と右京が入ってきた。ダンボールを載せた台車を押している。

「はい、ごめんくださーい。よいしょ、よいしょ」薫は捜査一課の面々に気づくと「あ、これ五件めに放火された本屋の……」

「さっさと置いて、とっとと出て行け」

言語センスが伊丹と同じ内村はなおも自説にこだわった。

「連続放火犯の動機は絶対に怨恨だ！　放火された会社の客や従業員は調べたのか？」

「はい……」と三浦が頭を下げる。

「客と従業員、それでなにも出なかったのか？」

「はあ……」と伊丹が首をひねる。

荷物を所定の場所に置いた右京が口を挟む。

「では、従業員になれなかった人はどうでしょう？」

「従業員になれなかったやつだと？」

「それも立派な怨恨の線ではないでしょうか」

空の台車を押しながら廊下に出た薫は面白くなさそうな顔をしていた。

「あんな扱いされて、なんでわざわざアドバイスなんかするんですか？」

「一刻も早く放火犯を逮捕し、これ以上事件を起こさせないようにする、そう考えてはいけませんか？」

「いいえ、いいと思いますよ。まあ、人がいいちゅうかなんちゅうかですけどね」薫が呆れ返っていると、人のよい上司は消火器の前で足を止めた。「どうかしました？」

「出火原因の近くにも消火器が置かれていました」

「ああ、ありましたね」

右京が米沢に質問したのを薫も覚えていた。

「ただあったのではなく置かれていたんです。ホースも外さず、ピンも抜かず。火事になって慌てて持ってきたように見えますか？」

薫が上司の発言の趣旨を理解した。

「確かに、火事になって慌てて持ってきたんだったら、ホースを手にしたまま死んでてもおかしくないですよね？」

「つまり、あの消火器は火事になる前に用意されていた」右京の脳細胞が活性化する。

「まるで火事になることがわかっていたかのように」

「え？　わかっていたのに焼け死んだんですか？」

「そこです。彼女は本当に焼け死んだのでしょうか？」

右京はすぐに疑念を鑑識課の米沢にぶつけた。解剖の結果、小柳津桐子の死因は窒息死だったという見解を米沢は述べた。

「火災の煙による窒息ですか？」

右京はそれでも諦めない。疑問を持ったら、些細なこともすべて納得するまで追求する性質なのだ。

「だと思いますが」

右京が米沢のことば尻をとらえる。

「『思います』とは？」

「連続放火ではほかに二件死んでるんですが、その二件とほぼ同じ解剖所見なので、同じ窒息死だろうと」

こうなると右京はしつこい。

「『ほぼ同じ』ということは違うところもあるという意味ですか？」

「今回は焼け焦げた死体の損傷が激しくて、死因が特定しにくいですね」

「つまり、仮に首を絞められた跡があっても確認できないわけですね？」

特命係の変わり者の警部は最後に思わせぶりに言った。


右京は薫を引き連れて〈ヨツバ電気〉の本社ビルに赴いた。小柳津と同じく労働組合の役員だった河上茂と浅野仁志から話を聞く。

「普段こちらでは消火器はどちらにありますか？」

右京が単刀直入に訊くと、性格が暗そうな河上が、ぼそりと「廊下です」と答えた。

薫は消火器よりも故人の労働組合長のほうが気がかりだった。

「亡くなった小柳津さんは、よくここに遅くまで残ってらっしゃったんですかね？」

「最近は毎晩タクシーでご帰宅でした」

「毎晩遅くまで小柳津さんはいったいなにをなさっていたのでしょう?」

右京が興味を持ったが、河上はことばを節約し、首を傾げただけだった。代わりに隣にいた実直そうな若い浅野が反応する。

「言われてみれば、なんで毎晩残ってたんですかね」

「ちなみに昨日、おふたりはこちらには?」

「いや、いま労働組合は忙しい時期ではないので」

「ぼくも来ていません」

ふたりとも首を横に振る。

「しかし、小柳津さんは毎晩のように残っていた」右京が確認しながら言った。「組合長としてすることがあったんですかね? どんな方だったんでしょう?」

「これが小柳津先輩です」

浅野が労働組合のパンフレットを広げて渡す。芯の強そうなキャリアウーマン然とした女性の写真が載っていた。

「組合長には自ら立候補したんです。正義感の強い人だったんで」

浅野は故人を評価したが、河上は少し違う見解を持っているようだった。

「独身だから身軽だったんだよ」

「ご結婚は一度も？」

薫が質問すると、河上が鼻を鳴らした。

「最近は見合いしたみたいですけど。会社の人間に勧められたらしくて」

「彼女のプライベートまでよくご存じですね」

「そりゃまあ、有名人ですからね」

河上にいかにも意味ありげに言われると、薫も訊かざるを得ない。

「組合長だからですか？」

「その組合活動が度を越してたんですよ」河上は小柳津と反りが合わなかったようだった。「会社とは社員の待遇だけ交渉してくれりゃいいのに、ほかにもいろいろいちゃもんつけたりするから」

「いちゃもん？」

「会社の製品にクレームつけたりね。この機能はいらない、このデザインがどうだとか、まるで〝社内クレーマー〟ですよ」

河上が組合長の悪口を述べると、浅野が弁解した。

「まあ、仕事熱心な人だったんで」

「その独り善がりが嫌われてたんだよ」

河上と浅野は意見が合わないようだった。右京が河上の背中をひと押しした。

「嫌われてましたか？」

「『小柳津は嫌なやつ』……そんなことばが流行ってたほどにね」

「あのぉ」薫が申し出る。「小柳津さんを恨んでたような人を教えてもらえませんかね？」

「そう言われても……」河上が苦笑する。「いかんせん多すぎて」

それでも河上から何人かの名前を聞き出したふたりは、まず設計部のフロアに足を運んだ。検品課長の恩田義夫に面会を求める。

恩田は五十年配の大柄な男だった。人生に疲れたような投げやりな話し方をする。

「最後の最後まで会社は小柳津に迷惑をかけられましたよ」

「彼女が火事を出したわけではありませんよ」薫が場を取り成した。「警察は放火だと考えてます」

「だとしても、その場にいながらみすみす火をつけられるなんて、どうかしているね」

「確かに、それは不思議ですねえ」

右京は恩田のことばを吟味していたが、薫は恩田の物言いが気に食わなかった。

「あなたは去年まで設計部長だったそうですね。それが小柳津さんのせいで検品課長に降格した、って聞きました。彼女を恨んでるんですね？」

恩田は不敵な笑みを浮かべると、自社の洗濯機のカタログを取り出した。

「私の設計です」

「設計部長だったときに、ですね？」薫はキャッチコピーに目をやり、「〝バイキンブロック〟？」

「ボタンを押すと、洗濯しながら洗濯槽もクリーニングするんです」

「なるほど。これは便利ですね」

右京は目を輝かせたが、恩田の目は死んだ魚のように光を失っていた。

「そのせいで検品課長に降格ですよ。タイマー機能を使うと、その機能が働いていないことがわかったんです」

「あららら」

つまらぬ合の手を入れる薫を無視して、恩田は苦虫を嚙み潰したような顔で言った。

「ミスがわかったのは出荷前で、基板を入れ換えれば済む話だった。それを、あの女が大げさに騒ぎ立てて、すべての部品を検査し直せって。バカバカしい。でも結局、発売日をずらして総検品。私の設計ミスを業界紙に告発すると、あのヒステリー女が言い出したからですよ」

薫も小柳津の本性を知れば知るほど恐ろしくなってきた。

「またすごいこと言いますね」

「会社を脅迫したんですよ。自社の設計ミスを暴露するなんて前代未聞だ。正気じゃない」

「なるほど」右京が納得した。「そうなれば、どんなに小さな設計ミスでも会社のイメージダウンは計り知れない。だから彼女の要求に従わざるを得なかった」

「それで損害の責任が全部、設計者のあなたに」

薫のことばに軽くうなずくと、恩田は今度はデスクの下からヒーターを引っ張り出した。

「これを知ってますか？　コードレスヒーターです」

薫が背面をのぞくとちゃんとコードがついている。

「コード、ありますけど？」

「充電すればコードレスで使えるんですよ。世界で初の充電式暖房機です」

右京には心当たりがあったようだった。

「これですか。確かかなりヒットした製品ですよね？　この設計もあなたが？」

恩田は右京を上目遣いで見て、

「業界で賞をもらいました、たくさん。この大きさで、しかもコードレスで八畳の広さを暖められるんですよ。設計には苦労しました。それなのに……」

その頃、捜査一課のほうは右京の示唆に基づいて、放火された企業から取り寄せた不採用者の履歴書を当たっていた。その結果、最初の出版社の不採用者と、三件めのパソコンメーカーの不採用者に同じ黒川英明という人物の名前があった。残念ながら残りの四社は不採用者の履歴書を処分あるいは火事で焼失していた。

一課の刑事たちは黒川の就職活動について聞き込みを行ない、つい最近も某会計事務所を受けて落ちていた事実をつきとめた。そこで伊丹と芹沢がその会計事務所で張り込みをしていたところ、黒川はまんまと罠に引っかかった。人気《ひとけ》のない夜間、事務所に忍び込んで社員が使っていた電気ヒーターを使って放火しようとし、現行犯逮捕されたのである。

黒川英明は一流大学を出ており、それなりに頭脳は優秀らしかったが、性格的に問題があった。協調性がなくプライドばかり高い男だった。

「ぼくは一流の大学を出てます。簿記だって一級を持ってます。一級は税理士試験を受けられるほど難しいんです」

取調室でもずっとこの調子なので、伊丹はうんざりしていた。

「優秀なのはもうわかったよ。それより放火した会社の……」

「ぼくはそういう人間なのに」

「人の話を聞け！」

芹沢は心の中で、これじゃあいくら筆記がよくても面接に落ちるわけだ、と思った。

黒川はまだ続けている。

「そんなぼくを雇わないなんてバカですよ」

「だから〈創紀出版〉に放火したのか？」

三浦が直球で訊くと、黒川はあっさり自白した。

「しましたよ。だって、あの出版社の連中は本当にバカだから」

「認めるんだね、出版社の放火を？」

黒川が目を見開き、口角から泡を飛ばした。

「バカは死ねばいいんですよ。焼け死ねばいいんだ」

「じゃあ、二件めのＩＴ企業の放火は……」

伊丹が二件めの自白を引き出そうとすると、黒川は語気を荒らげた。

「ホントに世の中、バカばっかりです」

「俺は無視かよ！」

伊丹の肩をぽんと叩いて、三浦が問う。

「だから〈ソフトエッジ〉も放火したのか？」

「それは知りません。ぼくはバカが一番嫌いです」

「知らない？」

結局、黒川が犯行を認めたのは一件め、三件め、五件めだけで、二件め、四件め、六件めについては断固否認した。否認した三件に共通しているのは、犠牲者が出ていることだった。

三

「人が死んでいるから、黒川は否認したんでしょうかね?」

翌朝、薫は上司に訊いたが、右京は「ほかに三件の共通点がないか調べましょう」と答えをはぐらかして鑑識課を訪れた。米沢の助けを借りて各放火現場の写真をつぶさに検討していた右京は、まもなく求めているものを発見した。

「やはりありました。二件めと四件めと六件めの共通点。この三件は、同じヒーターが出火原因です」

それはどれも〈ヨツバ電気〉の恩田が設計したヒーターだったのだ。

「あのコードレスヒーターじゃないすか」

「売れてるヒーターですね」米沢が写真を見て言った。「私も持ってます」

「このヒーターが、二件めと四件めでは倉庫で燃えていますね」

右京が訊くと、ユーザーの米沢はこのヒーターの機能に詳しかった。

「しまわれていたものですが、昨年使った際の充電が残ってたんでしょう。コンセントに繋がれていなくても、短い時間なら使えます」

「それを知った犯人がスイッチを入れた」

薫の推理に米沢は「でしょうね」と同意したが、右京は不可解な発言をした。

「人間だけでしょうかねえ、ヒーターのスイッチを入れるのは」

特命係の小部屋に戻ったふたりの前に待ち構えていたのは、もはやおなじみとなった出火現場で焼け残った物品の仕分け。今回は六件めの〈ヨツバ電気〉で押収した証拠品だった。現場が労働組合だったせいか経費精算の書類が多い。

「よっしゃ、いきまーす」薫が気合を入れる。「えー斉藤弘志、タクシー、キャッスル交通」

「交通費・出張旅費請求書」と印刷された用紙に手書きで利用時間と利用区間、利用交通機関が書かれており、裏側に使用済みタクシーチケットの控えが貼りつけられている。

「二十四時十分。残業帰りですね。これもそうだ。キャッスル交通、二十五時八分、林和則」

「こちらにもキャッスル交通があります」右京が素直な疑問を口にした。「なぜ同じタクシー会社ばかりなのでしょう?」

「タクシーチケットがあるからでしょ?」薫がごく真っ当な答えを返す。「きっと契約しているのがこのタクシー会社だけなんですよ」

「なるほど」

「まだあった。キャッスル交通、二十四時六分。小柳津……これ被害者のですよ。ほかにもありますね、小柳津さんの名前で」

薫が交通費の請求書の束を上司に渡す。右京はそれをめくりながら、「彼女は最近毎晩タクシー帰り、と言ってましたねえ」

右京の手が止まった。

「しかし、これは少し変ですよ」

右京と薫は〈ヨツバ電気〉を再訪し、河上茂と浅野仁志に面会を求めた。小柳津の交通費の請求書をふたりに見せる。

「これが小柳津さんが乗ったタクシーなんですが、キャッスル交通、グリーン無線、宝和タクシー、KMライン。毎晩違うタクシー使ってるんですよ」

薫が紙片をめくりながら疑問点を抽出した。キャッスル交通以外のタクシー会社はチケットではなくレシートが貼られていた。

「本当ですね。どうして……」

浅野が当惑顔になった。

「放火された夜はどうだったのでしょう？」

右京の質問に、浅野は考えるような顔になった。

「あの夜は確か王子キャブだったと思います」

「また違うタクシー会社ですね」

右京が好奇心で目を輝かせた。一方、薫はキャッスル交通のタクシーチケットを示す。

「これは、こちらで使ってるタクシーチケットですよね?」

この質問には河上が答えた。

「ええ。うちはキャッスル交通だけなんで、みんなこれを使ってます」

「せっかくのタクシーチケットを、なぜ彼女は一度しか使わなかったのでしょう」

これには河上も浅野も「さあ」と首をひねるだけだった。


右京は鑑識課のフロアに戻ると、米沢とともに実験を始めた。〈ヨツバ電気〉のコードレスヒーターを取り出し、薫にもわかるように説明する。

「プラグがコンセントに繋がれている場合、あるいは充電が残っている場合、たとえ人がスイッチを入れなくても……」

薫が先を読む。

「勝手に入るんですか?」

「ある偶然が起きれば、ですが」右京は含み笑いをし、「米沢さん」

指名された米沢は手に小型無線機を持っていた。

「はい。これは周波数を自由に変えられる無線機です。この電波をこのヒーターの近くで飛ばすと……」

と言いながらスイッチを入れると、運転ランプが勝手に点灯し、ヒーターが作動した。

「つまり、ヒーターの近くで電波が発せられると勝手にスイッチが入るんです」

謎解きを終えた右京に薫が質問する。

「なんの電波なんですか？」

「タクシー無線で使われている周波数帯です」右京は米沢に向かって、「この偶然を起こすタクシーがわかりましたか？」

「はい。王子キャブでした」

「なるほど」ようやく薫にも発火のからくりがわかった。

「きっと気づいたのでしょうね、小柳津さんも」右京が満足げにうなずく。「彼女の職場はお客様相談室でした。『家にタクシーを呼んだらヒーターのスイッチが勝手に入ってしまった』そのような苦情を受けたのでしょう」

「だから毎晩会社に残って実験していた」と薫。「毎晩違う会社のタクシーを呼んで」

「本当にスイッチを入れるタクシーがあるかどうか捜していたのでしょうねえ」

四

特命係のふたりの刑事は三度〈ヨツバ電気〉本社を訪れた。恩田義夫に疑惑をぶつけるためである。コードレスヒーターの自動発火の件を尋ねると、案外素直に認めた。

「言ってましたね。私の設計したコードレスヒーター、勝手にスイッチが入ることはないかって」

「それにタクシー無線が関係しているかもしれないって言われたんですね?」

薫がふいに攻撃したが、空振りに終わった。

「いいえ。それは初耳です」

「恩田さんは彼女のクレームにはどのようにお答えになったのですか?」

右京はじっくりと攻めていく。

「別に」恩田は肩をすくめた。「あの女のクレームはいつものことだし。漠然とスイッチが入るなんて言われてもね」

「調べりゃいいでしょう」

薫が喧嘩腰になると、恩田は虚ろな目を向けた。

「簡単に言いますね」

「簡単な話じゃないですか」

「調べている間、工場を止めることになるんです」

企業の論理を振りかざす元設計部長に、薫が怒りをぶつけた。

「だからなんですか！　あの時点ですでにふたり死んでるんですよ。あのヒーターのせいで。あなたの設計ミスで！」

「私のせいじゃない！」どこにそれだけの生気が残っていたのかと驚きそうになる勢いで、恩田が突如大声を出した。「大体そんな重大な不具合があるなら生産してる工場から連絡がなきゃおかしいんだ！」

「責任転嫁ですか」

「だって工場長も……」

薫の追及につい漏らしてしまった恩田の失言を右京は見逃さなかった。

「そうですか。工場長もご存じだったんですね」

休むまもなく、右京と薫は〈ヨツバ電気〉の工場に向かった。工場長の沖健次郎は一見腰の低い善良そうな人物だったが、見せかけの仮面の下から海千山千のしたたかさが顔をのぞかせていた。

「ああ聞いたよ。あのコードレスヒーターのことでね。スイッチに問題があるって言ってたな」

疑惑について尋ねられた工場長はタバコに火をつけながらそう言った。

「問題がある。それだけですか？」

「彼女、放火で亡くなったんでしょ？」

とぼける沖の耳元に薫が真実を突きつけた。

「タクシー無線！」

沖がタバコを吸うしぐさが一瞬ぎこちなくなったのを見て、薫は確信した。

「やっぱり小柳津さんからそこまで聞いてましたね？」

「いや、なんのことだか……」

「聞いてて、あなたはそのクレームを無視した」

薫が怖い顔をすると。沖はそっぽを向いた。

「彼女のクレームはいまに始まったことじゃないんでねえ」

「だからお調べにならなかったんですか？」

右京が訊くと、沖は目をしばたたかせてタバコをふかした。

「納期を考えたらラインは簡単に止められないよ」

「現にそれで人が死んでるんですよ」

「それでも、このまま造り続けますか、工場長？」

薫と右京が攻め立てたが、沖は柳に風だった。

「確かな根拠もなしに工場は止められません」

「根拠って、この期に及んでなに言ってんすか！」

薫が怒鳴ると、沖の腰が少し引けた。タバコを乱暴に灰皿に押しつけながら、

「本当にそんな重大な欠陥があるなら……それが本当ならば、社長がリコールの決断をするはずだ」

「また責任転嫁ですか」

「製造中止は社長の裁量だ。小柳津からクレームがあった、あのときだって……」

ここでも右京は失言を逃さなかった。

「なるほど。社長も彼女からクレームは聞いていた」

薫は怒り心頭に発していた。右京相手に思いっきり愚痴をぶちまける。

「検品課長も工場長も社長もあのヒーターの欠陥に気づいてた。なのに誰も対応しなかった。会社ぐるみの隠蔽ですよ！」

いつもポーカーフェイスな右京も少し顔を曇らせていた。

「まるで無責任の連鎖ですねえ。自社製品で死亡者が出たにもかかわらず、その欠陥に気づいていたことさえ認めようともしない」

「たちの悪い連中ですよ！」

薫が吐き捨てる。右京はそれを拾い上げ、

「長く会社にいるうちにそうなってしまうのでしょうかねえ」

突然薫が妙案を思いついたという顔になる。

「会社の体質なら、その責任は社長にあるはずですよね？」

「社長にでも会いに行くつもりですか？」

「いけませんか？」

「彼らがヒーターの欠陥を事前に知っていたという証拠はありません。証拠がない以上、検品課長や工場長のようにとぼけられるだけだと思いますよ」

右京はたしなめるようなことばを口にしたが、それは薫の意思を確認するためだった。

「でも、それでも！　それでも、このままってわけにはいきませんよ。欠陥隠しのために小柳津さんが殺されたんだとしたら」

「では、行きましょう」

右京が相棒の背中に語りかけた。

社長の卯月庄一は還暦間近という年格好で、苦味ばしった顔が印象的だった。社長の椅子がすっかり様になっており、腹の内をうかがいにくい男である。

「タクシー無線、ですか？」

初めて話を聞いたかのように卯月は取り繕った。

「ええ。小柳津さんはそれに気づいていたとしか思えません」

「まさか。なら、なぜ私に報告がないのですか？」

「彼女からお聞きになってますよねえ」

特命係の警部がかまをかけても、効果がなかった。

「聞いてたらほっときませんよ」

薫の堪忍袋の緒が切れた。

「いや、聞いてて無視したんだ！」

「私がなぜそんなことを？」

「利益優先のためですよ。それに、いつもクレームをつけてくる小柳津さんを嫌っていた！」

薫が憶測をぶつけると、卯月は意外そうな顔をして、話を逸らした。

「おやおや。私はね、彼女に見合いを勧めていたほどでしてね。初めは断わっていましたが、近頃ではその話を受け入れるようになっていた矢先だったんですよ。ああ失礼。なんの話でしたっけ？」

「この会社の製品で人が死んだって話ですよ！」

「それはこちらで調べ、もしそうなら然るべき措置を……」

会見を打ち切ろうとする卯月を、薫が責める。

「それはもうこちらで明らかにしたんです！」

「たとえそういう欠陥があったとしても、私たちは神ではありませんからね。いつも完璧な製品を造れるわけじゃありません」

おそらくこれが本音なのだろう。右京がそれを非難する。

「それが言い訳でしょうか」

「亡くなった方には同情しますが、うちの製品が原因だったとしても、私たちが殺したんじゃゃない」

〈ヨツバ電気〉の社長はあくまでも自社製品の責任を認めなかった。

「事故で亡くなったとおっしゃるのですか？」

「それでも、われわれは罪になるんでしょうか？」

卯月が逆に右京を問い質す。薫が逆上した。

「あなたは知ってたんだ！　彼女から、タクシー無線がスイッチを入れる可能性があることを聞いてたんだ！　それを隠すために殺したんなら立派な殺人罪ですよ！」

「わが社の人間が彼女を殺したと？」ここで卯月が突然牙を剝いた。あらん限りの勢いで薫を怒鳴りつける。「証拠はあるんだろうな！　わが社の人間が殺したとまで言うのなら」

薫は一瞬たじたじとなったが、右京は負けていなかった。冷たく言い放つ。

「小柳津さんを殺したのは、この会社の人間ですよ」

「それは、わが社の製品が原因でという意味ですか?」

卯月が鋭い眼光を右京に浴びせた。

「いいえ。明らかな殺人です」

右京も睨み返す。視線がぶつかり合い、いまにも火花が散りそうだった。

「それを証明できますか?」

「ええ、今日中に」

右京は断言したが、薫は強気に出すぎたと反省していた、まだ犯人も絞れていないのに、今日中に証明するなんて無理に思えた。検品課長、工場長、社長……小柳津桐子を殺す動機を持つ者はたくさんいたが、誰が犯人なのか、薫は皆目見当がついていなかった。

五

自信満々に語った右京は、燃え残った労働組合の事務所に河上と浅野を呼び出した。

そして、コードレスヒーターの発火の仕組みを説明した。

説明を聞いた河上は唖然とした表情になった。

「タクシー無線が、このスイッチを？」

「ええ」と薫。「小柳津さんはどのタクシー無線が反応するのかをテストするために、消火器を手元に置いて、毎晩違う会社のタクシーを呼んだ。そして、あの夜は王子キャブだった」

「王子キャブって、あの夜、小柳津先輩が呼んだ？」

浅野もびっくりして声を上げた。すると、右京が浅野を指差した。

「それです」

「え？」

「あなたは以前にもそうおっしゃいましたね。あの夜、あなたはここには来ていない。そうでしたね？　彼女はあの夜、ここで王子キャブのタクシーを呼んだのでしょう。しかしタクシーには乗れなかったんです」

右京の説明をすかさず薫がフォローする。

「その前に殺されてしまいましたからね」

「つまり、彼女が王子キャブのタクシーを呼んだことは、ここにいた人しかわからないことなんですよ」

浅野はようやく自分で墓穴を掘ったことに気づいたようだった。

「それは……」

「あの夜、きみは小柳津さんと一緒にここにいたんだね？」

薫が問い詰めても、浅野は答えられなかった。河上は終始驚きっぱなしだった。

「おまえ、どうして？」

薫の告発が続く。

「でも、きみはそれを隠した。隠す理由があったんだろう。聞かせてもらえるかな、その理由。なぜあの夜、きみが彼女とここにいたのか」

浅野は懇願するような視線を特命係の刑事に注いだが、まったく受け入れられないのを悟って、途切れ途切れに自供を始めた。

「先輩がお見合いをしてるって噂を聞いて……問い詰めたら、社長の紹介で取引先の重役と結婚を前提に付き合ってるって……ぼくと一緒に買った指輪も捨てたって……ぼくよりも割のいい男に乗り換えるって……もうなにがなんだかわからなくなって……気がついたら首を絞めてて……小柳津先輩は床に倒れていて、あとはもう必死に逃げました」

右京が腑に落ちた表情でそのあと起こったことを推理した。

「やがて、彼女の呼んだタクシーが到着した。しかし彼女は会社から出てこない。きっと運転手は会社に無線で確認をしたでしょう」

薫にも事故の場面が想像できた。タクシー無線に反応し、ヒーターが作動する。しばらくすると、揉み合った際に床に散らばった書類に火が燃え移り……。

もしかしたら、浅野は小柳津の息の根までは止めていなかったのかもしれない、と薫は思った。もし先に死んでいたら、解剖したときに肺から煤は検出されなかったはずだ。監察医がそれを見逃すはずはないので、小柳津は昏睡していただけなのだろう。だが事実上、浅野が殺したのも同然だ。

薫が思考をめぐらせていると、「いい気味です」という声が聞こえた。浅野だった。

「本気でそう思っているのですか？」

右京が冷たい声で尋ねると、浅野が左手を掲げた。

「ぼくは捨てられたんです。この指輪と同じように」

「あの夜は頭に血が上って、そう思ってしまっただけではありませんか？」

右京が罪の軽減の余地を与えようとするのに、浅野は即座に否定した。

「いまでも同じ気持ちです」

「ではお訊きしますが、あなたはなぜ、いまでも指輪は外せないでいるのでしょう？」

浅野は突然石になってしまったように身を硬直させた。河上が背中に手をやると、堪えに堪えていた浅野の感情の堰が決壊した。泣きながら本音を告白する。

「好きでした……どんなに嫌われても正しいことをしようとする先輩が」

泣き崩れる浅野に右京が厳しく宣告する。

「あなたにいまできることは罪を償うこと、それだけです」

社長の卯月正一は妙に晴れ晴れしい顔で礼を述べた。

「ありがとうございました」

社長の両脇を固めた検品課長の恩田義夫と工場長の沖健次郎が深々とお辞儀をする。

三人の白々しい態度に嫌気が差したのか、右京が皮肉っぽく言う。

「小柳津さんはこの会社の人に殺された、そう申し上げました」

「しかし、製品の欠陥やその隠蔽とは無縁だった」

卯月がしれっと言い切るので、薫は腹立たしくてつい言ってしまう。

「でも、あんたたちはその欠陥を隠した」

「私たちが隠した？　われわれは小柳津さんの指摘を受けて初めてその可能性を知り、一生懸命調査中だったんですよ。ねえ？」

沖がしたたかに同意を求めると、恩田がいつになく明るい顔でうなずく。

「ええ」

「その証拠にわが社の小柳津はヒーターを調べていた。そうですよねえ？」

卯月は特命係の警部に言質を取ろうとする。右京は感情を表に出さずに、「彼女がヒーターを調べていたことは確かです」と答えた。

「いい社員を持ちましたね、社長」と沖。

「小柳津さんには頭が下がりますよ」と恩田。

社長はふたりの意見にわざとらしくうなずきながら、素晴らしい提案を持ちかけるよ
うな口ぶりで、

「彼女のおかげで製品の欠陥がはっきりしたからねえ。彼女の努力を無駄にしないよ
う、今日、製品のリコールをする予定なんですよ」

「困った人たちの結構なご決断ですね」

精いっぱいの皮肉をこめて、右京はそう返すしかなかった。

特命係の小部屋に戻っても、薫は釈然としていなかった。

「あんなに嫌ってたのに突然、英雄扱いですよ。小柳津さんにもがっかりですけどね」

「なんのことですか？」

証拠品の仕分け作業の手を止めて、右京が訊く。

「だって、彼を捨てて条件のいい男に乗り換えたなんて」

「本当にそう思いますか？」

「え？　彼女が彼のために身を引いたって言うんですか？」

薫はその可能性まで考えてはいなかったが、あり得ないことではないと思った。しか

し、そうだとすると浅野が哀れすぎる。まだ自分を愛してくれている女を殺してしまったなんて……。

「早くしないとまた徹夜になりますよ」

右京が上司らしく注意したが、薫はちっとも身が入らない。

「このまま終わりなんすか？　あのヒーターに殺された人たちは泣き寝入りですか？」

「ヒーターの欠陥が立証できたいま、ご遺族が賠償金を請求することはできます」

右京の理路整然とした回答は薫の気持ちを逆なでしただけだった。

「金じゃないでしょう」

「隠蔽が立証できない限り、刑事罰を科すことは難しいと言わざるを得ませんね」

これ以上、上司に当たっても意味がないと気づいて、薫も仕分けを開始する。

「結局、彼らの無責任を誰も裁けないんですね」

「航空機や列車による事故、国や企業の怠慢や嘘による被害、満足に裁けたためしはありません」

右京が「小柳津」という仕分けタグのついた証拠品のバッグを手に取った。そこへ組織犯罪対策五課長の角田《かくた》六郎が夕刊を手にやってきた。

「おい、まだやってんのかよ？」夕刊の記事を指差し、薫に見せる。「結構ニュースになったよね、この事件もな」

薫の目は事件そのものの記事よりも、リコールの告知広告のほうに吸い寄せられた。

「小さいっすねえ……こんな小さい記事で」

バッグを検《あらた》めていた右京が小さな布包みを見つけた。中から浅野がはめていたのと同じ指輪が出てきた。しばらくそれを見ていた右京は、証拠品のラベルに「被害者・私物」と記入して、仕分け箱にそっと入れた。

第六話

「波紋」

一

　まったく人間ってやつはどうしてこう浅ましいんだろう……。

　亀山薫は次々と交番を訪れる自称「あしながおじさん」たちの申告内容をボールペンでリストに書き込みながら、ほとほと嫌気がさしてきた。一昨日の夜、ある男子大学生が自宅アパートの郵便受けに投げ込まれていたといって、六百万円の札束が入った封筒を交番に届け出た。翌日そのことが新聞に載るや、じつはそのお金は自分が投函したのだと主張する人々が引きも切らずに交番にやってきたのだ。

　北区泉川町の交番に勤務するたったひとりの巡査、下薗司はかつて薫が捜査一課にいた頃、ある殺人事件の捜査に手となり足となり協力をしてくれたことがあった。その縁もあって、猫の手も借りたい状況の下薗の交番に特命係のふたりが応援にかり出されたのである。

　たったいまやって来たのは「あしながおじさん」ならぬ「あしながおばさん」だった。薫が封筒の色を尋ねると、返答に窮したうえに逆ギレして、「なんなのよ、その小汚い服装は！　あんたそれでも警官なの？　フン、弛んでるんじゃないの！」と捨てぜりふを残して去っていった。

「小汚いのはそっちの根性だろうが！　罪に問えないんでしょうかね、ああいう輩は……」

後ろでやはりリストを作っている杉下右京に薫がぼやいていると、下薗巡査がパトロールから戻ってきた。

「申し訳ありません。亀山さんたち本庁の方のお手まで煩わせてしまって」

ピンと伸ばした短めの体軀をかっくり折って礼をする下薗は、まだ三十そこそこのはずだ。腰の低い実直そうな男である。

「気にすんなって。でもとっくにもう刑事になっていると思ってたんだがなあ」

当時から刑事志望だった下薗の肩を薫がポンと叩く。

「残念ながら、巡査のままです」頭を掻きながらそう答える下薗が、「よろしければお茶でも」と誘うと、右京もペンを置き、

「ではおことばに甘えて、そうしましょうか」

そう言って訪問者の応対を下薗に任せ、薫とともに奥にある三畳ほどの和室に上がった。

薫がテレビをつけると、ワイドショーのレポーターたちが六百万円が見つかった大学生の自宅アパートに群がっている映像が映った。

「お、やってるやってる」

帰宅した大学生を捕らえたレポーターたちはこぞって彼にマイクを突きつけ、「いまのご心境は？」「六百万円手に入ったら、なにに使いますか？」などと矢継ぎ早に質問を繰り出している。大学生は顔こそソフトフォーカスで映像処理をされているが、当惑したようすは全身から伝わってきた。

「彼がいちばんの災難ですよねえ。正直に届け出て、これですもん」

薫が心から同情したという声で感想を漏らす。

「それにしても六百万もの大金をいったい誰がなんのために投函したのでしょう？　もしも善意でお金を投げ込むのならば、もっと別の場所を選ぶと思うのですがねえ」

いつもながら右京の感想は論理的である。

「確かにね。とにかく、これからあと何人の偽物あしながおじさんが出てくるか、賭けませんか？」軽口を叩いて右京を振り向いた薫は、すかさず「冗談です」と前言を取り消した。

「その程度のお笑いぐさで済めばいいのですが」

二

右京の杞憂は杞憂に終わらなかった。

下薗巡査の助っ人を無事終えたふたりが夜道を帰途についていたところ、高架橋下の側道の暗がりで若い男が腹を押さえてのたうちまわっているのに出くわした。助け起こしてみると口角から血を噴き、顔と言わず腹と言わず滅多やたらに殴られたようすだった。ふたりが近くの病院に担ぎ込むと、その若い男が件の大学生、池田俊太郎だということが知れたのである。

池田から事情を聞いたところによると、側道ですれ違ったチンピラ風の男がいきなりものすごい勢いで殴りかかってきたのだという。男は殴りつけながら、「俺の六百万返せ！」と叫んでいたらしい。あの六百万円は誰かが自分から盗んで投函したもので、あれがないとヤバイからいますぐ警察に行って取り返してこい、じゃないと殺すぞ、と脅されたという。

「言いがかりもいいとこだよなあ。災難だったねえ、池田くん」

手当てを終えて待合室に戻ってきた池田青年を薫が労った。ソファに腰を下ろした池田は頬に大きなガーゼを貼られて、そのガーゼの白さが痛々しさをいや増した。顔つきはいかにもいま風の若者だが、スウェットのパーカーにジーンズという質素な服装からは地味で真面目な学生生活がうかがえた。

「責める相手を間違ってますよ、ねえ？」

同意を求められた右京は、「その前に」と薫を軽く制してから池田に訊ねた。

「きみを襲った男はなぜきみが例の拾得者だとわかったのでしょう？　顔や住所までは

報道されなかったはずですが」

伏し目がちにうなだれていた池田は右京のことばに顔を上げた。そして脇に置いたバッグから週刊誌を取り出してふたりに見せた。

「これのせいですよ」

『週刊流言』という名のその雑誌を開くと、「アッパレ！　６００万円を届け出た正直者大学生」という見出しが見開きに躍り、その上にキャンパス内で撮られたらしい池田の顔がはっきりとわかる大きな写真があしらわれていた。

「あちゃー、これはひでえや」

雑誌をのぞき込んで薫が呆れた。

「金額が金額ですから、ニュースになるぐらいは覚悟してました」そこでことばを切った池田は、おもむろに感情を露わにして「でも、どうしてここまでされなきゃいけないんですか？　顔や住所まで暴かれて、挙げ句にこれですよ！」と頰のガーゼに手を当てて訴えた。

「わかる、気持ちはわかるよ。家の周りのパトロールを強化するように頼んどくから」

池田の怒りに同調した薫が、なんとかなだめようと取り成す。

「結局、正直者が馬鹿を見る世の中なんですよ。こんなことならネコババしたほうがよかったですね」

「ダメダメ！　そういう考えはダメよ。俺らが〝悪者が馬鹿を見る世の中〟を頑張ってつくるから、ねっ？」

世の中を諦めきったような口調で述べられた池田のことばを、薫が諫めた。

「えげつないことするねえ」

帝都新聞社会部記者の奥寺美和子は、〈花の里〉のカウンターで薫に『週刊流言』を見せられて、開口一番そう言った。

「だろ？」

「暴行受けたのってほとんどこの雑誌のせいじゃない。同業者として許せんね」

「〝正直者大学生〟なんて嫌味たっぷりな書き方して、結局、嫉妬してんだよ」

「そう、まさに嫉妬です。六百万円が池田くんのものになる可能性が残っている以上、人は少なからず彼を羨むものです。ある意味その雑誌は大衆の心理を突いていると言えます」

右京の冷静な分析に、カウンター越しから記事をのぞいていたこの店の女将、宮部たまきが反発を示した。

「でも、行きすぎじゃないですか？　これ」

「もちろんやり方を認めているわけではありませんよ。ただ、彼が匿名で届け出をし、拾得者の権利も一切放棄していたのならば、いわゆる美談で終わっていたでしょうねえ」

「そりゃそうですけどね、六百万っていったら大金ですよ。持ち主が現われないことをちょっとぐらい期待しちゃうのが人情ってもんじゃないですか？　届け出ただけでも立派ですよ」

薫は一貫して池田に同情的な見方を変えない。

「しかし、今後も受難は続くと思いますよ」

「だったら守りましょうよ。こんな理不尽がまかり通る世の中なんて、いかん。いかんですよ！」

薫は持ち前の正義感がふつふつと漲《みなぎ》ってくるのを感じて、手にした猪口をぐいと飲み干した。


翌朝、都内の某アパートの一室で、男が惨殺されているのが見つかった。

「ひでえなあ。集団リンチってとこか」

現場に駆け付けた捜査一課の伊丹憲一と芹沢慶二は被害者の遺体を検《あらた》めて顔をしかめた。全身にわたって暴行を受けた痕が生々しい。男の名前は古谷稔。三十六歳の無職である。ひとり暮らしの狭いアパートの部屋は滅茶苦茶に荒らされていた。調度などにあまり生活感がないことや、いかにも遊び人風の被害者の服装などから、伊丹は直観的に暴力団がらみのにおいを嗅ぎとっていた。

遺体の第一発見者であるその名も「大家」というこのアパートのオーナーによると、滞納している家賃を今日こそは取り立てようと乗り込んだところ、いくら呼んでも返事がない。ドアには鍵がかかっていなかったので開けてみたらこの有り様だったという。

そこに隣の部屋から勤め人風の若い男が出てきた。大家がすかさず声をかけると、

「ぼく、出ていきますからね。殺人のあった部屋の隣になんて怖くて住めませんよ」と早口でまくし立て、さも迷惑といわんばかりの顔でそそくさと立ち去ろうとした。

「こっちだって困ってんだよ。あと借り手がつかないからね」

慌てて引き留めようとする大家の後から、伊丹がずいと身を乗り出して訊ねた。

「ちょっとすいません。お隣の方ですね？　ゆうべなにか変わったことは？」

新井山宗次という紺のスーツを着たその男は、伊丹の差し出した警察手帳を認めると、わずかに居住まいを正して答えた。

「ああ、夜中に男たち数人の言い争う声がしました」

「何時頃ですか？」

「寝ていたので正確には覚えていませんが、たぶん午前一時ぐらいじゃないかと思います」そう言うなり腕時計を見て、「そろそろよろしいでしょうか？　時間にうるさい会

社なので」と、焦った表情をした。

「ああ、失礼。それじゃまた連絡差し上げます……さてと、怨恨の線からあたるか」

「ですね」

いかにも刑事ドラマふうに答えた芹沢は、伊丹に睨みつけられると、「そう、ですね」と言い直した。


新聞記事で古谷稔の殺害事件を知った池田が、小さく載った被害者の顔写真を見て慌てて連絡をしてきたのは薫の携帯電話だった。なにかあったときのためにと番号を教えておいたのだ。そして、その被害者こそ暗闇で自分を殴った男であると言った。

「本当に殺されたんですか？」

警視庁で右京と薫から改めて古谷の写真を見せられ確認した池田は、信じられないという面持ちで尋ねた。

「ええ」

「古谷の主張は言いがかりじゃなかったんですね。何者かが古谷から金を盗んだ。でも持っているのが怖くなって池田くんの家のポストに投げ入れた……」

薫がひととおりの筋立てを右京に語っている脇で、池田は自分の身の回りで起こった事件にかなりのショックを受けているようだった。

「どうして……こんなはずじゃ……」

「きみのせいじゃないよ。なっ？　きみはあくまで正しいことをしたんだから」

なんとか動揺を押えようとする薫に池田が訴えた。

「これ以上、怖い思いはしたくありません！　犯人を、どうか早く犯人を捕まえてください！」


被害者の古谷稔は以前からマークされていた麻薬の売人であった。何者かに売上金の六百万円を盗まれ、そのせいで暴力団から報復を受けたという推論も成り立つが、鑑識課の米沢守の話によると、古谷稔の全身の傷には生活反応がなかったということだった。被害者は背中への刃物による最初の一撃ですでに絶命しており、そのほかの傷は集団リンチを偽装するため死後に加えられたものである可能性が高い。

「暴力団の筋は考え直したほうがいいかもしれませんね」

セルの黒縁眼鏡を押し上げる米沢に、右京が言った。

「周到に偽装したつもりでも、基本的な知識に欠けている。素人の犯行ですねえ。それも自分を賢いと思い込んでいるタイプでしょう」

「プロファイリングですね」

米沢がニヤっと笑って応じた。

右京と薫が様子を見に再び泉川町の交番を訪れると、下薗は近所の住人らしきおばあさんと世間話をしているところだった。交番の前を下校途中のランドセルを背負った小学生たちが肉まんを頬張りながら通り過ぎる。六百万円騒ぎの喧噪も収まり、この交番も従来ののどかさを取り戻したようだった。

「だから買い食いはよくないんだってば」

「ええ、そっかなあ。いまはそうでもないんじゃない？　まあトモはしっかりしてるから大丈夫だけどねえ」

「いやあ、久しぶりに聞いたなあ、買い食いなんて」

薫が交番の入口にぐっと身を差し入れると、

「ご苦労さまです！　おばあちゃん、こちら本庁の刑事さん」

下薗は直立不動の姿勢で立ち上がっておばあさんにふたりを紹介した。

「あれまあ、これはご苦労さまです」

「どうも。〝トモ〟って、お孫さんのお名前ですか？　しっかりしていらっしゃるんですか？」

さっきの話を聞かれていたことにびっくりしたおばあさんは、照れたようすで、

「あ、いえ。アハハ……。じゃ、あたしゃこのへんで」

そう言って交番をあとにした。

「お知り合いですか？」右京が訊ねる。

「はい。独居老人宅へ巡回しているうちに世間話などをするようになりまして」

「よっ！　市民に愛される警察官！　このやろう！」

はやし立てる薫に、下薗はまんざらでもなさそうな照れ笑いを浮かべた。

右京と別れた薫は近くの定食屋で遅めの昼飯をとったのだが、ちょっと気にかかることがあり、また交番に下薗を訪ねた。そんなことを露ほども思わなかった下薗は、熱く拳を振りながらイヤフォンで携帯ラジオを聴いていた。どうやら競馬の実況放送のようだった。

「地方競馬？　今日どこでやってんだっけ？」

「申し訳ありません！　このことはなにとぞ、ご内密に……」

いきなり顔を出した薫に驚き、焦った下薗はピンと立ち上がり、許しを請うた。

「勤務中はダメよ、ね？」下薗を諫めた薫は、それはともかく、という感じで訊ねた。

「あのさ、例の六百万のことでちょっと訊きたいことがあるんだけどさ」

三

その夜、右京と薫は〈花の里〉で合流した。薫と別行動をとった右京は池田俊太郎の通う大学に行き、担当教授と面会をしていた。池田は今回の六百万円拾得の騒ぎで、学内でもほかの学生たちから何かと冷やかしや中傷を受けているようだった。担当教授によると、池田は心理学を専攻しているたいへん優秀な学生なのだが、性格にどこか達観したところと潔癖すぎるきらいがあるらしく、友人はあまり多くないタイプとのことだった。

「こんばんは」

仕事帰りに〈花の里〉ののれんをくぐった美和子はカウンターにつくなり、薫ににじり寄った。

「ねえねえ、昨日殺された男って、あの学生さんを襲った男だったんでしょ？　あの六百万は覚醒剤の密売で得たお金だったんだ」

「相変わらず耳が早えな」薫は元同居人の衰えない好奇心に呆れながら、「うーん、いや、でもなあ」とことばを濁した。

「ん？　どした？」

「あの六百万、お札は新品じゃないけど白い無地の帯封で束になってたんだってさ。百万ずつな」

昼間定食屋を出たところで柔道部らしい中学生の集団に出くわした薫は、彼らが手にしている帯で括られた柔道着を見て六百枚の札束の状態のことに思い至り、交番に戻って下菌に確認したのだった。

「ヤクの売上金にわざわざ帯封なんてしねえだろ、ふつう」

「だよね」

「なるほど」

ふたりの会話を脇で耳にしていた右京が突然口を出した。そして、「お先に失礼」と飲み残しの徳利もそのままに、そそくさと店を出ていった。

「右京さんレーダーに反応あり！」

美和子が声を上げた。

「俺、なんか言ったか？　なんか言いました？」

きょとんとしている薫に、

「変なところに反応しますから、あのレーダー」

右京の元妻であるたまきが含み笑いを浮かべた。

右京の行き先に見当をつけた薫は、やっぱりここだと膝を打った。

「なんだかんだ言って、右京さんも心配なんでしょ、池田くんのことが。水臭いんだから」

右京は池田青年が夜アルバイトをしているコンビニエンスストアのようすを、近くの物陰から見張っていたのだった。

「はい、これ。どうぞ」

薫が来る途中に仕入れてきた牛乳とアンパンを差し出す。

「なんですか、これは？」

薫の手許をジロッと見て右京が尋ねる。

「なにって、ほら、張り込みにはこれって定番でしょ？」

「それじゃあ、取調室で出前を頼むときは？」

「そりゃ、カツ丼でしょう、やっぱり」

「そういうステレオタイプな先入観が、往々にして捜査の邪魔をするのですよ」

相変わらずひとこと屁理屈を言わないと気がすまない上司に、薫はちょっとうんざりした顔を示した。

「じゃあいらないんですね？」

牛乳とアンパンを引っ込めようとすると、

「いえ、これは遠慮なくいただきます」

受け取っておもむろにアンパンをかじる右京を、薫はニヤっと笑って見る。

こういう憎めないところも、この上司にはあった。

翌日、右京と薫は大学のキャンパスに池田を訪ねた。右京がひとつ確かめたいことがある、と突然言い出したからだった。

「どうしてそんなことを？」

池田は右京の質問に面食らったようだった。「スポーツに興味はありますか？」右京は池田にそう尋ねたのだった。

「たいした意味はないのですが、きみがバイトの休憩に入る際、スポーツ新聞を手に取るのが見えたものですからねえ」

「監視してたんですか？」

昨夜の張り込みのことなど思いもよらなかった池田は、あからさまに非難する目を右京に向けた。

「いやいや、監視じゃないよ」

薫が自分たちの真意を伝えようと取り成す。

「そんな時間があるなら、犯人を……」

「その犯人に狙われないように見張ってたんだよ。ねえ右京さん」

誤解を解こうと必死の薫をよそに、右京は次の質問をたたみかけた。

「スポーツに興味がないとなると、あるいはギャンブルとかはいかがでしょう？」

「ギャンブルなんて、もっと興味がありませんよ」

「では、もうひとつだけ。免許証を拝見できますか?」

「今度はなんですか?」

憮然として問い返す池田に、薫も同調した。

「ホントになんなんですか、右京さん。悪いねえ、池田くん」

「昭和五十九年六月二十八日生まれですか」

池田が差し出した免許証を見て右京が生年月日を読み上げたところで、薫の携帯が鳴った。

「それがどうかしたんですか?」

池田は不快の表情を強めた。

「いえ、単なる確認です」

「ホントか!?」電話口で驚きの声を上げた薫が、右京を振り向いて言った。「右京さん、本物の持ち主が現われたそうです」

そのことばを聞いた池田の顔がこわばった。

四

本物の持ち主は梶多恵子。先日、薫と右京が泉川町の交番で見かけたおばあさんだった。さっそくふたりは、届けを上げた下薗巡査を交番に訪ねた。

「自宅のタンス預金を調べてみたら、丸ごと盗まれていたそうです。万が一に備えて紙幣番号を控えていたのが不幸中の幸いでしたね。札束の一番上、つまり六枚の紙幣番号がすべて一致したんです。それが確証となって、梶さんに全額返還することに……」

事件解決に一役買ったことで興奮気味の下薗は得意そうにふたりに説明していたが、右京の怪訝な顔を見てことばを切った。

「どうかなさいました？」

「〝釈然としません〟ってな顔してますね」

右京の性癖を知りつくした相棒が、突っ込みを入れた。

「釈然としません」

「やっぱり。でも、これで俺らの仕事はカタがついたじゃないですか」

「亀山くん」

「行くんですか？」

「お願いします」

言い出したら一刻とてじっとしていられない右京のことである。薫は右京を乗せて、梶多恵子が六百万円を受け取ることになる神谷署まで車を走らせた。ハンドルを握りながら昨夜たまきが口にした「変なところに反応するレーダー」ということばを思い出して薫はクスリと笑った。

どうやら間に合ったようだった。神谷署の出口で金を受け取って帰ろうとする梶多恵子をつかまえた右京はすかさず訊ねた。

「六百万円拾得のニュースは一週間ほど前に報道されました。タンス預金の額もちょうど六百万。念のためにそのときに調べてみようとは思われなかったのですか?」

「あたしは老眼だから、新聞は隅々まで読まないの。テレビも滅多に見ないし。あのお巡りさんがニュースの話を教えてくれなきゃ、ずっと気がつかなかったわ。お礼を言わないと」

喜びに充ち溢れた顔をした多恵子は別れ際に薫に向かって、「あんた、死んだ旦那によーく似てるわ」と愛想とも何とも取れないことばを残して去っていった。

「おい、暇か?」

とりあえず特命係の小部屋に戻ってきたふたりだったが、右京はまだ釈然としない表情を保ったままである。そこへ隣の組織犯罪対策五課長の角田《かくた》六郎がいつものせりふとともに入ってきた。

「忙しいです! なんてね。もう下圜を手伝う必要もないし、古谷殺しの犯人でも捜しますか、俺らも」

ため息交じりに薫が答えると、角田は呆れたというように、

「やっぱり暇だよ、おまえ。その犯人ならもう捕まったよ。いま取調室で一課が調べてる」

「マジっすか？」びっくりした薫が思わず声を上げた。

「マジっす」おどけて角田が答えた。

犯人は古谷のアパートの隣の部屋に住むサラリーマン、新井山宗次だった。薄い壁一枚を隔てた安普請のアパートである。電話で現金を隠したコインロッカーの番号と鍵の隠し場所を告げている古谷の声を盗み聞きした新井山は、翌朝先回りして六百万をまんまとせしめたということだった。民間の金融会社で働いているという新井山は、真面目そうな顔を蒼白にして伊丹の質問に答えていた。そのようすを右京と薫はマジックミラー越しに見ていた。

「悪いことをしているという自覚はありませんでした。どうせ汚い世界で循環している金なんだって自分に言い聞かせて」

新井山のことばに、三浦信輔がたたみかける。

「十二年間、無遅刻無欠勤の真面目な男が、事件の数日前にたった一度だけ遅刻したってんじゃ、嫌でも疑っちまうよ」

隣の声が筒抜けなのはお互い様である。いったん池田に向けられた古谷の疑いの目も、間もなく新井山に移った。古谷の部屋に引きずり込まれた新井山は滅多打ちに殴られたが、古谷の携帯電話にかかってきた暴力団からの催促の電話に応えている隙を狙って、流しにあった包丁で古谷の背中を刺して殺害した。その後、暴力団の仕業に見せかけるため、暴行を加えたことも認めた。

「ともかく、これではっきりしましたね。池田くんの届けた六百万は無関係だったって」

マジックミラーから目を離して薫が右京に語りかけた。

「しかし、ぼくの中ではまだ終わっていません」

そう言い残すと右京はマジックミラーの前から去っていった。

五

右京の言うとおり、事件はまだ終わってはいなかった。翌朝、梶多恵子が自宅で殺害されているのが見つかったのである。しかも殺害時刻と思われる時間、多恵子の家から池田が出てくるのを近所の主婦が見ていたというのだ。また、被害者と男が夜言い争う声を聞いたという証言も出てきた。

「おい！　おまえのお気に入りの青年、とんだ食わせ者だったようだな」

現場ではち合わせた伊丹が、薫に憎々しげに挑みかかった。

「黙ってろよ！」

薫もやり場のない怒りを、去ってゆく伊丹にぶつけた。

「われわれも急ぎましょう」

はっきりと核心をつかんだように見える右京のあとに続きながら、すがるような面持ちで薫が訊ねた。

「右京さん、彼が犯人だと思ってますか？」

「ええ、池田くんは犯人です」

そのことばに肩を落とした薫だったが、「下薗巡査にも手伝ってもらいましょう」と先を急ぐ右京に、煙に巻かれたような表情でつき従った。

サイレンランプをルーフに取りつけて交番に車を乗り付けた薫と右京は、いきなりの慌ただしさに怪訝な顔をする下薗に、池田を追っているので手伝ってほしいと告げた。

「は、はい！」

まだ要領を得ないという顔つきの下薗を助手席に乗せ、右京は後部座席に回ってとりあえず車を発進させた。

「大学へ向かってください」

池田は自宅にはいなかったという報告を携帯電話に受けた右京は、薫に指示した。

「了解！」

薫は池田の通う大学に向けて、アクセルを踏み込んだ。

下薗巡査は急展開する捜査の現場に触れ、そこになじめないまま呆然として助手席に座っていた。

「ちゃんとメンテナンスしてますか？」

後部座席から右京が下薗に声をかける。振り返ると右京の手には下薗の拳銃が握られていた。

「あぁっ！」

腰のフォルダーからいつの間にか拳銃が抜き取られていることに気づきもしなかった下薗は、情けない声を出した。

「近頃の人は追い詰められるとなにをするかわかりませんからねえ。念のために」

右京の手から拳銃を受け取った下薗は、慌ててフォルダーに戻した。そして薫から、「頼むぞー、下薗」と力《リキ》を入れられて、「はい」と曖昧にうなずいた。

池田は大学キャンパスの中庭に張り出した五階の展望デッキの片隅で、手すりにもたれて遠くを眺めていた。そこは以前、ひとりになりたいときにはよくここに来る、と薫が聞いていた場所だった。

「そこから落ちたら、まず助からないでしょうねえ」

静かに歩み寄りながら、右京が声をかける。

「はあ？　どうしてぼくが自殺なんか……」

三人揃っての登場に不思議そうな面持ちで池田が問い返した。

「梶多恵子さんがゆうべ殺された」

薫が前に進み出る。

「ぼくが殺したって言うんですか？」

そこで初めて自分に疑いがかかっていると気づいた池田は、信じられないという顔つきをした。

「きみは、いい奴だと思っていたんだけどなあ」

池田の脇に肩を並べた薫が、手すりにもたれて残念そうにため息を吐く。

「ぼくは殺していません！　信じてください」

必死に訴える池田に、右京が静かな声で応えた。

「そうですよねえ。きみは誰も殺してはいない。しかし、きみは犯人です。社会に小石を投げ込み、その波紋を広げた、まさに張本人です。六百万円の拾得、あれはきみの自作自演ですね？」

核心を突かれてハッとした表情を取り繕って、池田は冷静さを装った。

「どうしてそう思うんですか?」

「こんなはずじゃなかった……古谷が殺されたと知ったとき、きみはそう言いましたね。そのことばにまず、引っかかりを感じました。自作自演をするくらいですから、本来は冷静でいられたはずです。ところがきみの想像を超える出来事が立て続けに起きてしまった」

右京のことばを引き取って、薫が続ける。

「雑誌に顔や住所を暴かれたこと、そのために古谷から暴行を受けたこと」

「さらに古谷が殺されたこと。それらの局面で見せるきみの怒りや怯え、実に自然な感情表現でしたよ。なにより本物の持ち主が現われたと聞いたときのきみの表情、あれが演技だとしたら、今回のストーリーの主演男優賞はやはりきみでしょう」

「そんな……」

狼狽の色を隠せずに、池田がつぶやく。

「では六百万もの現金をいかにしてつくることができたのか? 二週間前、若者が競馬で万馬券を当てたというニュースがありました。当たり馬券は6―2―8の三連単。6、2、8……六月二十八日。きみの誕生日と同じですねえ」

「……ギャンブルに熱狂する人たちを観察したくて、競馬場に行って自分も適当に買ってみたんです」

この人には自分の行為をすべて見通されてしまっている、そう諦めた池田は正直に認めた。

「皮肉なことにそれが大当たりしてしまった。思いがけず手にした六百万円。きみは使い道を考えたんですねえ。そして思いついた。郵便受けに入っていたと偽って警察に届け出て、どれだけの人間がそのお金に群がるかデータを取って、きみの目指す心理学の研究に役立てたかった。そのための実験だったわけですね。さしずめ卒論のテーマは『高額の金銭に対する大衆の反応』といったところでしょうか」

右京の揶揄に気づきもしない池田は、達観したような口調で答えた。

「苦労せずに大金が手に入るなら必ず人は群がってくる……これが結論です」

「ひとつ聞かせてくれないか？」池田に同情し、池田を信じてきた薫が、視線をまっすぐ池田に向けて問いかけた。「きみがゆうべ梶多恵子さんの家に行ったのは、金を取り戻すためか？」

「あれはどう考えても自分のものです。あのおばあさんがどうやって手に入れたのか、問い詰めるつもりでした。でもこっちの話をする前にいきなり身の上話を聞かされて、あの六百万円がなかったらやっていけない、誰が盗んだかわからないけど、ご親切に届けてくださって、ありがとう、ありがとうね……って、泣きながら感謝されたらもう何も言えなくなって。納得はいかなかったけど、どうせあぶく銭だし、あのお金が誰かの役に立ったならそれでいいかって……それがどうしてこんなことに……ほんの出来心だったのに」

呆然としてつぶやく池田に、薫が詰め寄る。

「でもこうして、現に殺人事件にまで発展しちまったんだよ」

「ぼくのせいなんでしょうか？　ぼくがあの人を危険な世界に巻き込んでしまったんでしょうか？」

「そのとおりです。きみがあんなことをしなければ、誰も人生を踏み外さずに済んだんです」

そこで右京はことばを切って、少し距離を置いた後ろで事の次第を見ていた下薗を振り返った。

「そうですね、下薗巡査？」

いきなり右京と薫の視線を浴びた下薗は、きょとんとした顔をした。

「調べたところ、あなたは競馬でかなりの借金を背負っているようですねえ。身内を疑いたくはありませんが、あなたが犯人だとすれば、すべての辻褄が合うんですよ」

静かに迫りくる右京と薫に、下薗は顔を紅潮させてうつむいた。

「あなたは池田くんの届け出た六百万円をなんとか自分のものにできないかと考えた。

そこで六枚の紙幣番号を控え、その後、神谷署へ移管した」

「さらに梶多恵子に儲け話を持ちかけた。そうだな？」

薫が厳しい声で問い詰める。

「先日、交番で聞いたおふたりの会話。あれは小学生の買い食いを話題にしていたのではありませんねえ。競馬の話をしていたのでしょう。『飼い食い』とは、馬のエサである飼い葉の食べっぷり、つまり食欲のことですよねえ。『トモ』というのも、お孫さんの名前などではなく、馬の腰から後ろの部分を指す用語です」

「以前からの競馬仲間だったんだろ？」

思わぬ展開になった事の成り行きを、池田は右京と薫の背中越しに驚きの表情で見ていた。

「まず、控えておいた紙幣番号を梶さんに教える。それから虚偽の被害届を出させ紙幣番号を会計課と照合し、まんまと梶さんを持ち主に仕立て上げることに成功した。それなのに、どうして殺しました？　六百万円の分配でもめましたか？」

「あ、あのばあさんが、一枚上手《うわて》だったんですよ」

右京の推論がすべて図星だったのだろう、諦めた下薗は震える声で告白を始めた。

下薗が五百万、協力してくれた多恵子の取り分は百万。それが最初の約束だった。ところが昨夜、金を受け取ろうと多恵子の自宅を訪れた下薗に、多恵子はしれっと金は全部使ってしまったと言ったのだ。「どうなるか、わかってんだろうな」そう下薗が問い詰めると、多恵子はこれまで見せたこともなかったような、強欲で陰険な顔を見せた。——そりゃあこっちのせりふ。あんたこそわかってるの？　いいのかねえ、バラしちゃって。これからの長い人生、棒に振っちゃうよ？　アハハ、どうしましょ。アハハハ。

勝ち誇ったように嘲笑う多恵子を見て、下薗は正気を失った。そうして気がついてみると、多恵子は自分の体の下で目を剝いて死んでいた。

「裏切りやがって……」

下薗はまだ怒りが収まらぬかのように吐き捨てた。

「なんてこった！」

目をかけていたつもりの下薗の失態に、薫は愛想を尽かせてため息を吐いた。

「許せない……」

震える声でそうつぶやいた下薗は、突如奇声を発して池田の至近距離に駆け寄り拳銃を構えた。

「下薗！」

いきなり拳銃を突きつけられた池田は、いままで経験したことのない恐怖で身を縮めた。

「おまえだけは絶対に許さない！　卒論だかなんだか知らないが、あんな大金見せつけられれば誰だって魔が差すさ！」

思わぬ行動に出た下薗とたじろぐ池田を固唾を呑んで見守る薫に、「そうじゃないっすか？」と同意を求めて叫ぶ下薗の目は、完全に据わっていた。

「知ってたんだよ、俺は。おまえが万馬券当てたのを。そいつが今度は六百万拾ったって届け出てきて……なんのつもりだって思ったよ。そんなにいらない金なら俺がもらってやるよ。捨てた金拾ってなにが悪い？　じゃなきゃ俺は、あの金に手を出したりなんかしなかったよ。これでも正義のお巡りさんだからな。俺はもうおしまいだ。でもせめておまえも道連れに……」

そのとき薫が素早い動きで、池田をかばうようにふたりの間に身を挟んだ。

「どいてください！　こいつを殺さないと俺、気が済まないんですよ」

「確かにおまえは道を踏み外した。でもな、俺の知ってるおまえは……間違いなく警察官だったよ！　その制服着て人が撃てんのか？　ああっ？　撃てんのか!?」

涙を浮かべて語りかける薫のことばを聞いているうちに、下薗の目はにわかに正気の光を取り戻したようだった。そうして、

「たった六百枚の紙切れに、振り回された人生か……」

力なくつぶやいた下薗は、手にした拳銃の銃口をいきなり咥えて、引き金を引いた。

「待てっ！」

同時に薫が叫んだが、銃口からはなにも発射されない。何度引き金を引いても、弾は出てこなかった。挙げ句癇癪を起こした幼児のように泣き崩れてその場にひれ伏した下薗に、右京が静かに歩み寄った。

「下薗さん」

右京の呼びかけに赤く腫らした目を上げた下薗は、その手のひらに数発の実弾が載っているのを見た。

「念のために、弾は抜いておきました」

「あのとき……」

ここへ駆けつける車の中で下薗の拳銃を手に取った右京を思い出し、薫は全身から力が抜ける思いだった。そして「もぉ、右京さ〜ん！」と叫ぶなり、再び泣き崩れた下薗の脇に大の字に転がった。

六

事件の解決から数日を経たある日の午後、右京と薫は池田に呼び出されて、彼の自宅の近くにある公園を訪れた。池のほとりにあるベンチに座っている池田の膝には、今回の事件の顚末をスクープした『週刊流言』があった。そのページには池田の顔写真が、下薗の写真と並べられて大きく載っていた。

「池田くん」

薫の声に雑誌から目を上げた池田は、立ち上がってふたりにお辞儀をした。

「お忙しいところ、お呼びたてしてすいません」

「いや、俺らも気になってたからさ。どう、その後?」

「ええ、なんとか。当時の自分の心理を冷静に見つめ直しているところです」

「なにか見えましたか?」

そう問いかける右京に向かって、池田は落ち着いた声で語り始めた。

「あの札束が、一瞬悪魔に見えたんだと思います。いままで見たこともない金額だったから。あんなにもあっさり手に入ってしまうと、逆に持っているのが怖くなってきて」

「卒論とか実験ってのは、後付けの理由だったんだよな?」

「ええ。お金に群がる大衆を高みから見物して、自分だけは違う人間だと安心したかった。いま思えばそういう心境だったのかもしれません」

そこまで話すと姿勢を正してふたりに向かい、ここに呼び出した本題に入った。

「覚悟はできています。ぼくはどんな罪に問われるんでしょうか?」

「きみのしたことは、虚偽の拾得物報告。それ自体は大した罪には問われませんが、その波紋はあまりにも大きすぎました」

「どうやって償っていけば……」

当惑する池田の目をしっかりと見て、右京は優しく答えた。

「急ぐ必要はありません。自分がなにをしたのか、考える時間は十分にあると思いますよ」

薫がポンと肩を叩くと、池田は深く腰を折って礼をした。

「じゃあ」

そう言って立ち去るふたりの背後には、もはや傲岸でも背伸びして達観しているのでもない、等身大の真摯な大学生がいた。

第七話

「監禁」

一

『都民ジャーナル』の記事の反響は思いのほか大きいものだった。

その雑誌に「和製シャーロック・ホームズ」として紹介されたばかりに、警視庁特命係はいきなり世間の注目を集めることとなった。前日はファンと名乗る若い女性もやってきたが、それは体よく追い払うことができた。しかし、決してサービス精神が豊かなほうではない右京も、今日の相手を断わることはできなかった。推理小説研究会の女子中学生が取材を申し込んできたのである。

中学生との約束の時間が迫ってきていた。もうとっくに登庁時間が過ぎているのに、相棒の亀山薫は姿を見せていなかった。ちょっと緩んできたのかもしれない。無断欠勤だとしたら、灸をすえてやる必要があるかもしれない。右京がそんなことを考えていると、組織犯罪対策五課長の角田《かくた》六郎がふたりの女子中学生を連れてやってきた。

右京が中学生からの「特命係のもうひとりの方はどこにいらっしゃるのですか?」という無邪気な質問への対応に苦慮しているとき、当の薫は大変な目に遭っていた。見ず知らずの女性に拉致監禁されていたのである。下腹と足首を丈夫な縄で木製の椅子に結び付けられ、手は後ろで縛られている。座った姿勢のまま身動きが取れないのだった。しかし、口はふさがれていなかった。

「くそったれがぁー！」

口汚くののしると、薫を拉致した女がやってきた。赤ワインの入ったグラスを手にしている。

女は自分のことをミサエと呼んだ。ミサエは二十代半ばの男好きのする顔立ちの女だった。男の目を十分意識していると思われるメイクやファッションから推測すると、水商売関係の女かもしれない。昨日警視庁のロビーでミサエに呼び止められた薫は、車に連れ込まれた瞬間に気を失った。後頭部がひりひりするので、きっといきなり鈍器のようなもので殴られたのだろう。

そして、気がついたらこの殺風景な部屋に監禁されていたのだ。窓の類が見当たらないのは、ここが地下室だからだろうか。かなり古い建物のようだ。足元には叩き壊された薫の携帯電話が転がっていた。気を失っていた間に使い物にならない状態にされたようだ。

「どうかな、お勉強は進んでるかな？　少しぐらいなにかわかった？」

媚びるような顔を近づけてミサエが訊く。思えばこの顔に鼻の下を伸ばしてしまった自分が悪いのだが。

「わかんねえよ」

「大丈夫。焦らず考えよう。あなたならきっとできる。やればできる子だもん」

部屋の壁のレンガが一部壊され、中からいかにも頑丈そうな古びた金庫がのぞいていた。金庫の正面には紙が貼られて、詩のようなものが書かれている。

「訳がわかんねえんだよ」

薫が正直に答えると、ミサエは幼稚園児にしつけを教える若い母親のような口調になった。

「怒らないで。もう一度、優しく優しく教えてあげるから、よく聞いてね。ミサエはどうしてもこの金庫を開けたいの。でも開け方がわからない。開け方はここに書いてある『やまとはくにのまほろば　たたなづくあおがき　やまごもれる　やまとしうるはし』この詩の中に六桁の数字が暗号として隠されていて、それがダイヤルの暗証番号なの。それを解読してほしいってお願いしてるの。わかった?」

「わかんねえ。金庫開けたきゃ業者に頼め!」

ミサエが目を吊り上げた。

「頼んだわよ、金庫破りのプロにもね。でも、そんじょそこらの金庫とは訳が違うの。国が当時の技術の粋を集めて造った金庫だもん。全然無理」

薫はもう一度もがいてみたが、縄はまったく緩まなかった。

「なにが入ってんのか知らねえが、もっと平和的なやり方があんだろ……なるほど、そうはいかない曰く付きの代物ってわけか」

ミサエが薫の腿に手を置き、しなを作る。

「謎を解いてくれたら、ミサエなんでもしてあげちゃうんだけどな」

「なんで俺なんだよ？」

「あなたのことが好きだから」

ミサエが薫の目をのぞき込んでくる。

「好きなら、これほどいてくんねえかな！」

「こういうプレイは嫌い？」と言いながら、ミサエは小首を傾げた。

「趣味じゃないね」

「ミサエは大好き」

明らかにからかわれていると感じた薫は声のトーンを下げて、凄みを利かせた。

「いいか、これは立派な拉致監禁だ。それから恐喝罪。ただじゃ済まねえぞ。いま頃警視庁じゃ、俺が出勤してこないんで大騒ぎになってんだろう」

「どうせこの場所はわかりっこないわ。機嫌直して。はい」

ミサエはまるで動じずに、ワイングラスの縁を薫の唇に押し付けてくる。グラスを傾けられ、飲みたくもないワインが口の中に入ってきた。

「おいしい？」

そう訊くミサエの顔に、薫はワインを思いきり吹きかけた。

「警察なめんなよ。特に俺の上司はな、もうとっくに手がかりをつかんでるはずだ」

ミサエがワイングラスを床に放り投げた。パリンと耳障りな音が響く。顔を歪めたミサエは薫の顔に正面からストレートパンチをかました。口の中が切れた薫は、血を吐き出しながら、「暴行罪もだ」と付け加えた。

二

女子中学生は千恵と由佳という名前だった。ふたりとも右京をモデルにして推理小説を書きたいと言う。おさげ髪の千恵が快活に笑った。

「でも、いざ書くとなると本当に難しくて」

若々しいエネルギーに触れ、右京も楽しそうだった。

「わかります。ぼくもきみたちくらいの頃、よく見よう見真似で推理小説を書いたものなんですよ」

「そうなんですか？」

千恵が目を丸くすると、丸顔が愛らしい由佳が黄色い声を上げた。

「読んでみたーい」

「いえいえ。とてもお見せできるような代物じゃありません。荒唐無稽で」

「えー、読みたい！」

「読ませてくれたら感想文を送ります！」

天真爛漫な女の子たちからせがまれ、右京は照れを隠すので精いっぱいだった。

「いまとなってはどこにも残っていないでしょうねえ。あ、紅茶おかわりしますか？」

「あ、ごまかしてるぅ〜」

千恵と由佳の声がそろう。

「かないませんねえ」

終始なごやかな調子で進んだ特命係の警部と女子中学生との会見もやがて終了の時間を迎えた。ふたりは「送ってくださいね、杉下さんの推理小説」と言い置いて、笑いながら帰っていった。その後ろ姿を首を回して見送りながら、角田がやってきた。

「あんた、ずいぶんと楽しそうだったじゃないの」

「同じ趣味を持つ者同士、話が弾みました」右京がにこやかに応じた。「邪魔がいなかったのがよかったのかもしれません」

「邪魔？　あれ、亀ちゃんまだ来てないのか？」

その亀ちゃんはやけくそな気持ちで、数字を答えていた。薫が言うとおりにミサエが金庫のダイヤルを回す。

「右に六」

「六ね？　次は？」

「左四」

ミサエは言われたとおりにダイヤルを回したが、金庫の扉はびくともしなかった。

「また違ったわ、ダーリン」

「おふくろの生年月日でもなかったか」

薫が投げやりに言うと、ミサエの目が一段と厳しくなった。

「真面目にやってくれるかな？　疲れちゃってるのかな？」

「当たり前だろう。一睡もしてねえし、飯も食ってねえ」

「そうだよね」

ミサエは立ち上がると、部屋の隅に設置してある冷蔵庫の前に移動した。

「何度も言うが俺には無理だ」薫が本音を口にする。「自慢じゃねえが、こういうの苦手なんだよ。刑事だからって誰でも暗号解読できるわけじゃねえんだよ。俺はどっちかっちゅうと、体力方面の担当だよ。聞いてんのかよ？」

鼻唄を歌いながらミサエが冷蔵庫を開ける。

「いいわよ、そんな嘘は。ちゃんと調べはついてるんだから。和製シャーロック・ホームズさん」

そのひと言でようやく薫はなぜ自分が拉致されたのかを理解した。『都民ジャーナル』の記事が脳裏に蘇る。

「人違いだ。あの記事に書かれてたのは俺じゃねえ、俺の相棒のほうだよ。おいおい、聞けよ」

このとき薫の目に、ワイングラスの割れたガラス片が床に転がっているのが見えた。あれをうまく使えば、縄を切れるかもしれない。そんな考えを抱いた薫は、上体を揺らして、椅子ごと横倒しになった。

「危ないでしょう。なにしてるの？」

ミサエが冷蔵庫からなにかを取り出した。その両手に持たれた物を見て、薫は心臓が縮み上がった。注射器となにやら毒々しい色の液体だったのである。

「なんだよ、それ？」

薫は懸命に体をよじり、後ろ手でガラス片を探ったが、まだ届かなかった。

「疲れてるって言ってたでしょう？　これを打つとね、みるみる元気になって疲れなんか吹っ飛んじゃうんだよ。頭の回転も速くなるよ。でも分量調節が難しくて、いつも失敗しちゃう」

ミサエは液を注射器で吸い上げると、宙に向けてピストンを軽く押した。変な色の液体が針先から勢いよく飛び出した。

「ちょ……ちょっと待てよ。人違いだって。俺じゃないの」

ようやく薫の手がガラス片を探り当てた。指先の感覚だけで持ち替えると、ガラスを縄に押し付け、細かく前後に動かす。

「いつまでもそんなこと言ってないの。警視庁特命係、亀山薫ってあんたのことでしょう？」

「だから、それが違うんだって。特命係にはもうひとり刑事がいて……」

「ちょっと多すぎたかなあ。でも、若いし体力ありそうだから、大丈夫か」

ミサエは不気味に笑うと、注射器の針を薫のほうへ向けた。

「ちょっと待てよ、おい！」

何重にも縛られた縄がようやく一本だけ切れた。


呼び出しを受けた右京が警視庁内の記者クラブに足を運ぶと、心配顔の奥寺美和子が駆け寄ってきた。

「すいません、わざわざ」

「いえ」右京は軽くお辞儀をしながら、「家のほうにも行かれましたか？」

「ええ」と答えた美和子は、言い訳がましい口調で、「別に心配してるわけじゃないんですよ。ただ、あいつのことだから、また訳のわかんない事態に巻き込まれてるんじゃないかって」

「確かに異常事態と言っていいかもしれませんねえ」

「ですよね？　いま思い返してもちょっと気になる点も……」

「と言いますと？」

右京が振ると、美和子が前夜の話をした。

「ゆうべ携帯にかけたとき、呼び出し音が鳴ってたのが突然切れたんですよ。電話に出られない状況にいたのなら留守電に転送されるようになってるはずだし、元から電源を切ってたとか、元々電波の入らない場所にいたのなら……」

美和子の言いたいことを右京が先に口にした。

「呼び出し音自体が鳴らないはずですね」

「鳴ってたのが切れたってことは、あいつが自分で切ったわけですよね？　そんな真似される覚え、最近ないんだけど」

「となると、誰か別の人間が切った……」

右京はそう言うと、考え込んだ。

薫のほうは人違いであることをなんとかわからせようと説得していた。

「特命係にはふたり刑事がいるんだよ！　あの記事、名前まで書いてなかったけど、あそこに書かれていたのは主にもうひとりのほうなんだよ！」

しかしミサエの耳には薫の言い分は届いていなかった。新しい遊びに夢中だったのである。お医者さんごっこでもするように、注射器をしっかり握った。

「すぐに元気になりまちゅからねぇ。どこに打とうかなぁ」

「俺は学生時代からずっと野球漬けでスポーツ特待生だったの！　だから、そんなもん打ったって無駄だよ！　頭の回転速くなるったって、たかが知れてる！」

二本めの縄が切れた。あと一本だ。

「首筋がセクシーだから、ここに決めた！　はーい打ちまちゅよー。痛くなーい痛くなーい。震えてるの？　かわいい。でも動くと動脈に入っちゃいまちゅよ」

ミサエが注射器の針を首筋に近づけたとき、間一髪で三本めの縄が切れた。薫は自由になった手で注射器を払い落とすと、まだ拘束の解けていない両足を縮め、椅子ごと思い切り蹴り出した。両足キックが身を屈めていた腹の辺りを見事に捉え、ミサエは吹き飛ばされて床に突っ伏した。その間に、ガラス片で足の縄も切断することに成功した。

「このやろう、倍返しにしてやる！」

うつ伏せに倒れ込んだまま動かない女狐を見下ろす薫には油断があった。ミサエはいつの間にかハンマーを握っていたのである。レンガを叩き壊したときに使ったものだろう。ゆっくり取っちめてやろうと近づいた薫の左足のすねをハンマーが直撃した。激痛が薫の背骨を貫き、脳天に達した。次の瞬間、ハンマーの第二撃が襲ってきた。かろうじてそれを交わした薫は、片足を引きずりながら部屋から脱出を試みる。廊下に出てドアを閉めるのと同時に投げつけられたハンマーが飛んできた。ドアが鈍い音を立てて傾いた。

「ノブちゃん、逃げたーっ！」

ドア越しにミサエの声が聞こえた。階段を上がり、早く逃げようと振り返った薫の前にフライパンを振りかぶって男が待ち構えていた。フライパンが振り下ろされ、頭を強打された薫はそのまま廊下にくずおれた。薄れゆく意識の中で薫が最後に目にしたものは、無造作に転がされている二体の死体だった。

三

右京は薫の消息を尋ねて捜査一課を訪れた。

「亀？」用件を聞いた伊丹憲一が素っ頓狂な声を出した。「俺たちがあいつの居場所を知ってると思います？」

「思いませんが、念のため」

「刑事としての能力に限界を感じて、旅にでも出たんじゃないですか？」

伊丹が適当にあしらおうとすると、芹沢慶二が口を挟んできた。

「もしかして、あれじゃないっすか？　第三の被害者」

「んなわけねえだろ」

伊丹は言下に否定したが、右京は興味を持った。

「『あれ』というのは？」

「元帝政大学文学部教授、落合惣八、それから評論家にして歴史研究家でもある伊藤一郎、このふたり、この一か月で立て続けに失踪してるんすよ。なんか関連性があるんじゃないかって話になってましてね」

芹沢の説明を受け、三浦信輔が胸を張る。

「名付けて『インテリ失踪事件』」

「三浦さんが勝手に名付けたんすよ。古いでしょ、ネーミングセンスが」

間髪を入れず三浦が生意気な後輩の頭を叩く。伊丹はそれを見て笑いながら、

「いずれにしろ亀はこれとは関係ねえ。共通項がまったくねえからな」

頭をさすりながら芹沢が言った。

「杉下さんならわかるんですけどね」

このとき右京は昨日の奇妙な出来事を思い出した。退庁しようとロビーに出たとき、右京は若い女性に呼び止められたのだった。

「特命係の刑事さんですよね？　記事読んだんです。すっかりファンになっちゃって、どうしてもお会いしたくて。ぶしつけですけど、相談に乗ってもらいたいことがあって、お茶でも飲みながら、お話聞いていただけないかなって。あなたが記事の……」

『都民ジャーナル』を読んだらしい女性は、そう言いながら右京のカバンをつかんでいた。この記事が右京のことばかり書いていることについて相棒からさんざん不満を聞かされていたため、右京は記事には刑事の名前まで載っていなかったのをいいことに、適当に言い逃れたのだった。

「誤解しないでください。あの記事の人物は決してぼくなどではありません。特命係のもうひとりの刑事、亀山薫くんのことです」と。

もしかしたら薫の失踪にあの女性が関係しているのではないだろうか。

突然顔に水がかかって意識を取り戻した薫は、目の前でミサエが拳銃を構えているのに気づいてびくっとした。またしても椅子に縛り付けられている。ミサエが容赦なく引き金を引く。さらに水が飛び出して、薫の顔を濡らした。

「約束して、もうおイタはしないって。もっとも、この足じゃもう逃げられないと思うけどね」

そう言いながら、ミサエが薫の左足のすそをたくし上げた。すねの部分が赤黒く変色し、大きく腫れ上がっている。

「骨にひび入ってるよ、これ」

そう言いながら、ミサエが精巧な水鉄砲のグリップですねを叩いた。薫の意識が吹っ飛びそうになった。それを懸命に堪え、

「あのふたり、誰だよ？」

「ただのお馬鹿さん」

「おまえらがやったのか？」

横を向くと、薫の頭にフライパンを叩きつけた男がいた。見るからにおどおどし、落ち着きがない。背も低いし、色白で喧嘩などしたことがなさそうだった。ふいを突かれさえしなければ、薫が負ける相手ではなかった。男は甘えた声で、「ミサエちゃん、上に行こうよ」と言った。

「うるさい！」ミサエは男を一喝すると、「事故よ。あんなことで死んじゃうと思わないもん。だから年寄りって嫌い。そんなことより、亀山さん、困らせないで。この暗号を解いてって言ってるだけじゃない。あのふたりの隣で一緒に寝たい？　嫌でしょ？」

「謎を解いたって、そのあとでどうせ俺も殺すんだろ？　死体を見た俺を生かして帰すわけねえもんな」

ミサエは薫の耳元に口を寄せ、ぞっとするようなことを囁いた。

「金庫を開けてくれたら、ノブちゃんを殺して、あなたと逃げるわ」

「えっ?」

「あの男、本気であたしと結婚する気になってんの。鬱陶しいやつ。ね? ふたりで逃げよう。金塊持って」

「金塊?」

「そう。あの中にあるの」ミサエは囁くのをやめて、男に命じた。「ノブちゃん、金庫の中身を教えてあげて」

「金塊だよ。純金。円にすれば四億か、それ以上」

甲高い声で男が答えた。


その頃、右京は鑑識課の部屋にいた。昨日帰り際に若い女性から握られたカバンを持ち込み、懇意にしている米沢守に指紋の分析を依頼したのだ。

「この女でしょう。進藤ミサエ」

米沢のパソコンのディスプレイに女性の顔写真が表示された。まさに昨日の女性だった。

「ええ、この人です。ということは前科《マエ》があったのですね?」

「あるなんてもんじゃありません。このとおり」と、パソコンの表示を変え、「この若さで二度も実刑を食らってます。九七年、職場での業務上横領に始まって、詐欺、横領、強盗未遂、暴行、暴行、恐喝、詐欺……いや、ここまでくると、むしろ清々しささえ感じられますねえ」

「相当お好きなようですねえ、お金が」

右京が言うと、米沢は右手の親指と人差し指で輪を作った。

「これのためならなんでもするというタイプの決定版みたいな女ですな。ところで、なんの事件なんでしょう?」

「『インテリ、かっこ、一名除く、かっことじる、失踪事件』ですね」

真面目な顔で右京が答えた。


時間稼ぎのために、薫は詩をローマ字に変換させた。ミサエが男に命じ、ローマ字が並んだメモが出来上がった。ミサエはそれを薫の目の前に掲げた。

「で?　これがどう数字になるの?」

「んとねえ……」

薫が詰まると、ミサエは力を込めて薫の左足を踏みつけた。あまりの痛さに薫が悶絶する。男はミサエの拷問に目を細めた。

「ミサエちゃん、そう簡単にはいかないよ。単換え字式暗号のような単純なものじゃないんだから。ドイルの『踊る人形』やポーの『黄金虫』なんかよりも、ずっと複雑な方式だと思うんだ」

　薫はどちらの暗号ミステリーの名作も読んだことがなかったが、調子を合わせた。

「うんうん、そりゃそうだよ」

「でも、あなたなら解読できるのよね？」

「その前にさ、その金塊の曰くってのを教えてくんねえかなあ？　曰く付きなんだろ？　その辺に謎を解く鍵があるような気がするんだけどな」

　薫の要望に男が反応した。

「あんた、〝刃桜《はざくら》の会〟って知ってるかい？」

　男は背筋を伸ばして壁を見上げる。「刃桜」という書が額装して飾られていた。その下に掲げられているのは、軍服を着た六人の軍人がポーズを決めて写ったセピア色の写真だった。

「刃桜の会……？」

「あんたなら聞いたことあるんじゃないかな？　昔一部の歴史ファンや軍事マニアの間でまことしやかに囁かれたことがあっただろ？　そういう組織が存在するって」

　薫は一応調子を合わせる。

「なんとなく、そんな噂を……」

「噂なんかじゃないんだ！」

男は口から泡を飛ばしながら、一気呵成に語った。

「第二次世界大戦末期、敗色濃厚となった旧大日本帝国陸軍、その軍部の一部によって極秘裏に結成された秘密結社、刃桜の会は厳然と存在したんだ！　近藤清大尉、一ノ瀬太郎中尉、市村圭蔵中尉、山川宗夫少尉、石田寅吉少尉、そして、わが祖父、新田公彦准尉。愛国の志を失わぬ彼ら六人は陸軍に残った最後の資金を密かに持ち出し、帝国復活の軍資金として確保した。そして敗戦後も帝国復活を夢見て、地下活動を続けてきたんだ。そして、その本部が、ここだ！」

いまの話によると、この男の姓は新田というのだろうか。薫がそんなことを考えている間も、男の話は続いていた。

「しかし、時移ろう中でメンバーはひとり、またひとりとこの世を去り、ついにぼくの祖父だけとなった。自分の亡きあとは保管係をぼくに任せると言い、軍資金を託した。暗号の歌とともに。祖父は自分が死ぬ前に暗号の解読法をぼくに伝えると言っていたんだが、一昨年、祖父は突然に他界してしまった」

新田が話し終えると、ミサエが迫った。

「そういう曰く付きってこと。さ、解いて」

「想像以上に壮大な曰くだな。なるほど、本来れっきとした国有財産ってわけだ」

ここにきて薫もようやくすべての事情が呑み込めた気がした。

四

右京は進藤ミサエが勤めていたという新宿歌舞伎町のクラブを訪れた。応対に出たのは開店の準備をしていたマネージャーだった。

「その女ならいましたよ。でも一か月ぐらい前に辞めました」

「理由はわかりますか?」

右京が質問すると、マネージャーは渋面になった。

「常連客とね、くっついちゃったんですよ。結婚するとかって」

「常連客ということは、その方をご存じですか?」

「ええ」マネージャーが下卑た笑みを浮かべた。「不動産屋の社長です。もうミサエにべた惚れでね。しつこく口説いてましたよ。確か相当貯め込んでるらしくてね、地下の金庫に何億とかっていうのを聞いちゃった。あの女も金に目がないから」


ローマ字の暗号文を適当な理屈を付けて解読した薫は、いいかげんな六桁の数字を口にした。ミサエがそれを試したが、もちろん金庫が開くはずもなかった。腹立ち交じりに薫の左足を蹴る。薫が歯を食いしばって耐えていると、新田が同情を示した。

「ミサエちゃん、きっと疲れてるんだよ」

「そっか、疲れてるんだ」ミサエは薫の髪をつかんで顔を引き上げると、「ちゅかれてるの？」と訊いた。

薫の脳のスクリーンに先ほどの注射器の映像が映し出された。

「疲れてない、疲れてない！」

「じゃあ、やって！」

「はい、わかりました」薫はここで顔を歪めた。「その前に小便行かせてくんねえかなあ。いや別に変なこと企んでるわけじゃねえんだよ。本当にさっきからずっと我慢してんだよ。頼むよ。ここで漏らしちまってもいいのか？」

新田が「どうせ走れないよ」と機嫌を取ると、ミサエは「少しでも変な真似したら、もう一本の足も折るから」と笑いかけながら椅子からの拘束を解いた。

新田の肩を借りてトイレに立った薫はとりあえず無事に用を足すと、新田と向き合った。

「おい、あんな女のどこがいいんだよ？　おまえの金が目当てだってわかんねえのか？目覚ませよ」

しかし新田は完全にミサエにのめり込んでいるらしかった。

「ミサエちゃんの悪口言ったらただじゃおかねえぞ！」

薫がトイレで説得に失敗していた頃、右京はトイレで痴漢と間違えられていた。

クラブのマネージャーから教えられた不動産会社を訪ねると、扉は開いているものの、事務所には誰もいなかった。不審に思った右京が事務所の奥のトイレに近づいたとき、いきなり女性の事務員が出てきたのである。

「わーっ！　わーっ！　警察呼ぶわよ！」

「すいませんね、脅かして。ぼくが警察です」

突然騒ぎ立てられた右京は警察手帳を見せ、なんとか誤解を解くと、社長である新田信彦の所在を尋ねた。

「社長、どこにいるんですかね。ずっとお店ほったらかして、わたしひとりで全部やらされて」

社長はしばらく顔を出していないらしく、事務員も行方を把握していなかった。右京は納得すると、この不動産会社で管理している空き物件を見せてくれるよう頼んだ。

「これがいまうちで管理してる空き物件です。全部で六十八件あります」

「拝見します」

ファイルに収められた空き物件は関東一帯に及んでいた。ファイルを借り出した右京は警視庁に戻ると、さっそく前日の関東の雨雲の動きを調べ始めた。

ミサエは次第に苛立ちを募らせていた。金庫の前にしゃがみ込むと、薫に語りかけた。

「時間は十分あげたわ。これが最後のチャンス。いいわね？　さ、答えて」

薫にはなんのアイディアも浮かばなかった。運を天に任せて、万が一の奇跡に賭ける。

「右三……左九……右四……左一……右六」

「最後は？」

「左……八」

「八ね？」

ミサエに念を押され、薫が逃げを打つ。

「あ……七」

「どっち？」

追いつめられた薫は目をつぶって「七」とコールしたが、奇跡は起こらなかった。ミサエが能面のような表情になって立ち上がるのを見て、薫は見苦しく言い訳した。

「あ、八！　最後、八だった」

「がっかりだわ！　前のふたりのほうがよっぽど使えたわよ。いい？　あなたが今日やった解読法は、あたしやノブちゃんがとっくの昔に試したことなの。なにが和製シャーロック・ホームズよ。ただの凡人じゃない！」

そこまで言って、ようやくミサエも気がついた。

「……まさか、嘘でしょ？　本当に人違い？」

新田が薫に詰め寄る。

「そうなのか？　あんた、別人？」

答えに窮する薫を見て、ミサエは頭を振った。冷蔵庫に歩み寄り、注射器を取り出す。

そして、なんのためらいもなく、謎の液体をシリンダーいっぱいに吸い上げた。

「ミサエちゃん、そんなにたくさん入れたら……」

新田が止めようとしたが、ミサエは聞く耳を持たなかった。

「ただの馬鹿には用がないの」

「マズいよ」

「死体を見られてるのよ？」

「でも三人はマズいよ」

「ふたりも三人も変わらないわよ！」

「前のふたりはいわば事故だよ。ひとりは心臓病の持病があったなんて知らなかったし、もうひとりは階段から落っこちただけだよ。打ち所が悪かったんだよ」

「殺人は殺人よ！」

薫にできることは新田がうまくミサエを制してくれるのを祈るだけだったが、どう見ても形勢は不利だった。

「でも、あいつ刑事だよ！　捕まらなきゃいいだけの話よ。そうでしょ？」

　ここで新田が黙り込み、勝負は決着した。あとは自分でなんとかするしかない。薫は自分のことばが真実味を帯びて聞こえてくれるように念じた。

「ま、待った、待った！　お、俺だよ。俺がシャーロック・ホームズだよ！」

「へえ、ほんと～」ミサエはまるで信じていない。「それじゃあ質問してみていいかしら？　記事によるとあなた、東大の法学部を出てるんだったわよね？」

「ああ、もちろん」

「わたしが前に勤めてたクラブに東大法学部の名誉教授が来たことがあったわ。何十年も東大一筋って言ってたから知ってるはずよね？」

「はい？」

「ほら、顎髭をながーく伸ばしたおじいさん。知らないのね？」

　薫は一か八かの勝負に出た。

「その手には乗りません」精いっぱい右京の口真似をする。「東大にそんな教授はいない。違いますか？」

　ミサエが愉快そうに笑ったので、薫は一瞬正解したかと思った。

「残念ね。いるのよ！」

ミサエの持つ注射器が無情にも首筋に迫ってきた。もう終わりだと観念したとき、和製シャーロック・ホームズの声が聞こえた。

「野田菊夫、名誉教授ですねえ。もっともぼくのいた頃はまだ教授になったばかりでしたが」

「右京さーんっ！」

変わり者の上司の姿がいまの薫には光り輝いて見えた。

「ひさしぶりと言いたい気分ですね、亀山くん」

「こんなザマで面目ないっす。この女、危ないっすよ！」

「なんとか無事なようで安心しました」

注射針を薫の首に突きつけたままでミサエが忠告する。

「動くな！　それ以上近づくと、こいつの命はないよ。ノブちゃん、表見てきて」

右京が新田を手で制した。

「ご心配なく。ぼくひとりですよ」

「こいつら、ふたり殺してます。俺に構わず捕まえてください！」

「黙ってなさい！」

ミサエがヒステリックな声を上げる。対照的に右京の声は落ち着いていた。

「亀山くん、きみの命を引き換えにするような相手じゃありませんよ」

「あんた、どうしてここがわかった？」

新田の質問は、右京に和製シャーロック・ホームズぶりを披露する機会を与えた。

「進藤ミサエさん、昨日お会いしたとき、あなたの靴に赤土のような泥が付着しているのが気になりました。また、革製のコートからも少し湿ったような臭いがしました。この方は数時間前に雨に降られたのだなと、ぼくはあのとき思いました。そして、新田信彦さんが管理されている六十八件の空き物件の中で、昨日にわか雨が降った地域にあり、さらに敷地内またはその周辺に赤土によるぬかるみができそうな物件を捜すと、もっとも可能性の高いのがここでした」

新田が感嘆のため息を漏らし、ミサエも感心したように言った。

「まさにシャーロック・ホームズね。じゃあ、あの謎を解いてくれるかしら？」

そう言って、刃桜の会の逸話と隠された金塊について説明した。

「暗号文ですか」右京は金庫の前に進み、ものの一分ほど詩を見つめただけで、「解けました」と宣言した。

「もう？」

ミサエが信じられない表情で訊き返す。

「ええ、すべて」

右京が自信をのぞかせると、新田が「嘘だ！」と叫ぶ。

「なぜですか？」

「いや、だって、そんな簡単には……」

新田はなぜか語尾を濁らせた。

「聞かせてちょうだい」

ミサエに促され、右京が謎解きを披露する。

「では。まず、この詩は『日本書紀』および『古事記』に記された歌で、一般には国偲びの歌と言われるものです」

「それで？」目を爛々と輝かせ、ミサエが訊く。「隠された数字は？」

「それだけです。数字などありません」

「どういうこと？」

右京はちらっと相棒に視線を向け、

「亀山くんはもとより学者の先生方が解読できないのも当然なんです。これには初めから数字など隠されてはいないんですから」

「なに言ってんだよ！　隠されてんだよ！」

激しく主張する新田に、右京が大胆な推理をぶつけた。

「新田さん、あなたは最初から金庫の番号をご存じなんじゃありませんか？　つまり、あなたは金庫を開けることができるのに開けられないふりをしているのではないかと思うのですが」

「な、なんで？」

「開けてしまったら、金塊など存在しないことがわかってしまうからです」

「存在しない？」

　ミサエは虚を衝かれて、顔をしかめた。

「金塊がないとわかれば、ミサエさんはあなたの元を去ってしまう。彼女の目当ては金塊ですからねえ。それは、あなたも十分に承知していた。そこで、ミサエさんをどうしても手放したくなかったあなたは、金塊が永遠に存在する方法を考えついた。絶対に解けない暗号です」

「馬鹿馬鹿しい！」

　新田が吐き捨てたが、右京は受け流した。

「ずいぶん手の込んだ舞台を作りましたねえ。管理している物件にたまたま備え付けてあった地下室と古い金庫を利用し、軍人だったおじいさまの遺品を飾り付けたのでしょうかねえ。そして、一時期流行った秘密結社の噂話と結びつける。暗号文は、それらしければどうでもいい。甲斐あって、あなたの思惑どおりミサエさんはこの話を信じた」

「どうりで解けねえわけだ！」

　薫が息を吹き返した。右京が続ける。

「ところが、あなたの誤算はミサエさんのお金に対する強欲さが尋常じゃなかったことです。そして、暗号を解読できそうな大学教授などを拉致し、恐喝した挙げ句、図らずも死なせてしまった。殺人の共犯関係となってしまったあなたは、いまさら本当のことを言い出せるわけもなく、ミサエさんの言いなりに第二、第三の拉致監禁を幇助し、このように茶番劇を続けている。そして、いまもどうしていいのかわからない。違いますか？」

「嘘よね？」

　ミサエは注射器を新田に向けた。

「全部ノブちゃんのでっち上げなんて、嘘でしょう？」

「あるよ」

　そう言いながらも新田は震えていた。

「金塊はちゃんとある。刃桜の会の軍資金だよ！」

「刃桜の会、ですか」

　右京の顔になんとも言えない感情が浮かんだ。

「その刃桜の会というのも実在はしなかったと思いますよ」

「いい加減にしろ！　刃桜の会は実在した！」

「ぼくの記憶によると、刃桜の会とはそもそも、昔ある中学生が遊び半分で書いたミステリー小説に登場させたもので、それを面白がった推理小説サークルの大学生が自分たちの同人誌に載せたのが広まったきっかけです」

やはり右京も噂を知っていたのだと薫は感心したが、新田はあくまで否定した。

「違う！　だとしたら、その中学生のほうがパクったんだよ！　そうだよ！　中学生がこんな話を思いつくはずがない！　だったら、その中学生、連れて来いよ！」

「もう来ているんです」新田のとんでもない要求に右京は意外なことを言った。「その中学生……ぼくなんですよ」

「へえっ⁉」

右京の告白を聞いた新田は顔色を変えて金庫に駆け寄り、少しも迷うことなくダイヤルを回した。ガチャンと重たい音がして扉が開く。後生大事にしまわれていたのは金塊などではなく、古びた冊子ばかりだった。

「なによ、これ？」

納得できないミサエが新田に詰め寄る。

「ぼくのコレクション。ミステリーの同人誌」

「なんなのよ、これ？　四億の金塊はどうしたの？　ねえっ？　死ねーっ！」

真相を知ったミサエが喚き立てながら新田に殴りかかった。その間に、右京が薫の拘束を解く。薫はさんざん自分を虚仮《こけ》にした女狐に歩み寄ると、手首をつかんで手錠をかけた。

「午後十一時三十八分」

右京が時間をコールすると、薫が罪状をそらで読み上げた。

「進藤ミサエ、拉致監禁および暴行傷害、それから死体遺棄、あと俺にむちゃくちゃしやがって、このやろう！　現行犯で逮捕っ！」

「今度のお勤めは長くなりますよ」

ミサエに殴られて鼻血を流しながら、新田は金庫の中から一冊の冊子を取り出すと、ぱらぱらとめくった。そしてあるページを開いて、右京の目の前に突きつけた。

「これは懐かしい」

右京の顔がふと緩んだ。新田は尊敬の眼差しを右京に浴びせ、その手を取った。

「ずっとファンでした。握手してください！」

「恐縮です」

右京は握手に応じたが、すぐに手を振りほどくと、「新田信彦、同様の現行犯で逮捕します。あなたの罪は大変重いですよ」と宣告した。新田はなぜか嬉しそうにうなずいた。

不審に思った薫が冊子の開かれたページに視線を落とす。「亡霊たちの咆哮」というタイトルの下に「杉下右京」という名前が印刷されているのを見て、薫はなんとなく納得した。

第八話

「冤罪」

一

「けっ、俺たちは用なしかよ。だったら呼ぶなっつーの」

緑川警察署の捜査会議に出席していた本庁捜査一課の伊丹憲一は、声を落として床に向かって毒づいた。

昨夜遅く、血糊がべったりと付いた大きなガラス製の灰皿を右手に持った女性が緑川署を訪れ、人を殺したと自首してきた。普段着のスカート姿にはだしのまま、返り血を浴びた顔は蒼白で、目は開けたまま意識を失っているような、見るからに異様な状態だった。

供述によると、自首した篠宮ゆかりは阿佐谷に住んでおり、同じく阿佐谷に住む被害者、青木由紀男とは以前内縁関係にあったという。二年前ゆかりは青木に金を貸したが、ここ半年は返済が滞っていた。昨夜それが原因でもめ、そばにあったガラス製の灰皿で青木の頭部を殴って死亡させた、ということだった。

なぜ犯行現場の阿佐谷から遠く離れたこの緑川署に自首してきたのか？　ゆかりを聴取した緑川署の安城雄二警部補によると、ゆかりは青木を殺した緊張と興奮から凶器を持ったままあてもなく歩き続けたが、このままではいつか捕まると思い至り、そのときいちばん近くにあった緑川署に自首した、とのことだった。

青木の死亡推定時刻からゆかりが自首するまで約二時間、阿佐谷の犯行現場から緑川署までゆっくり歩くとちょうどそのぐらいの時間がかかる。ゆかりの供述は正しいようだった。

「今後の捜査活動は」と会議を指揮している中園照生参事官が大きな声を張り上げた。「供述の裏付けと送検作業は緑川署が担当し、本部の捜査員は解散！」

つまり伊丹たち捜査一課のメンバーは、一応本部も捜査に関わっていたという既成事実が欲しいがためだけに、呼び出されたというわけだ。

「ラッキーっすよね、緑川署」

「他の管轄の殺人事件を横取りできたんだからな」

「なんか言ったか？　うちに文句があるなら聞こうか」

会議が終わり廊下を不貞腐れて歩いている伊丹と芹沢慶二の会話を聞きとがめて凄んだのは、緑川署の安城警部補だった。

「すまんすまん、安城。相変わらずご活躍だな」

三浦信輔が取り成した。いまは本庁捜査一課にいる三浦は、かつて安城と所轄署で同じ釜の飯を食べた仲だった。

「なんだ三浦、おまえんとこか。相変わらずマナーが悪いね、本部の連中は」

「悪いな、あとでよく言って聞かせるよ」

「じゃあ早く帰れ。送検はうちの担当だ」

「おまえがするのか？」

「成り行き上な。ゆうべ当番で、そこに自首してきた」

「ラッキーっすね」

懲りもせず軽口をきく芹沢の頭を、三浦が小突いた。

そんな捜査一課の三人が安城と別れて出口へ向かおうとしていたところへ、品のいいスーツをピシッと着こなした短髪の女性が通りかかった。

「あら、おひさしぶりです」

その女性は安城を見るなり挨拶をした。

「確か……東京地検の室園検事ですね？」

記憶を探り当てた安城が、懐かしい顔をする。

「駆け出しの頃は大変お世話になりました。でも、いまは……」と言って襟元を指す。

そこには天秤とひまわりをかたどった金色のバッジが光っていた。

「弁護士？」

「わたくしの依頼人、篠宮ゆかりさんに接見させてください」

女弁護士は親しげな表情を一転させ、安城警部補に対峙した。

都心の一等地にある高層ビルのワンフロアに〈室園悦子法律事務所〉と大きく看板を掲げたそのオフィスを、警視庁特命係の杉下右京が訪ねていた。

緑川署が担当することになった青木由紀男殺害事件の送検に、本部としても寄与したという実績をつくるため訪れた……それが表向きの訪問理由だったが、捜査会議に出席していた鑑識課の米沢守から事件の細部を聞いた右京のレーダーにこの事件が引っかかった、というのが本当のところだった。

「事件は篠宮ゆかりを容疑者として、緑川署で送検作業中です」

室園悦子は怪訝な顔をして言った。右京が感心したように皮肉を言う。

「じつに手際がいいですねえ、送検するまでの」

「送検の抗議なら担当の安城刑事におっしゃってください」

明らかに心外であるというように悦子は右京を睨んだ。

「まさか抗議だなんて」

「では、どんなご用件でしょうか?」

右京は慇懃に頭を下げて言った。

「篠宮ゆかりさんにお会いできないかと思いまして、こうして弁護人の先生に承諾をいただきにまいりました」

「依頼人に？」

なぜ……と訝る悦子に、右京はメンツを重んじる本部のくだらない事情を披露してみせた。

「そんなつまらない仕事ですから、ぼくのようなどうでもいい刑事がお邪魔しているんです」

へりくだる刑事に気を許したのか、それともそう重大なことではないと判断したのか、弁護士は折れた。

「面会にはわたくしの立ち会いが条件です」

「ぜひ、お願いします」

右京は嬉しそうに応えた。


「ところで先生、篠宮ゆかりさんとはどのようなご関係ですか？」

緑川署へ向かう道すがら、路上の落ち葉を踏みしめながら右京が尋ねた。

「弁護人と依頼人ですが」

質問されている意味がわからない、という顔をして悦子が答える。

「先生は彼女が逮捕された翌日に弁護人になられました」

「それがなにか？」

「逮捕後すぐ彼女からの依頼があったわけですね？」

「本人が緑川署から直接電話をしてきたんです」

「つまり、先生とゆかりさんは以前からのお知り合いということですね。それで、どのようなご関係かと思いましてお訊ねしたのです」

室園は立ち止まり、あらぬことを訊く人だと呆れた顔で、

「数日前わたくしの事務所に見えたんです。青木由紀男に貸したお金を返してほしい、そういった用件でした。わたくしは刑事事件専門ですから、よかったら民事専門の弁護士を紹介する……そう言ってお引き取り願いました」

「ちなみに彼女はなぜ先生の事務所を選ばれたのでしょう？」

「飛び込みだったそうです」

右京があからさまに驚いてみせる。

「飛び込み？　弁護士事務所にですか？」

「まれにあるんですよ」

そう言い置いて、室園は先を歩いていった。

緑川署の取調室の椅子に座った篠宮ゆかりは、すでにかなり落ち着きを取り戻したようだった。悦子は少し後ろの椅子に座り、右京がゆかりと対面した。

「凶器となった灰皿のことをお訊きしたいのですが」

それは事件のことを耳にしたときから、右京の中でなぜかしら引っかかっていることだった。

「あれは、青木の部屋にあったものです」

「なかなか大きくて立派な灰皿ですねえ」

「極端なヘビースモーカーでしたから」

「青木さんが、ですか？」

「ええ」

「そうですか……」

右京は目を細めて篠宮ゆかりを見た。ゆかりの虚ろな目が一瞬宙を泳いだのを右京は見逃さなかった。

二

「ここにいれば、さすがに会えると思いましてね。捜しましたよ」

緑川署を出た足で右京が殺害事件の現場である青木のアパートに立ち寄ると、亀山薫が痺れを切らせて待っていた。

「きっとここで待っているだろうと思っていました」

「ははは、犬ですか、俺は？」

いらついた口調で薫が応ずる。このところ自分を置き去りにして単独行動を取りがちな右京に、薫は少々腹を立てていたのである。

「なにを怒っているのでしょう？」

「主人の言うとおり、ただ待ってりゃいいんですか？」

「ぼくは主人ではありません。そして、待てとも言ってませんよ」

こういうところが食えない上司である。これだけ相棒を務めていれば、もう少しなんとか……。

「部屋に入るんでしょ？」

「ええ。そのために来ましたからね」

憮然として尋ねる薫に、そう言ってさっさと階段を上っていく上司のあとを、苦虫を嚙み潰したような表情で追った。

十年以上も住んでいるという青木のアパートの部屋は、かなり散らかっていた。その部屋に入るなり、右京は畳に目を落としてなにかを探しまわっている。

「なにを探しているんですか？」

「凶器の灰皿はここに置いてあったものだと篠宮ゆかりさんは言っていたのですがねえ。被害者は極端なヘビースモーカーだったそうです。しかし、ありませんねえ」

薫も要領を得ないまま畳を見まわっている。

「十年も住んでいれば一度や二度、焦げ痕を作ってもおかしくないのですがねえ」

そういうことかと得心がいった薫は再び畳に目を落とし、

「ないっすねえ、焦げ痕らしきものは」

「被害者は本当にヘビースモーカーだったのでしょうか？」

「そういえばこの部屋、タバコ臭くありませんねえ。カーテンも白いままだし……」

薫も右京の言わんとすることに気づき、あらためて部屋の中を見渡した。

「この染みは、なんでしょう？」

右京がなにかを発見したようだ。

「こりゃまたくっきりと。コーヒーかなんかこぼしたんですね」

「妙ですねえ。染みが途中で切れています。ということは、こっちの染みが続きでしょうか？」

隣の畳の反対側の隅に、やはり途中で切れている染みがくっきりと残っている。薫がごく当たり前の推測をする。

「畳を回転させたんですね」

「なぜ畳を動かしたのでしょうか？　この染みを放っておくような不精な人が畳干しをするとも考えられませんが」

そう言いながら自分の乗っている畳の縁に手をかけ、しきりに引っ張り始めた。そんな右京を見て、薫はクスリと笑った。変なところが抜けている上司である。

「右京さん」

「はい？」

「自分が乗ってたら上がりませんよ。上げたいんでしょ？」

「これは失礼」

右京が畳から足を外し、薫も手伝って引っ張り上げた。畳を回転してはめ直してみると、染みと染みはパズルを組み合わせたようにぴったりと重なった。右京はなにかに思い至ったのか、もう一度畳の片方を引き上げた。すると、もうもうと立ち上る埃の中、畳の下に敷かれた新聞紙の間から黒い札入れが顔をのぞかせた。

「なかなか立派な札入れですねえ。青木さんのものでしょうか」

右京が手に取った牛革製のその札入れの中には、残念ながら持ち主を特定できるようなものはなにも入っていなかった。

特命係のふたりは警視庁に戻り、捜査一課の部屋を訪れた。青木の部屋から見つかった新しい証拠物件を届けるためである。部屋の入口に立つとなにやら中は騒然としている。

捜査一課の面々の会話を聞くともなく耳にして、ふたりは驚いた。篠宮ゆかりの兄、篠宮彬が二十年前に逮捕され、起訴されていたというのだ。しかも罪状は妹と同じ殺人である。

「立ち聞きかよ。おまえらしいよなあ、特命係の亀山ぁ〜」

ドアの陰に特命係のふたりを見つけた伊丹が、いつもながら薫にからんできた。

「はい〜、立ち聞き大好き特命係の亀山ですが、なにか？」

薫がおどけてみせる。

「なんだその言い草、このやろう」

「おめえが言ったんだろう、このやろう」

子どもの喧嘩のようなやりとりも、いつもながらである。

「なにかご用ですか、警部殿？」

とがめるような目を向ける三浦に、右京が言った。

「二十年前の事件ならば、五年前に刑事時効が成立していますねえ」

「あれ？　その時効って確か二十五年になったんじゃなかったでしたっけ？」

口を挟んだ芹沢の頭を、三浦と伊丹が同時に叩く。中園も呆れ顔で芹沢を見た。

「法改正前に起きた事件に関しては原則的に適用されないだろ。ちゃんと勉強しろ」

「杉下！　誰が勝手にここに入っていいと言った？」

そこへ刑事部長の内村完爾がやってくるなり、怒鳴り声を上げた。

「二十年前の殺人事件なんですが……」

内村の質問には答えず、しれっとした顔で右京が訊ねる。

「興味があるのか?」

「ええ、正直申しますと」

「じゃあ、とっとと出て行け」

「はい?」

「おまえが興味を持つと、ろくなことがないんだ」

「いや、部長……」

理屈にもならない理屈に異を唱えようと薫が前に出たが、ここぞとばかりに伊丹が薫に体当たりをしながら出口に押しやった。

「出ていけよ、オラ。部長命令だよ!」

「ちょっと待て、おい。新情報を教えてやるって……」

こうして、せっかく届け出ようと思った新証拠も届け出ずに終わってしまった。

邪険に扱われるのはいつものことなので、あとは自分たちでやろうと決めた特命係のふたりはその足で鑑識係の部屋に米沢を訪ねた。

「被害者の部屋から押収した財布は、これですね」

米沢から見せられた青木の財布はビニール製のかなり安っぽいものだった。どうやら青木は財布などにお金を費やす趣味はまったくないらしく、部屋の畳の下から出てきた財布は青木のものとは思えなかった。


その夜、行きつけの小料理屋〈花の里〉に立ち寄った右京と薫は、やはり仕事帰りに店を訪れた奥寺美和子から、篠宮彬に関する情報を受け取っていた。帝都新聞社会部記者である美和子によると、篠宮彬は二十年前に拘置所で病死していたのだという。

「拘置所ということは裁判前だったのですか？」

猪口を傾けながら、右京が尋ねた。

「いえ。彼は二十年前に逮捕され、すぐに自白し起訴されています。それから一か月後、裁判で有罪となり、拘置所で病死したのは、そのすぐあとです」

「じゃあ高裁に控訴してる最中だったんだ」

薫は美和子の手元にある資料をのぞき込んだ。

「控訴ということは量刑に不服だったのでしょうか？」

右京の質問に美和子が答える。

「それが、殺人罪自体を否認していたみたいなんです」

「つまり、篠宮彬さんは無実を訴えていたということでしょうか？」

「浮かばれませんね」カウンター越しに三人の会話を聞いていたこの店の女将、宮部たまきがしんみりとつぶやく。「拘置所で病死なんて……」

無念のうちに息絶えた男のことを思って、三人も深くうなずいた。しんみりとした空気を振り払うように、たまきが言う。

「そろそろお茶漬けにしますか？」

「はい？」

意外な展開に右京が訊き返すと、

「わからないことはとことん調べるんですよね？」

「もちろんです」

「ということは明日の朝は早い。はい、お酒はここまで」

「かないませんねえ」

別れた妻の指摘に右京は苦笑するしかなかった。

薫と美和子も食べるというので、たまきは三人分のお茶漬けを作り始めた。

「ぼくはわさび多めですよ」

「わかってます」

別れた夫の好みぐらい重々承知しているたまきは、すでにわさびをたっぷりとすりおろしていた。

三

翌日、特命係の小部屋では右京と薫が「競艇通り強盗殺人事件」と名付けられた二十年前の事件をおさらいしていた。

「二十年前のこの事件、犯人は篠宮彬、被害者は金子祐介さんですね」薫はホワイトボードにふたりの顔写真を貼りながら、「お願いします」と右京を促した。

右京が捜査資料を見ながら、事件の概要を説明する。

「被害者の金子さんは競艇で大穴を当てた帰り道、祝い酒を飲みに酒場に入ったようですねえ。酒に酔った金子さんは、店を出るとき店員に『まだこんなにあるんだ』と言って現金二十万円ほどを見せびらかしたそうです。その同じ日の同じ時間、犯人とされた篠宮彬が同じ店で飲んでいました。しかも金子さんが店を出たすぐあと、篠宮彬も店を出ています」

「では続いて、篠宮彬の自白内容です。どうやら金子さんはかなり酔っていたようで、酒場の帰りに道端で寝てしまったようです。そこへ篠宮彬がやってきて、金子さんの財布に目を付けた。財布を奪おうともめた篠宮彬は、とうとう金子さんの頭部をブロックで数回打ちつけ死亡させた。状況証拠もあります」

「状況証拠とは？」

右京が尋ねる。

「篠宮彬は現場近くの競艇場の常連でした。ということは、金子さんが大穴を当てたところを見ていた可能性もありますね」

「なるほど」

「しかも事件の翌日、篠宮彬は妹のゆかりに借りていた二十万近くを一気に返済しています。最初の供述ではこの金は拾ったと言っています」

「拾った……ですか」

「ええ。思いっきり怪しいっすよね」

「つまり、被害者の金子さんが所持していた二十万円を目撃した、翌日妹さんに二十万円を返した、その二点の状況証拠と自白で警察は起訴したわけですね？」

「そういうことです。篠宮彬には傷害の前科もあったみたいですしね。まあ、なにより決定打はこの自白ですよ」

右京はダンボールに入った当時の資料の中から裁判記録を取り出し、ページをめくり始めた。

「しかし、裁判では一貫してすべての容疑を否認しています。二十万円についても『金は店の帰りに拾った』『厳しく取り調べられるうちに、早くそこから解放されたくなり、つい自分がやったと言ってしまっただけ』だと言っていますね。仮にそれが事実だとしたらどうでしょう？　二十万円もたまたま別の場所で拾ったものだとしたら？　篠宮彬は厳しい取り調べの末、心神耗弱状態で自白してしまったのかもしれません」

「でも二十年前ですよ？　その頃には警察だって、もうそんなやり方してないんじゃないですか？」

「過去に警察が犯した過ちを繰り返していなければいいのですがねぇ」

そう言いながら資料をめくっている右京の手がピタリと止まった。篠宮彬の供述調書の担当刑事を記す欄に《安城雄二》という名前を見つけたのである。

「安城……」

それは確か、今回の事件の送検を担当している緑川署の刑事の名前だった。

「皮肉なもんです」

特命係という聞き慣れない部署の刑事から突然の訪問を受けた安城は、空いている会議室にふたりを通した。

「二十年前に篠宮という男を逮捕したあなたが、昨日その妹を逮捕した。そのことを捜査本部に言っていらっしゃらないのは、なぜでしょう？」

杉下右京という慇懃無礼な男の質問に、明らかに迷惑な顔をした安城はぶっきらぼうに答えた。

「言う必要も義務もないからです」

「まあ確かに言わなきゃならない規則はないですけど、ふつうはねえ」

刑事らしからぬラフな服装をした亀山薫という男も、安城の神経を逆なでした。

「よって、あなた方にこれ以上話す義務もない」

そう言い捨てて部屋を去ろうとする安城を、右京が引き止めた。

「もうひとつだけ」

「手短にしてくださいよ。こっちも忙しいんだから」

一刻も早くこの会話を切り上げたそうにしている安城を引き止めた右京は、左手の人差し指を立てて言った。

「あなたほどの刑事がお考えにならなかったのでしょうか？　今回の殺人と二十年前の殺人との関連について」

「もちろん調べましたよ。その結果、二十年前の犯人篠宮彬、そして被害者金子祐介。今回の犯人篠宮ゆかり、被害者青木由紀男。犯人が兄と妹という以外、四人に接点はなかった。なんなら、あなた方で調べてもらってもいいですよ。無駄だと思いますが。どうせもう終わった事件ですから」

「終わったとは？」

怪訝な顔で右京が訊ねた。

「今朝、篠宮ゆかりを送検しました」

「え？　逮捕してから一日しか経ってないのに？」

薫が驚くと、安城はさらに意外なことを言った。

「過剰防衛による傷害致死でね」

「傷害致死ですか？」

いかにも納得がいかないというようすで右京が問い返す。

「今回はそれが妥当だと判断しました」

では、と手を上げて安城は特命係のふたりを残して会議室を出ていった。

「逮捕にしろ、送検にしろ、どうも早すぎる気がしますねえ」

その夜も〈花の里〉で薫を相手に一献傾けていた右京は、昼間の安城の態度を思い浮かべながらそう言った。

「しかも殺人じゃなくて傷害致死って、おかしくありません？」

薫も納得がいかないようすである。そこへ美和子が慌ただしく入ってきた。

「こらこらこらこら、呼び出しといて遅刻か？」

元恋人を薫がとがめる。

「ごめんごめん。右京さん、すごいことがわかったんです」

「なんだなんだ？　すごいことって」

「篠宮彬を二十年前に逮捕したの、安城刑事だったんです」

「へーえ」

したり顔でうなずく薫を見て、美和子は拍子抜けしたようだった。

「篠宮ゆかりを逮捕した刑事ですね」

右京が微笑みながら言った。

「知ってたんですかぁ」

「へへへへ」

得意げに笑う薫を横目に、それじゃあ、と次に美和子がもたらした情報は、薫のみならず右京をも驚かせた。

「じゃあ二十年前、篠宮彬を起訴したのが室園検事だったってことも？」

「むろぞ……え、誰？」

「いまは篠宮ゆかりの弁護士です」右京が説明する。「つまり、今回の事件は二十年前に逮捕された男の妹が同じ刑事に逮捕されただけではなく、その男を起訴した検事がいま、その妹を弁護しているということになります」

ひととおりの説明を受けた薫は、

「え？　それってまさか偶然の一致……とか言わないよな」

「偶然の一致です」

先日「ぼくのようなどうでもいい刑事」と称してやってきた男が連れてきたフライトジャケットを着たラフすぎる刑事に、室園弁護士はきっぱりと言った。

「いや、偶然の一致っていうのは……」

「皮肉なものですねえ、人生って」

にっこりと笑みを浮かべてそう言う室園をじっと観察するように見つめながら、右京が返した。

「安城刑事もそうおっしゃっていました。皮肉な偶然だと。ところで、ゆかりさんはあなたがあのときの検察官だということに気づいてらっしゃるのでしょうか？　非常に気になるところです」

「確認はしていませんが、気づいていないと思います」

忙しいのでこのへんで、と席を立った悦子に促されるように事務所をあとにしたふたりは、困惑するばかりだった。

「篠宮ゆかりさんは飛び込みで室園弁護士の事務所にやってきたと聞きました」右京が先日の悦子との会話内容を伝える。「あまたの事件を担当した室園弁護士が、犯人の妹の顔まで覚えていないということはあり得るでしょうが……」

つぶやく右京のあとを薫が続ける。

「自分の兄を訴えた検事の顔を妹が覚えていない。そんなことあるんですかねえ」

四

「もうひとつ、気になっていることがあります」

特命係の小部屋に戻ってきた右京が、ティーポットから紅茶を注ぎながら薫に言った。

「二十年前に盗まれた金子さんの財布が見つかっていないことです。篠宮彬の供述調書によると『近くの川に捨てた』となっていますが、結局発見されませんでした」

「財布……あ！　青木の部屋で見つかったあの財布……」

手にしていたコーヒーをカップからこぼしそうになりながら、薫が叫んだ。相棒が理解したのを見て、右京がその先の推理を述べる。

「わざわざ畳の下に隠しておいたということは、よほど見つけられたくなかったのでしょう。かといって捨てることもできない」

「指紋照合を頼まれた財布ですが、殺された青木由紀男の指紋が出ました」

翌朝、鑑識課の米沢が右京からいつものように内密に頼まれた検査結果を持って、特命係の小部屋にやってきた。

「それだけですか？」

右京が尋ねる。

「あとひとつ。右京さんの思ったとおり、二十年前に殺された金子祐介の指紋も出ました」

「なんで……」

信じられないという顔の薫に右京が説く。

「この札入れが金子のさんのものだからでしょうねえ。つまり金子さんからこの札入れを奪ったのは」

「青木？　二十年前の犯人は青木だったんですか？」

「ええ。篠宮ゆかりの兄ではなかった」

まだ信じきれない薫が、念のため上司を問い質す。

「じゃあ篠宮彬は……冤罪？」

「そういうことになりますね」

「衝撃的事実の発覚ですね」

右京は淡々と答えたが、米沢は興奮を抑えきれないという口調で言った。

「ちょっと待ってくださいよ。じゃあ篠宮ゆかりは、それを知らずにずっと兄の仇と内縁関係に？」

「それを知ったときに篠宮ゆかりの憎しみは如何ばかりだったでしょう」

「じゃあ、それが……」

薫にも右京の言わんとすることがわかりかけてきた。右京もうなずきながら続ける。

「殺害の動機かもしれません。凶器の灰皿はとっさに手に取ったものなどではなく、おそらく篠宮ゆかりがあらかじめ準備したものでしょう。ヘビースモーカーであるはずの青木の部屋にはタバコの痕跡がまったくなかった。ということは、これは篠宮ゆかりの計画的殺人ということになります」

「暇か?」

特命係の小部屋に漲っている緊張と興奮の空気を破って、組織犯罪対策五課長の角田《かくた》六郎がやってきた。

「おはようございます」

右京と薫、それに米沢が声を揃えて挨拶をする。

「いやあ、いま捜査一課はひっくり返ってるよ。そんな記事が出てさ」

そう言って帝都新聞の朝刊をテーブルの上に投げ出した。

「そんな記事って?」

薫が尋ねる。

「これよこれ。そりゃ驚くよなあ。二十年前に逮捕された男の妹が同じ刑事に逮捕されて、おまけにそれを起訴した検事が今度はその妹の弁護をしてる。本当に偶然だとしたらいたずらだね。神様のいたずら」

「だとしたら、いたずらが過ぎますよ。冤罪まで作って」

「冤罪？」

薫の口から出たことばに眼鏡の向こうの角田の目が大きく見開かれた。右京はそれには答えず、米沢に新たな指紋照合を依頼した。


「結果から言いますと、安城刑事の指紋はありませんでした」

鑑識課に戻って右京から指示された指紋照合を終えた米沢が、電話で報告してきた。

「そうですか。では、もうひとりの方は？」

「実はそっちが一致しました。お預かりした室園悦子という方の名刺についていた指紋が出ました」

黒い牛革の札入れについていた数多くの指紋の中から室園弁護士の指紋が見つかったのだった。

室園法律事務所に向かう道で、薫を相手に右京が推理を続けた。

「青木由紀男の部屋の畳の染みがずれていたのは、畳を一度はがしたからでしょう。しかも染みはさほど古くないものでした。つまり最近、畳をはがすことがあったということです」

「隠しておいた財布を取り出したあと、またそこに戻したんですね」

薫もようやく右京の疑いの意味が呑み込めたようだった。

「殺害された青木由紀男は篠宮ゆかりに借金をするほどお金に窮していました」

「だから、ゆすったんですかね？　室園弁護士を」

「犯した罪が時効になっていることを盾にして、二十年前の冤罪をネタに証拠の財布を突きつけたとすれば、室園弁護士がそれを人生の汚点になると恐れても不思議はありませんね」

薫が右京の推理の先をトレースする。

「室園弁護士は安城刑事にそれを伝えた。彼もそれで自分の刑事人生が崩れることを恐れた。だから室園弁護士と結託し、二十年前死んだ兄は冤罪であったこと、しかも、その真犯人が青木であったことを篠宮ゆかりに教えた。もちろん、それで篠宮ゆかりが青木由紀男を殺すことを見越して」

「時効が成立しているいま、法は無力ですからねえ。さらに言えば、安城刑事は自分の警察署に自首をするように指示をした可能性もあります。そうすれば殺人ではなく、傷害致死で送検するからと言って。同時に室園弁護士も、執行猶予をほのめかし、送検前に彼女の弁護人になると約束したとも考えられます」

「もしそれが本当なら、立派な殺人教唆じゃないですか！」

　薫は怒りに興奮したが、右京はまだ冷静でいた。

「しかし、いずれも証拠がありません」

「どうするんですか？」

「証拠がない場合は自白を取る、警察の常套手段ですよ」

　上司のことばに薫もうなずいた。


　再び室園弁護士と対面した右京と薫は、青木の部屋にあった札入れから彼女の指紋が出てきたことを示した。

「わたしが任意で提出した指紋ではありませんね」

　悦子は厳しい目でふたりを睨んだ。

「ええ。ですから法的な証拠能力はありません」

　応接ソファを立ち上がり窓辺に身を寄せた悦子は、しばらく考えてから言った。

「確かに、青木には会いました」

「二十年前、先生が起訴なさった篠宮彬さんは冤罪だった」

　右京は室園の脇に立ち、さらに追及の輪を狭めていった。悦子が告白を続ける。

「そう言って、お金を要求されました」

「青木が二十年前の殺人を認めたんですね？」

「ええ、お金ほしさに行きずりで殺したと」

悦子が言うのを聞き、右京は質問を切り替えた。

「つまり、二十年前の殺人事件が冤罪だったことを、先生はお認めでいらっしゃるのですね？」

それに対する答えは、決定的なものになるはずだった。

「でも、わたしは恥じてはいません」

窓の外を見つめていた室園はしかし、くるりと右京を振り返って言った。

「はい？」

「当時の検察官として、わたしはできる限りのことをしました」

薫はこの弁護士の矜持のありようが、いまひとつわからなかった。

「脅迫してきた青木にもそう言えましたか？」

「もちろんです。ですから要求もきっぱり否定しました」

「本当ですか？」

今度は悦子が、真意を理解しかねるという顔で薫を見た。

「あなたは青木の脅迫に怯え、彼が二十年前の真犯人であることを篠宮ゆかりに教えた。

そして彼女に青木の殺害をそそのかしたんじゃありませんか？　そのとき安城警部補も同席していたんじゃないですか？」

「なにを言ってるんですか？　どうかしてるわ」

そんな憶測めいた話には付き合いきれないというように悦子は身を翻した。

「では先生は、今回の事件と二十年前の事件は無関係だとお思いですか？」

悦子の背中に向かって右京が尋ねる。

「なんの関係もありません」

悦子はきっぱりと言った。薫はだんだん怒りが込み上げてくるのを感じた。

「篠宮ゆかりの兄は冤罪で死んだんですよ」

「あれは病死です」

「その真犯人を二十年後、篠宮ゆかりが殺した。にもかかわらず、その動機は兄の冤罪とは無関係。そんな言い訳が通ると思ってるんですか？」

「法的にはなんの問題もないはずです」

薫の怒りは弁護士にはまったく通じていないようだ。

「もうよろしいでしょうか？　お引き取りください。公判の準備で忙しいので」

悦子の目は、言いがかりはそこまでにしてくれと言っているようだった。

「なにか裁判を抱えてらっしゃるのですか？」

右京が尋ねた。

「もちろん、篠宮ゆかりの傷害致死事件です」

「つまり彼女はまもなく起訴されるわけですか?」

「そう聞いています。二、三日中にと」

「出来レースだ」

薫が吐き捨てるようにつぶやく。

「刑事と弁護士がぐるになって、逮捕も送検も起訴もすごいスピードでやっつけて、真実を闇に葬ろうとしてる!」

「真実?」小首を傾げた悦子は、微笑みでも浮かべん限りの自信を持って問い返してきた。「真実ってなんでしょう?」

弁護士の挑戦的なことばに、右京はきっぱりと言い放った。

「真実とは、どんなに闇に葬ろうといつか必ず白日の下に晒されるものです」

五

室園法律事務所から直接東京地検を訪れた特命係のふたりは、篠宮ゆかりの事件の担当検事、曽根崎真に面会を申し出た。

「冤罪だった?」

いかにもエリート然とした風貌の曽根崎は、この奇妙な訪問者の奇妙な報告にわが耳を疑った。きっちりとスーツを着込んだ刑事が言う。

「先ほど室園弁護士もお認めになりました。彼女は二十年前はその事件を起訴した検察官でした」

「しかし、その弁護士と刑事による殺人教唆というのは……」

今度はラフな格好の刑事が訴えるように説明する。

「篠宮ゆかりが安城刑事の警察署に自首したのも、その弁護を室園弁護士に依頼したのも、そう考えれば、すべて辻褄が合います」

「信じられない」

「これでも検事は、篠宮ゆかりを男女間のもつれと金銭のもめ事が動機の傷害致死で起訴されますか？」

右京が曽根崎に詰め寄った。

「しかし殺人教唆も冤罪の復讐殺人も、すべてあなたたちの憶測であって証拠がない」

決断しかねている曽根崎に、薫が追い打ちをかける。

「その証拠が、起訴したあと出たらどうします？」

「二十年前、警察と検察は彼女の兄を冤罪にしました。さらにそこへ冤罪の上塗りをすることになるかもしれません」

最後の右京の説得が決定打となった。

そのわずかのち、刑事部長の内村完爾は警察庁長官官房室長の小野田公顕《こうけん》に呼び出されていた。内村をソファに座らせ、小野田は窓際に立って外を眺めながらおもむろに切り出した。

「篠宮ゆかり、いまや時の人ですね」

「ああ、緑川署が検察に送致した被疑者ですね」

「先ほど東京地検から連絡がありました。自白したようです」

「自白でしたら、とっくに警察で」

なにをいまさらと言わんばかりに内村は自信満々に答えた。

「検察でした自白は、二十年前のお兄さんの冤罪に対する復讐殺人だということですよ」

「冤罪？」

寝耳に水という感じの内村はきょとんとした顔で問い返した。小野田が振り返る。

「刑事部としては気にならなかったんですか？　被疑者の兄が二十年前に逮捕されているとわかったときに」

「いやしかし、緑川署の報告ではそれと事件は無関係だと」

内村は狼狽した。

「こういう報告は検察庁刑事部ではなく、警視庁刑事部から聞きたかったですねえ」

「はあ……」

警察庁の大物に矢継ぎ早に追及され、内村はうなだれるしかなった。

「まもなく地検が記者会見するみたい。警察の責任にしてくるんだろうね」

「しかし、いまになってなぜ冤罪だと」

「もちろん、あのふたりが掘り起こしたんですよ」

内村に思い当たるのは、あのふたりしかいなかった。

「……特命係」

「おや、勘がよくなりましたね」

小野田が褒めるように言うと、内村が息を吹き返したように進言する。

「いますぐあのふたりを監視つきの謹慎処分にしましょう」

「どうして？」

「どうしてって、これ以上余計な真似をしないようにです」

それを聞いた小野田は再び窓の外を見やり、独り言のようにつぶやいた。

「それならもう手を打ちました」

東京地検の記者会見場では、地検の刑事部長が大勢の記者を前にしてマイクを握っていた。

「兄の篠宮彬が拘置所で病死したあと、つまり、いまから二十年前に職場で青木由紀男さんと知り合った。そのように被疑者篠宮ゆかりは自供しています。十数年間内縁関係にあった青木さんが、二十年前、自分の兄に罪を着せた真犯人だった。事件当日これを知った篠宮ゆかりは憎しみが抑え切れず、用意してきたガラス製の灰皿で青木さんを撲殺。のちに裁判で傷害致死を主張するため、包丁などではなく、あえて灰皿を凶器に選んだと自供しています。地検刑事部はこの自供をもって、本件を警視庁からの送検事由である傷害致死罪ではなく、殺人罪で起訴することにいたしました。以上です！」

会場が一遍にざわめいた。

「質問があれば挙手にてお願いします」

真っ先に手を挙げて指名を受けたのは、帝都新聞社会部記者の奥寺美和子だった。

「二〇〇五年一月施行の改正刑事訴訟法で殺人などの時効は十五年から二十五年になりました。しかし、すでに時効が成立した事件に関してさかのぼって適用されることはありません。今回の復讐殺人は、その時効に対しての法整備の遅さが招いたと考えられませんか？」

「地検は法解釈と法整備については発言いたしません」

にべもなく刑事部長に逃げられた美和子は、別の方向からまた質問を繰り出した。

「二十年前の冤罪を動機とした復讐殺人だったことは警察の捜査段階ではわからなかったんですか？」

「はい。検察の取り調べで判明した事実です」

検察の、を強調して刑事部長は自信たっぷりに答えた。

「被疑者の篠宮ゆかりは、どうやって二十年前の真犯人を知ったんですか？」

「青木さんご自身が良心の呵責から告白した。被疑者はそう自供しています」

記者会見のようすを特命係の小部屋に戻ってテレビで見ていた右京と薫は、地検刑事部長のそのことばを耳にして思わず顔を見合わせた。

翌日、警視庁の刑事部長である内村は再び小野田に呼び出され、官房室長室を訪れていた。

「ああ、ほんと？　通してください」

受付から連絡を受けた小野田は、内村との話を中断して受話器を握っていた。

「来客ですか？」

「いや客じゃありません」受話器を置いて、小野田は内村のほうに椅子を回して向き合った。「で、なんの話でしたっけ？」

「野良犬の話ですよ」

「ああ、そうでした」

「そろそろ野良犬を捨てる時期ではないでしょうか？」

憎々しげに問う内村に、小野田は飄々と答える。

「野良犬は捨てられません。だって飼えませんから」

「そんな禅問答をしている暇は……」

そのせりふを遮るように、ドアをノックする音がした。小野田が声をかける。

「どうぞ」

ドアを開けて入ってきたのは、憎々しい野良犬こと特命係のふたりだった。

「いまちょうど、おまえたちの話をしていたんだ」

挨拶代わりに涼しげに話しかける小野田に、右京はすかさず切り出した。

「いま緑川署へ行ってきました」

「いきなり本題から入るの？」

ふたりがデスクまで詰め寄っても、小野田は相変わらずペースを変えない。

「安城刑事に会うためです」

「なに？」

身を乗り出す薫に、内村が不快な顔で立ちはだかる。右京は小野田を正面から見ながら言った。

「しかし、会えませんでした。なんでも本庁の監察下に置かれたとか。非常に手際がよく、どなたの指図かすぐに見当がつきました」

「当然の処置だ。これ以上おまえたちが傷を広げないためにな」

憮然と答える内村をよそに、右京はあくまで小野田に向かって宣告をする。

「すでに傷は広がっています」

「だからね、これ以上その傷を……」

内村と同じせりふを繰り返そうとする小野田を制して、薫が口を挟む。

「安城刑事が篠宮ゆかりに教えたんですよ、室園弁護士と一緒に二十年前の真犯人を。そして傷害致死で送検してやるとか執行猶予がつくよう弁護してやるとか鼻先にエサぶら下げて」

「まさか！」

口をあんぐりと開けた内村に、右京がたたみかける。

「そのまさかです」

「殺人を教唆したというのか？」

「ええ」

「刑事と弁護士が被害者の遺族に時効成立犯を教えた、ということなの？」

小野田が話を整理してから空を仰いだ。

「われわれはそのように考えています」

「困ったねえ」

回転椅子を回し窓の外に目をやりながら、小野田はため息交じりにつぶやいた。

「証拠はあるのか？　その殺人教唆の」

内村が特命係のふたりを問い詰める。

「証拠はありません。だからこそ安城刑事を問い質したいんです」

薫が小野田のデスクに手をついて責め寄った。右京はあくまで冷静な声で、官房室長に進言する。

「せっかく彼に監察官をつけたのならば、そこまですべきだと思いますが」

「このままじゃ、安城刑事や室園弁護士に利用された篠宮ゆかりが浮かばれません」

「わかった。もういい。いいから帰れ」

面倒なことはもうこりごりだとでも言わんばかりにふたりを追い払う手振りをする内村に、薫が食い下がる。

「いいわけないでしょう！」

「帰れと言ってるんだ！　おまえたちはどうしてそう事を広げようとするんだ！」

「警察にも自浄作用があることを示すべきだと思いまして」

いったん内村を向いてそう言った右京は、すぐに小野田に向き直った。かつての上司と部下が睨み合って対峙する。

「それは、おまえの頼みなの？」

「ご忠告申し上げています」

「残念。頼みならなんとかしようと思ったのに」

「ぼくは以前にも申し上げたはずです」

「なんだっけ？」

小野田がとぼけてみせる。

「沸騰した鍋にふたをすれば吹きこぼれるかもしれません。いまは、その鍋が沸騰しているときではないでしょうか？」

「それならまず火を止めるのが先かな」

「はい？」

「ぼくが思うに、火元はきみらじゃないかしら？」

「本気でおっしゃっていますか？」

にわかに気色ばんだ右京をなだめるように、小野田はまた禅問答のようなせりふを繰り出した。

「ねえ、杉下。世の中には火を止めたあともふたを開けてはいけない鍋があるんじゃないのかな。じゃあ内村さん、火元たちをよろしく」

そう言うと小野田は椅子を立ち、部屋を出て行こうとした。

「官房長！　ちょっと、待ってくださいよ。官房長！」

薫が必死に引き止める。

「本当にこのままで済むとお考えですか？　官房長」

右京の静かな声に、小野田はドアノブにかけた手を止めて振り返った。

「そうなるように頑張るよ」

しかし詮無く、小野田は部屋を出た。

「これでわかったろう。あの人もただの官僚だ。いつもおまえたちの味方をしてくれるわけではない！」

勝ち誇ったように言い捨てた内村も、小野田に次いで出て行った。

六

一か月後、東京地裁において青木由紀男殺害事件に関する裁判が開かれた。裁判所の建物の周りは新聞記者やテレビの実況クルーらでごった返している。傍聴席の左のほうには右京と薫、それに美和子が並んで座っていた。右端には緑川署の安城警部補の顔が見えた。もちろん、薫たちから向かって右手の弁護人席には室園悦子が座っている。

曽根崎真検事が起訴状を読み上げている。

「……二十年前の事件の真犯人が自分であると青木由紀男自身から聞かされた被告人は、冤罪となった兄の復讐をしようと思い至り、青木由紀男宅において同人の頭部をガラス製の灰皿で殴打、死亡せしめたものである、罪名および罪条、殺人、刑法一九九条。以上です」

曽根崎が席につくと、裁判長がおごそかな声で黙秘権を告知する。

「被告人、あなたは終始黙っていても、質問の答えを拒んでも構いません。ただ陳述すれば、有利になる不利になるを問わず、証拠となる場合があります。いいですね？」

「はい」

被告人篠宮ゆかりが思いのほか静かな表情で答えた。それを聞いた裁判長が罪状認否を始める。

「では、いま検察官が朗読した事実について、間違っているところはありますか？　すべて正しいと認めますか？」

「ひとつだけ、違います」

まっすぐ裁判長の目を見て発せられたゆかりのことばに、意外な顔で裁判長が訊ねた。

「どこが違いますか？」

「わたしが青木を二十年前の犯人だと知ったのは、あの刑事さんに教えてもらったからです」

ゆかりが傍聴席を振り向いて指さしたのは、安城だった。

「とてもいい刑事さんです。わたしが青木を殺しても傷害致死で送検してやると言ってくれました」

突然の証言に傍聴席全体がざわめく中、驚きのあまり凍りついたのは安城だった。

「裁判長!」

室園弁護士がすかさず挙手をした。

「弁護人から……」

指名を待たずに立ち上がり発言しようとした弁護人を制して、ゆかりがたたみかける。

「弁護士の先生もそのとき一緒にいました。わたしが青木を殺せば、裁判で必ず執行猶予をつけるって言ってくれたんですよね?」

傍聴席から次々と記者たちが立ち上がり、法廷は雑然となった。室園弁護士はわなわなと震える瞳で篠宮ゆかりを見つめるのみだった。

「傍聴人は静粛に。静粛にお願いします」

裁判長の戒めも効果はない。

「ごめん、わたしも」

美和子も席を立った。

「とうとう吹きこぼれました」

法廷の中心に立つ篠宮ゆかりを見つめて、右京が低い声で言った。

蜂の巣を引っくり返したような状態になったロビーでは、記者たちが携帯電話に向かって声を張り上げている。美和子もデスクに急いで社に電話をかけた。

「まだ罪状認否です。その段階で被告人の口から新事実が出ました！」

裁判所の外ではテレビカメラの前に立ったレポーターがマイクを握り、興奮した声で伝えていた。

――現職の刑事と弁護士による殺人教唆の可能性を、たったいま法廷で被告人が証言しました！

官房室長室でテレビを見ていた小野田がブラウン管に向かってつぶやいた。

「どうやら火元が違っていたようですね……」

「彼女が安城刑事と室園弁護士について口を閉ざしていた理由は、こういうことでしたか」

法廷をあとにした右京と薫は、冬の陽だまりの中を歩いていた。

「どうして篠宮ゆかりはいまになって……」

先ほどの衝撃がいまだ冷めやらぬ薫が右京に尋ねた。

「兄を冤罪にされたときから、警察も検察も、いえ裁判さえも信じていなかったのでしょう。だからマスコミや一般の人のいる法廷で話すしかなかった。青木由紀男と同じくらい、無実の兄を冤罪にした警察と検察を許せなかったのでしょう」

薫は薄っすらと笑みさえ湛えていた法廷での篠宮ゆかりの眼差しを思い浮かべた。

「つまり彼女は刑事と弁護士を手玉に取ったたってことですか？」

「今回の事件で利用されていたのは、どうやら安城刑事と室園弁護士だったようです」

そこまで言って右京はふとたたずみ、左手の人差し指を立てた。

「しかし、そう考えるとひとつ疑問が残ります」

「え？」

「今回、篠宮ゆかりは兄の冤罪の復讐殺人をした。そこまでは証拠も自白もあります」

「はい」

うなずきながらも、薫は右京がこの先なにを言うのかわからなかった。

「しかし、殺人教唆の部分に関しては、あくまでもわれわれの推測にすぎません」

「……あっ！」

右京のことばの先にある暗闇に思い至って、薫は愕然とした。

「彼女に真犯人を教えたのは本当に安城刑事と室園弁護士だったのか。そして、あのふたりが本当に青木殺しをそそのかしたのか。その証拠はなにもありません」

「ひょっとして二十年前冤罪に仕立て上げられた兄のように？」

「篠宮ゆかりが安城刑事と室園弁護士を冤罪に仕立て上げたのだとしたら」

「まさか！　彼女がそこまで……」

「われわれの推測をはるかに凌ぐ恨みと復讐の意思が、篠宮ゆかりを突き動かしていたとしたら……」

　薫はその途方もない情念を思って絶句した。右京は雲ひとつない青い空を仰ぎ遠くを見た。そして、

「いずれにしても、真実はいつか必ず白日の下に晒されます」

と言った。そのとき、冷たい木枯らしが路上の落ち葉を吹きあげた。

第九話 「殺人生中継」

一

「おう、早いね」

組織犯罪対策五課の角田《かくた》六郎はそう言いながら特命係の小部屋に入ってくると、リモコンで勝手にテレビのスイッチを入れた。朝のニュース番組が映る。

「ちょっと見せてね。向こうの壊れちゃってさ」

「なんか大事なニュースでもやるんですか？」

興味を持った亀山薫が近づいてくる。角田は意外なことを言った。

「いや、朝はね、リカちゃんの顔見ないと一日が始まんないんだよ」

「リカちゃん？」

画面はテレビ局のスタジオにいる男性キャスターを映していた。

——では、次はお天気です。八木沼さん。

キャスターが言うと、画面がテレビ局の屋上に切り替わった。まだ初々しさの残る女子アナウンサーが分厚いコートにマフラーを着けて立っていた。

——おはようございます。

「おはようございまーす」

　角田が画面に向かって元気よく挨拶した。

——今日もセントラルテレビ八階テラスから、わたくし八木沼リカがお伝えします。今日は全国的にこの冬いちばんの寒さとなりました。まさに冬将軍到来といったところでしょうか。

「ああ、お天気アナですね」薫が画面をのぞき込む。「初めて見るな。新人ですか？」

　角田が解説する。

「この子は伸びるよ。この局はアナウンサーのレベル高いよなぁ。このリカちゃんといい、『ニューススタリオン』の綾瀬圭子といい」

「そっちは知ってます」

——元気いっぱい一日のスタートを切れるよう、暖かい服装でお出かけください。それでは全国のお天気を詳しく見ていきましょう。

——いやーっ、助けて……。

　そのときテレビから女性の悲鳴のようなものが聞こえてきた。それまで画面に見向きもせずにモーニング・ティーを楽しんでいた杉下右京もテレビの前にやってきた。

　画面ではニュースキャスターがお天気アナに呼びかけているところだった。

——八木沼さん？

——あの、いま悲鳴のようなものが……。

――はい。こちらでも聞こえました。ようすを見に行くことはできますか？

キャスターにうながされ、リカは強張った表情でうなずいた。

――はい。向かってみます。

リカは社屋に入り、廊下を移動した。カメラマンも走っているせいで、画面が大きくぶれる。時折緑色のジャンパーを羽織ったスタッフらしき男が画面に映り込んでいる。

――えー、いま社屋内に入りまして悲鳴の聞こえたほうに向かっています。

マイクがスタッフの声を拾った。

――なあ、綾瀬さんの声じゃなかったか？

――綾瀬さん？　嘘……。

立ち止まったリカに、ディレクターと思われる男が呼びかける。

――仮眠室だ！

それからしばらくは、廊下を走り、階段を駆け下りるリカの後ろ姿が続いた。やがてなんの飾りもないドアが映ると、ディレクターがカメラの前に立って、それを開けた。カメラが手前に足を向けて倒れる人影をとらえた。胸に刃物が刺さり、血がにじんでいた。

――綾瀬さん……綾瀬さん！　いや……綾瀬さん！

本番中であることも忘れてリカが倒れた女性にすがりつくと、ディレクターが「おい、救急車！」と叫んだ。

二

殺害されたのはセントラルテレビのアナウンサー、綾瀬圭子だった。生放送で殺害現場が中継されるという前代未聞のショッキングな事態に、関係者は戸惑いを隠せないもようだった。

セントラルテレビのエントランスでは捜査一課の三浦信輔が建物の見取り図を見ながら、警備主任にてきぱきと指示を与えていた。そこへ伊丹憲一が息を切らせて駆け寄ってきた。

「なんで来たんだ？」

三浦が意外な顔をして同僚を見た。

「俺だって非番の日くらいゆっくり休んでいたかったよ！　でも部長から電話がかかってきて、『全国が注目している事件だから、とっとと犯人《ホシ》あげて来い』って言われちゃな」

伊丹が刑事部長の内村完爾の口真似をしながら愚痴ると、三浦は参事官の中園照生の真似で応じた。

「そのくせ『相手はテレビ局だ。捜査はくれぐれも慎重に』だろ？」

「ああ」伊丹はうなずきながら、「で、状況は？」

「事件発生と同時にすべての出入口は封鎖してる。ホシはまだこの社屋内にいると見て間違いない」

「よし。所轄と手分けして館内の人間をしらみ潰しだ」

「もうやってるよ」と三浦。「だから休んでりゃよかったのに」

「三浦さん！」報告に来た芹沢慶二が伊丹に気づいた。「先輩なんで来たんすか？」

「うるせえよ、おまえは！」

伊丹が後輩の頭を叩いた。芹沢は顔をしかめながら用件に戻った。

「到着したみたいですよ、放送を録画したやつ」

三人は局の駐車場に移動した。鑑識課の車両に積まれた小型のモニターで、朝のショッキングな生中継が再生されていた。

「よく手に入ったな。テレビ局はテープ提出してくれねえだろ？」

三浦が感心すると、米沢守が黒縁眼鏡に手を添えて自慢げに語った。

「私のアナオタ仲間が録画していたので借りてきました」

「アナオタ？」

伊丹の質問に米沢が胸を張る。

「アナウンサーオタクです。ちなみに、今回の犯人を上げなければ全国のアナオタが黙っていないので、そのつもりで」

画面は清々しい朝のお天気中継から、いきなり生々しい殺害現場の中継に移り変わった。

——おい、救急車！

ディレクターはスタッフのひとりに言いつけると、「犯人を捜すぞ」とカメラマンを従えて廊下に出た。隣の倉庫のようなところに入ったディレクターに、キャスターが呼びかけた。

——八木沼さんをひとりにして大丈夫ですか？

——あ、いけない。

ディレクターとカメラマンが慌てて仮眠室に戻ると、リカはまだ先輩アナウンサーの隣に膝をついて呆然としていた。

「ここまでです」

米沢が再生を終了させた。初めて映像を見た伊丹が素直な感想を述べる。

「すげえな」

「怪しい人影はねえな」と薫。

「ああ。うまく逃げられた」

三浦が首を振りながら悔しがる。

「ですが、逃走経路を絞り込むことは可能だと思いますよ」と右京。

嫌な気配を感じた伊丹が振り返る。右京と薫が背後からモニターをのぞき込んでいた。

「なんか人数多いと思ったら、勝手に交じってんじゃねえよ、特命！」

そこへしっかりした物腰の女性が近づいてきた。

「わたくし、アナウンス部部長の仁科と申します」

捜査一課と特命係の刑事たちを押しのけて、米沢が前に出た。

「もちろん存じ上げてます。こちら、仁科真由美さん。八〇年代に活躍した、いわゆるアイドル的女子アナの草分け的存在です。どんなご用でしょうか？」

米沢が訊ねると、ベテラン女子アナは目を伏せた。

「お話ししたいことがございまして」

刑事たちは社内の一角で仁科真由美の話を聞いた。話の内容は、殺された綾瀬圭子がストーカー被害に遭っていたというものだった。

「綾瀬は入社当時から大変人気がありまして、手紙が来るんです。毎日彼女が出演したすべてのシーンに対して、『あのコメントはよかった』とか『今日の服装は露出しすぎだ』とか。初めのうちは熱狂的なファンだと割り切っていたのですが」

ついに過激な手紙が来たのだという。その文面は……。

――こんなに愛しているのに、手に入らないのなら、いっそこの手で殺してやる。

「『殺してやる』ですか。穏やかじゃありませんねえ」と薫。「そのストーカーは、いまもって正体わからずですか？」

「はい。送り迎えに人をつけていただいて、この一年はぱったりなくなっていたんですが……でも、あのストーカーなら、彼女があの時間必ず仮眠室にいることも、仮眠室の場所も調べ上げていたんではないかと思いまして」

「なるほど」と右京。「ストーカーからの手紙はいまどちらに？」

「警察に相談した際に預かっていただきました」

「至急、確認してみましょう」

「はい」薫はうなずいて後ろの男たちに指示を出した。「確認しとけ」

「ああ……って指図すんじゃねえよ！」と伊丹。「手足を引っ込めてろよ、このカメ！」

「なんだと、このやろう！」

ふたりがまたいがみ合いを始めたのを見て、右京が言った。

「亀山くん、引っ込みますよ」

「そのストーカーの仕業なんですかね？」

「現段階ではなんとも言えませんがねえ」

引っ込んだ特命係のふたりが廊下を歩いていると、人気《ひとけ》のないラウンジのようなところに出た。ふと見ると、八木沼リカが口にハンカチを押し当てて呆然と座っている。

「八木沼リカさんですね？　警視庁特命係の杉下と申します」

「亀山です」

ふたりは警察手帳を掲げて自己紹介をすると、リカに注意をうながした。

「犯人はまだ館内にいると思われますので、あちらの警察官がいる場所にいてください」

「すいません。ちょっと気分が悪かったもので」

薫が事情を察して同情する。

「まあ、無理もないですよね。あんな体験したら」

「ちょっと、よろしいですか？」

右京が申し出ると、リカはうなだれたままうなずいた。

「はい……わたしに協力できることがあったらなんでもおっしゃってください」

「大変でしたねえ」

心のこもった右京のひと言が呼び水となり、リカが問わず語りを始めた。

「綾瀬さんは、わたしの教育係をしてくださってたんです。わたし、敬語の使い方を間違えてばっかりで、そのたびにおでこをコツンってやってくれて。厳しくて優しくて、大好きな先輩でした」

後半は涙声になり、薫の心が動く。

「犯人は必ず捕まえますよ。仁科部長に聞いたんですけど、綾瀬さん、ストーカー被害に遭っていたそうですね？」

「その話はわたしもうかがってます。綾瀬さんのご自宅にまで参ったことも……」

リカのせりふを右京が聞きとがめた。

「失礼ながら、『参った』ではなく『行った』ですね」

「いっけない、またやった。綾瀬さんにコツンってやられちゃう……」

すすり泣く新人アナウンサーを見て、薫はいたたまれない気持ちになった。


リカと別れた右京と薫が仮眠室に行くと、ちょうど米沢が鑑識作業を行なっているところだった。床に白線でかたどられた被害者の人形《ひとがた》があった。

「鍵は内側からしかかからないタイプなので、被害者《ガイシャ》は自分でドアを開けてしまったんですね。果物ナイフで胸をひと突き。ほぼ即死でしょう。凶器から指紋は出ませんでした。いまのところは以上です」

米沢が見解を述べ終わっても、特命係の変わり者の警部は浮かぬ顔をしていた。殺風景な部屋をあちこち見て回っている。ビジネスホテルのような簡素な部屋だった。狭いベッドに作り付けのクローゼット、あとは小さなテレビとCDプレイヤーくらいしかない。

「なにか引っかかる点がおありですか?」

「ええ」右京は窓に目を留めた。通風用の窓が開いている。「でも、それがなんだかはわかりません。もっとも、ぼくの気のせいかもしれません。考えすぎるのは」

薫が聞き慣れた上司のせりふを先に言った。

「右京さんの悪い癖」

「おっしゃるとおり」右京は軽く笑い、「しかし、はっきりとわかったこともひとつ」と左手の人差し指を立てた。これも右京の癖のひとつだった。なにか重要なことを思いついたときのサインなのだ。

「なんすか?」

「どうやら犯人は外部の人間ではないようですねえ」

「え?　じゃあストーカーじゃないってことですか?」

「少なくとも綾瀬圭子さんとは顔見知りだったはずです」右京は興味深そうに目を向ける米沢に向かって、「綾瀬さんは自分でドアを開けて犯人を招き入れた。そうでしたよね?」

「はい」

「でも相手が誰だかわかんなくても、訪ねてきたら開けちゃうでしょ？」

「しかし、眼鏡を置いたままなんです」

右京がベッドサイドの電話台から被害者の眼鏡を取り上げて、薫に差し出した。薫はそれをかけようと、レンズに目を近づけた。

「うわっ！　すっごい近眼」

「ええ、かなり度が強い。コンタクトレンズも愛用なさっていたようですが、これも装着されていません」

「ってことは、つまり？」

薫が頭を整理しようとするのを右京が助けた。

「誰だかわからない相手が訪ねてきた場合、ふつう眼鏡をかけて相手がどんな人物か確認しようとしませんか？」

納得した米沢が分厚い黒縁眼鏡を外した。

「自分もそうしますね。もっとも私の場合は、こんなふうに目付きが怪しいもんですから、素顔を見られたくないという理由もありますがね。あ、話の腰を折って失敬」

「つまり、綾瀬さんが眼鏡をかけなかったのは」

右京が試すようにことばを切ると、薫が慎重に答えた。

「訪ねてきたのが、確認する必要のない相手」

その頃、捜査一課も内部犯を疑い、容疑者の目星をつけたところだった。伊丹と三浦が両脇から挟むようにして任意同行を求めたのは、仁科真由美だった。

三

捜査一課が容疑者を固めたためにすることがなくなった特命係のふたりは、八木沼リカのボディガード代わりになって、自宅まで送り届けることにした。マンションの前で三人が車から降りる。

「大丈夫ですか？　今日は大変な一日でしたけれども、どうか気持ちを強く持ってくださいね。仁科部長だって、まだなにも……ね？」

薫が慰めると、リカは頭を下げた。

「はい。ありがとうございました……もしよろしければ、お茶でもどうですか？」

「いやいや、今日はもうゆっくり休まれたほうが……」

上司の判断はしかし、薫とは逆だった。

「いえ、おことばに甘えましょうか」

相変わらずなにを考えているのかわからない上司とともに、薫はリカの部屋を訪れた。

リカは部屋に入って電気をつけるなり、窓際の水槽に近づいた。そして突然囁きかける。

「カメちゃん」

伊丹からそう呼び捨てられることの多い薫が「はい」と答えると、リカはびっくりしたような顔をした。

「あ、いえ。カメレオンのカメちゃん」

水槽の中にはカメレオンが二匹いた。二匹とも枝につかまってじっとしている。薫は顔を赤らめながら照れ隠しをする。

「あはは、カメレオンの名前ですか？　じゃあ、もう一匹はレオンちゃん？」

「よくわかりましたね」

リカが大げさに持ち上げるので、薫はまたしても顔を赤くした。

「大体そうなりますよね」一向に動こうとしないカメレオンを見て、薫が念のために訊いた。「これ、生きてるんですよね？」

「もちろんですよ。わたし、爬虫類が大好きなんです。ひとり暮らしだと寂しいので。可愛いですよね？」

「あはは……そうですよねぇ」

自分の名前にも爬虫類が含まれていたが、決してそれにシンパシーを覚えない薫が適当に調子を合わせている間、右京は書棚にずらりと並んだ録画済ビデオのラベルを見ていた。「モーニングチャンネル出演」というものが圧倒的に多い。

「こちらのビデオは？」

「あんまり見ないでください」

今度はリカが顔を赤らめた。

「すごい数ですよね。全部ご自分の出演シーンの録画ですか？」

「ナルシストっていうわけじゃないんですよ。自分の出演シーンを見るのも勉強ですから」

「さすがですねえ」

薫が褒めると、リカが話を逸らした。

「カメちゃん、おなか空いた？」

「いえいえ、お茶だけで……あっ」

愛しげに水槽をのぞき込むリカを見て、薫は三度顔を赤らめた。

右京と薫はいつものように、帰宅途中〈花の里〉に立ち寄った。

「カメちゃん、おなか空いた？　はーい」

ひとり二役を演じながら煮物をぱくついている薫を見て、奥寺美和子が呆れる。

「なーにひとりでやってんの？」

「ん？　なんでもない」

「ところでさ。教えておくれよ、女子アナ殺しの件。オフレコだからさ」

女将の宮部たまきも同調する。

「わたしも聞きたいな。オフレコだから」

薫は店内に他の客がいないのを確認して、

「つまりね、アナウンス部長仁科真由美の旦那ってのが同じ局内の編成局次長って人なんだけど、その旦那と綾瀬圭子が一時期ちょっと……」

「あらま」とたまき。

「社内不倫か」と美和子。

「本人たちは、もう過去のことで後腐れなく解決したなんて言ってんだけどさ」

薫はフォローしたが、美和子は否定した。

「後腐れなくなんて無理だよ。まして同じ部署にいたんなら」

「うん。その証拠に仁科真由美は、綾瀬圭子を何度もほかの部署に異動させようとしてたらしい。でも、なんたって綾瀬圭子はアナウンス部のエースだから聞き入れてもらえず。もちろん本人は犯行を否定してるけどね。犯行時刻にはＶＴＲ編集室にひとりだったって言ってるし」

「アリバイもなしか」

帝都新聞社会部の記者である美和子は頭の中で記事の内容を考えているようだった。

「俺たちにストーカー情報を与えたのも、捜査をミスリードさせるためだったとしたら、決まりなんじゃねえかな」

「でも、納得していない人が約一名いるみたいですよ？」

たまきが元夫の表情を読んで、薫に告げ口した。薫が上司に水を向ける。

「まだ引っ掛かったままなんですか？」

「引っ掛かったままですねえ」

「まあ、今日のところは取り調べの結果を待ちましょ。はい、どうぞ」薫は右京に徳利を向けると、「たまきさん、熱燗もう一本。なんか体があったまんなくて」

「うん、ちょっと寒いよね」

美和子が同意した。すると、たまきが慌てて手に口を当てた。

「やだ、厨房の窓が開けっ放し。寒いわけですね」

「なるほど」右京が猪口に口をつけながら言った。「ぼくとしたことが、こんなことに気がつかなかったとは」

「は？」

「なるほど。そうでしたか」

右京はひとり合点すると、「亀山くん、行きますよ」と〈花の里〉を飛び出した。薫も慌ててあとを追う。

「右京さん、どこ行くんすか?」

「仁科真由美さんは犯人ではありません」

「え? いや、だって動機があってアリバイがないのは彼女だけですよ」

「アリバイがないからこそ、犯人ではないんです」

また上司の禅問答が始まった、と薫は冬空を仰いだ。


右京が向かったのはセントラルテレビの事件現場だった。しぶしぶ仮眠室までついてきた薫が問う。

「なにするんですか?」

「寝てください」と右京。「亀山くんは綾瀬圭子さん。ぼくが犯人」

上司の意図を理解した薫は「あ、はい」とベッドに横になった。

「仮眠を取っていると誰かが訪ねてきた。相手は知っている人物。綾瀬さんは鍵を開けると、相手を中に招き入れる。いいですね?」

右京は綾瀬圭子殺害の状況を再現しようとしているのだった。右京は一旦廊下に出て、仮眠室のドアをノックした。薫がベッドから起き上がり、ドアを開ける。右京は胸のチーフを引き抜くと優雅な手つきで折り曲げて、ナイフに見立てた。そして、それを薫の胸めがけて突き出した。薫が仰向けに倒れると、床の白線の人形と重なった。

「ぴったりですね」薫はまだ上司の疑問の正体がわからなかった。「なにが引っ掛かるんですか？」

「窓です。窓が開いてるんですよ」

「別にいいじゃないですか、開いてたって」

「ちっともよくありません」右京が窓のほうへ移動する。「今朝はこの冬いちばんの寒さです。アナウンサーは喉が命ですよ。窓を開けたまま仮眠を取るはずなどないんです。窓は閉まっていたはずですよ」

「はあ」

生返事をする薫に右京が質問した。

「では、窓はいつ誰が開けたのでしょう？」

「そりゃあやっぱり綾瀬圭子本人でしょ。犯人と相対したときに助けを呼ぶために窓を開けた。うん、そうですよ。だからこそテラスにいた八木沼さんたちに彼女の声が届いたんです」

「なるほど。窓が閉まっていたら声は届かなかったかもしれませんからねえ」右京は薫の意見の正当性を認めて、「では、もう一度やってみましょう」

最初から再現しなおす。ただし、今回は右京がナイフを突き刺す前に、薫が部屋の奥に逃げ、窓を開けて悲鳴を上げる芝居が新たに加わった。そこで、右京がナイフを突き出す。右京のチーフは薫の背中に当たった。

「いや、ちょっと待ってください。刺した場所も違いますし、ここで刺しちゃうと死体の位置が変わっちゃうんですよね。えっと、ここではうまく交わしたんですよ」薫はそう言うと、右京を押しのけるようにしてドアのほうへ向かうしぐさをする。「で、こう入れ替わって、ドアの前で捕まえて、刺した。刺してください、右京さん」

薫は迫真の演技で床に倒れ込んだ。しかし、そうすると頭がドアのほうを向いてしまい、白線の人形とは重ならなかった。

「おやおや。頭と足が逆になってしまいましたね」

「でも、抵抗してもみ合ったんだとしたら、どんな形で倒れてても不審はないですよ」

なんとか辻褄を合わせようとする薫に右京が否定的な見解を述べた。

「しかし綾瀬圭子さんの着衣に乱れはなく、争った際にできる傷もありませんでしたねえ」

そのときドアがノックされ、米沢が顔をのぞかせた。

「警部、お待たせしました」

「夜分にすみません。電話でも構わなかったのですが」

「一刻も早い事件解決のためには、どんなことでも協力させていただくつもりです」しかし米沢の本音は別のところにあったようだった。「いまそこで『スポーツイレブン』の横山アナとすれ違ったんですが、実物はまた一段と美しいですねぇ」

右京はさらっと受け流した。

「お願いした件ですが、いかがですか？」

「あっ。窓の付近からはですね、綾瀬圭子さんの指紋はひとつも検出されませんでした」

「なるほど。やはり窓を開けたのは綾瀬さんではなかった。では誰でしょう？　残された可能性はひとつ」

薫が頭をひねる。

「犯人？　なんで犯人が窓を開けるんですか？」

「理由は、先ほどきみが言ったことしか考えられませんよ」

「俺が？　俺なんつったっけ？　えーと、助けを呼ぼうとして、テラスにいた八木沼さんたちに声が届いた？」

右京はうまく正解を導き出したわが子を認めるように大きくうなずくと、一気に推理を語った。

「つまり、犯人は八木沼さんたちに、ひいては全国の視聴者のみなさんに、綾瀬圭子さんの悲鳴を確実に聞かせる必要があったということになります。なぜか？　犯行時間を確定させるためです。では、なぜ犯行時間を確定させる必要があったのか？　それは、犯人にはその時間アリバイがあるからです。つまり、アリバイのない仁科真由美さんは犯人ではないという結論になります」

「アリバイがある人間が犯人！」

さっきの右京の禅問答の意味を薫はようやく理解した。米沢が興味を抱いた。

「でもいったいどうやって？」

右京はCDプレイヤーに近づくと、EJECTボタンを押した。電源は入っているにもかかわらず、CDは入っていなかった。右京は心なしか嬉しそうな顔で言った。

「トリックとしては古典の類いですよ」

四

翌朝、右京と薫は八木沼リカのマンションへ向かった。ちょうどリカがゴミを捨てに出てきたところだった。ゴミ置き場から振り返ったリカは、そこに特命係の刑事がいるのを見て、思わず足を止めた。

「びっくりした」

「仕事を休まれてるようなんで、心配になりまして」薫が笑いかける。「でも、思ったより元気そうですね」

「休むように言われたんです。昨日の今日ですし、番組にとってもそのほうがいいって」

「安心しました。少しお邪魔してもよろしいですか？」右京が有無を言わさぬ口調で申し出る。「どうしてもお伝えしたいことがあるんですよ」

「どんな……？」

「ひとつはいいニュース、もうひとつは悪いニュース」

仕方なく刑事たちを部屋に迎え入れ、リカが改まった調子で訊く。

「で、いいニュースと悪いニュースのは？」

「まずはいいニュース。仁科真由美部長はおっしゃいますの潔白です」

薫が伝えると、リカは表情を変えずに言った。

「本当ですか？　そうですよね。仁科さんがあんなことするはずありませんもんね。ホッとしました。じゃあ、そうすると悪いニュースとおっしゃいますのは？」

リカが上目遣いで質問した。

「それなんですよね、問題は。代わりに真犯人として浮上してきた人物ってのがですね……」

薫は揉み手をしたまま言いよどんだ。

「誰なんですか？」

「怒んないで聞いてくださいよ。俺はね、そんなことあるわけないじゃないですかって言ったんすけどね。右京さん」

「たとえば、置いてあった眼鏡」助けを求められた右京はあくまで冷静だった。「たとえば、開いていた窓。たとえば、CDがセットされていないのに電源が入ったままのCDプレイヤー。ひとつひとつは取るに足らないようなことなのですが、しかし、すべてを繋ぎ合わせて全体を眺めてみると、思いもよらない真実が見えてくるものなんです」

「もったいぶらずにおっしゃってください」

「犯人は……あなたです」

十分もったいぶって右京が告げると、即座にリカが否定した。

「冗談は結構ですから」

「冗談ではないんですよ」

「どうしたらそういう発想になるんですか？」リカが反論する。「わたしには犯行は不可能だということは全国の視聴者が証言してくれると思いますけど」

「ぼくも放送を見ていたひとりです。まさに鉄壁のアリバイがあなたにはある。しかし、あのときわれわれが聞いたのは綾瀬さんの声にすぎません。お天気コーナーのスタッフにうかがったところ、あなたは本番直前にトイレに行く習慣がおありだそうですね？」

強気に振る舞っていたリカの表情がわずかに曇った。

「緊張するともよおすたちなんです」

「しかし、昨日あなたが向かったのはトイレではありませんでした」右京はリカの言い分を聞き入れようとせず、告発を続けた。「仮眠室で綾瀬さんを殺害すると、あらかじめ用意しておいたCDをセットし、計算された時間に鳴るようにしておいたんです。外へ確実に聞こえるように窓を開け、あとはわれわれが見たとおり。取り乱したふりをして、ひとり仮眠室に残ったあなたは、その間に証拠であるCDを難なく回収した。いかがでしょう？　あなたにも犯行は可能なんですよ」

リカは真っ向から右京に向き合った。

「杉下さん、大変な空想力でいらっしゃいますね」

「事実だと思っていますが」

「わたしにも犯行が可能だということと、わたしが犯人だということは、まったく別の話じゃありませんか？」

新人アナウンサーの主張は正論だったが、特命係の警部は動じなかった。

「しかし、この犯行を行なえるのはCDを回収するタイミングを有している人物、つまり、あなただけなんですよ。撮影クルーが一瞬現場から出たとき以外、そのタイミングはありませんでした」

「無理があります」リカが言い張る。「第一、綾瀬さんの悲鳴を録音したCDなんて、どうやって手に入れるんです?」

「そこはぼくも頭を悩ませました。当然CDはただちに処分したでしょうし、証明のしようがない」

「それじゃあ、やっぱり空想にすぎませんね」

右京がこれ見よがしに室内を眺め回す。

「しかし、まだどこかに残っていると思うんですがねえ。オリジナルが」

「オリジナル?」

「CDに録音する前のオリジナルです。おそらく綾瀬さんに関する既存の映像から悲鳴を採録したのではないかと、ぼくは睨んでいるのですが、いかがでしょう?」

憤然と腕を組んで、リカが抵抗する。

「だとしたら、局のライブラリーで綾瀬さんに関する映像を片っ端からチェックするしかありませんね。もっとも許可が下りるとは思いませんけど」

「その必要はないと思いますよ。もしも綾瀬さんが番組などで悲鳴を上げたことがあったのならば、少なからず話題になったでしょうし、記憶している方もいるはずです。なんでもアナオタという人種が少なからず存在するそうですから。完全犯罪をもくろむのにそのようなものを利用するのはリスクが高すぎます」

米沢と角田の顔を思い浮かべながら、薫が上司に確認した。

「ってことはプライベート映像の類いってことですか？」

右京がラックからリカのビデオカメラを取り上げた。

「たとえば、このようなもので撮影したとか」

「じゃあ、この中のどれかに？」薫が室内の書棚を占める大量のビデオテープを見回す。

「八木沼さん」

薫が申し出ようとすると、リカが機先を制した。

「お断わりします。プライベートなものですから」

「でも疑いを晴らすためですから」

「では令状を持ってきてください。そうでない限り、一枚たりともお見せしません」

すかさず右京がことば尻を捕らえた。

「ＤＶＤですか？」

「は？」

虚を突かれたようすのリカに右京が説明する。

「ビデオテープもこんなにあるのに、あなたはいま〝一枚〟とおっしゃった」

「ことばの綾です」

リカが憎々しげに言うのを右京が茶化す。

「いけませんねえ、アナウンサーでらっしゃるのに。綾瀬さんにコツンとやられますよ」

「わかりました。では、どうぞご覧になってください。それで疑いが晴れるなら、どうぞご自由に」折れたように見せかけて、リカは壁の時計で時間を確認すると、刑事を挑発した。「でも、よく考えてみてください。もしわたしが犯人だとして、そのような決定的証拠をいつまでもここに残しておくと思いますか？」

そのときマンションの外からゴミ収集車の音が聞こえてきた。はっとした薫がベランダから下をのぞくと、ゴミ収集車は回収を終えてちょうど立ち去るところだった。

「あっ！　待った！　ゴミちょっと待ったぁ！」

「亀山くん！」

ふたりは慌てて部屋から出て行った。玄関のドアが閉まる音を確認して、リカは机の引き出しから「2005年11月13日　誕生日」と書かれたDVDを取り出した。キッチンへ持っていき、ガスレンジに火をつける。DVDを燃やそうと火に近づけたリカの右手首を誰かがつかんだ。

薫だった。右京も薫も玄関のドアをただ開けて閉めただけで、外には出ていなかったのである。DVDを奪われた瞬間、リカは敗北を知った。

DVDに記録されていたのは、八木沼リカが綾瀬圭子の誕生日を祝う、プライベートパーティーのもようだった。撮影者はリカで、嬉しそうな圭子の笑顔がしばらく続いた。悲鳴は圭子がケーキの蠟燭を吹き消したあとに収録されていた。リカが誕生日プレゼントとして渡したリボンつきの箱を開けたとたん、絶叫したのだった。

——どうしたんですか、圭子さん？

フレーム外から声が聞こえてくる。圭子がおそるおそる箱を遠ざける。

——ダ……ダメなの、わたし。

——えー？　可愛いじゃないですか、カメレオン。

手が伸びて箱の中からカメレオンを取り上げた。レンズの前に掲げられ、カメレオンが大写しになる。

——しまって、しまってちょうだい。

——ほら、可愛い。

——いやーっ、助けて！　いやー！

「ばれちゃった」

リカがぽつんと言った。薫は納得できなかった。

「なんでですか？　なんで殺さなきゃならなかったんですか？　こんなに仲良かったのに……なんでですか、八木沼さん？」

右京はもうその理由も承知していた。

「亀山くん。ここにあるビデオテープの背のラベルをよく見てください」

「背のラベル？」薫は書棚の前に行き、ラベルを読み上げる。「えーっと、『モーニングチャンネル出演』でしょ。それから……『ニューススタリオン出演』『ミュージックJ出演』あれ？　このへんの番組ってもうだいぶ前に……」

「そうです。すでに終了している番組なんです。八木沼さんは入社一年目。三年も四年も前の番組に出演されているはずがない」

「じゃあ、これらはいったい誰の？」

怪訝な表情になる相棒に右京が告げた。

「さしずめ『綾瀬圭子全集』といったところでしょうか」

「綾瀬圭子全集？」

「このDVDも貴重なコレクションのひとつ。犯罪の証拠であっても捨てる気になれなかったのでしょうねえ」

そこまで言われても薫にはわからなかった。

「え？　わかりませんよ。どういうことですか？」

「『こんなに愛しているのに、手に入らないのなら、いっそこの手で……』そういうことですよ」

右京が綾瀬圭子に届いたというストーカーからの手紙の文言を引用した。

「そんな……まさか？」

DVDの映像はいまもまだ流れていた。ビデオカメラを三脚に取りつけたのか、圭子とリカが並んでソファに座っている。リカはカメレオンを手に持っていた。

——おまえは本当に可愛いねえ。

——わたしには無理かなあ。

圭子もだいぶ慣れたようだったが、決してカメレオンに触れようとはしなかった。リカが受け取ってもらえなかったプレゼントを箱に戻す。

——そんなことないと思いますけど。まあ飲みましょ。

——そうね。

リカが圭子のグラスにワインを注ぐ。しばしの沈黙のあと、リカが神妙に話し始めた。

——カメレオンって周りに合わせて自分の体の色を変えるんですよね。わたしも周りに合わせて変えてるんです。わかります？　わたしが本当は何色なのか？

リカが突然圭子に抱きついた。圭子は一瞬びくりと身を震わせるとリカを振りほどく。

——ちょっとどうしたの？

リカは思いつめたような目になり、もう一度圭子に抱きついた。圭子はリカを邪険に遠ざけた。

——冗談やめてよ。酔っぱらってるの？　今日はもう帰りなさい。帰りなさい！

リカが立ち上がり、カメラのスイッチが乱暴に消された。

「一年ほど前からストーカー被害がぱったりなくなってたっていうのは、ストーカー本人が同じ職場に入ったから……そういうことか」

ようやく薫も真相を悟ったようだった。それを聞いたリカは、半笑いを浮かべて胸中の思いを吐き出した。

「わたし、必死に頑張ったんですよ。アナウンサーになるために、あの人に近づくために、死ぬほど勉強したんです。あの人が発声練習をしろと言えば喉から血が出るまでやりました。あの人がダイエットしろと言えば倒れるまで断食しました。あの人に気に入ってもらうために……わたしはこんなに努力しているのに、それなのに、おかしいじゃありませんか？　わたしの愛が受け入れられないなんて。だから殺したんです。後悔なんてしていません。これであの人は汚らわしい男なんかに抱かれることはない。永遠にわたしのもの。綾瀬圭子は永遠にこのわたしのものなんです」

最後には声を立てて笑っている。薫の怒りが爆発する。

「やめろ！　人を愛するってそういうことじゃない！　いつか自分のしたことを後悔するときがきっと来る。絶対に来る！」

右京が相棒のフォローをした。

「むしろあなたは、すでに後悔し始めているのはありませんか？」

「そんなことありません」

うつむくリカを見て、薫はさっきの笑みが作りものだったと知った。右京が質問する。

「では昨日、なぜあなたはあのようなことばを？『綾瀬さんのご自宅にまで参ったことも』でしたかねえ」

リカの表情が凍った。答えを返せない。答えを述べたのは右京だった。

「ぼくは、あなたが敬語を間違えたのだと思いました。しかし、そうではなかった。綾瀬さんの教育を熱心に受けたあなたが、あのような間違いをするはずがありませんからねえ。〝参る〟とは〝行く〟の謙譲語。自分をへりくだって表現するときのことばです。あなたはあのとき、ご自分がストーカーであることをわれわれに告白していたんですよ。あなたの心のどこかに芽生えた後悔、懺悔したいという気持ちが、あのことばを言わせたのではないでしょうか？　あなたはすでに気がついているんですよ。愛する者を手に入れるどころか、永遠に失ってしまったことを」

「そんなこと……あるわけないじゃないですか。後悔なんて、そんな……」

リカの目尻にいつしか透明な液体が溜まり、やがてそれが頬を伝わってぽとりと落ちた。

解説　刑事ドラマの進化形

法月綸太郎

京都でミステリー作家をしている、法月綸太郎と申します。

これまでの解説陣とは異なって、ドラマの制作現場とはまったく接点がないのですが、「相棒」シリーズのノベライズをしている碇卯人さんの「友人」（シーズン1の「作者あとがき」を参照）つながりで、本書の解説を引き受けることになりました。純粋な外野の一ファンとして、「相棒」へのオマージュを綴らせていただきます。

「相棒」の存在を知ったのは、今からちょうど六年前、シーズン1の第10話「最後の灯り」（ノベライズ版だと第八話）からです。杉下右京と亀山薫が海辺の砂浜で倒れている場面から始まる人気の高いエピソードですが、私がチャンネルを合わせたのはたまたまで、それまでの回はプレシーズンも含めてまったく見ていない。何だこりゃ？　変なことをやってるなあと、オープニングのインパクトに釣られ、さらにその後、回想シーンとして語られるテンポのいい捜査プロセスから目が離せなくなって、ついつい最後まで見てしまったのです。

それが初見ですから、特命係の設定はおろか、何の予備知識もないまっさらの状態でした。それでも薫が、足を怪我した右京をおぶって歩き出すまでのやりとりで、キャラクターの関係性が見えてくるし、冒頭の演出ギミックだけでなく、撮影所もののミステリーとしても、工夫をこらしたスキのない仕上がりになっている。

私はあわてました。どうもこれは、大変なものを見逃していたのかもしれないぞ、と気づいた時には後の祭りで、「相棒」の放映はあと二回を残すのみ……。しかもそれが、異様にテンションの高い前後編の「特命係、最後の事件」（いうまでもなく、本書の第一話「閣下の城」のイントロで語られる因縁の事件）でしたから、なんで今までスルーしていたのか、悔やんでも悔やみきれないというのは、まさにこのことです。

それでも唯一の救いは、最終話のラストがシリーズの継続をほのめかしていたこと。いずれ特命係が復活するにちがいないと信じていただけに、十か月後にシーズン２の放映が始まった時は、本当にうれしかったものです。

とりわけこのシーズン2は「殺人晩餐会」や「蜘蛛女の恋」、「ピルイーター」や「1/2の殺意」等々、トリッキーな謎解きを主眼にしたエピソードが充実していたので、余計に強い思い入れがあります。現代の日本を舞台にしたリアルな刑事ドラマと、ホームズ&ワトソン型の名探偵パズラーが、一時間という尺の中で見事に溶け合っている——何よりもそれが一番の驚きで、これ以来、完全に「相棒」にハマってしまったわけです。もちろん、このドラマの魅力はトリッキーな謎解きだけではありませんが、肉体的な暴力ではなく、頭脳的な知力のアクションで物語を引っぱっていくのが、「相棒」の最大の特色でしょう。週一の連ドラで、こんなに面白いことをやっているんだから、活字の本格ミステリー作家も負けてられないぞと、ずいぶん刺激になっています。

さて、ここからはもう少し、外野の目から見た解説っぽいことを。

「相棒」シリーズが成功した要因はいくつもあるでしょうが、一視聴者としての素朴な意見を述べさせてもらうと、二〇〇〇年代の作品として、過去の刑事ドラマが蓄積してきたノウハウやパターンをしっかりと継承し、同時にそれらを更新し続けていることが、大きな強みになっているように思います。

具体的に説明しましょう。近い過去、一九九〇年代を代表する刑事ドラマといえば、「古畑任三郎」と「踊る大捜査線」、それに「ケイゾク」の三本が思い浮かびます。前から順に、謎解きに特化した変人タイプの名探偵もの、行政組織としての警察の内幕をアウトサイダー的な視点から描いた成長もの、サブカルチャー／オタク色の濃いカルト刑事もの、というふうに整理してもいいでしょう。それぞれ目指す方向はちがいますが、いずれも従来の日本的な刑事ドラマのお約束に対するアンチテーゼ、ないしパロディという側面が強く打ち出された作品ばかりです。

そういう意味で、九〇年代の刑事ドラマの主流は、昭和的なドラマ作法からいったん切れていることになります。「相棒」コンビ誕生の布石となった「刑事貴族」の集団アクション路線が、九〇年代前半に途絶してしまったのも、刑事ドラマを取り巻く環境の質的変化を示す出来事といえるでしょう。ところが、こうした切断を踏まえて二〇〇〇年にスタートした「相棒」には、昭和的な刑事ドラマの懐かしい匂いと、九〇年代の反・昭和的な刑事ドラマのエッセンスが、ごく自然に同居しているように思われます。

新しい方から見ていきましょう。杉下右京のキャラクターが「古畑任三郎」のエキセントリックな名探偵像を、亀山薫のキャラクターが「踊る大捜査線」の青島刑事的な組織批判の視点を引き継ぎ、さらに「ケイゾク」のサブカル／オタク路線を、平成の切り裂きジャック・浅倉禄郎（アサクラという名前が「ケイゾク」とかぶっているのは、偶然とは思えない）と鑑識員の米沢守が担っている――という具合に、「相棒」は九〇年代の反・昭和的な刑事ドラマのエッセンスをしっかりと吸収しているわけです。

その一方で、「相棒」シリーズが「土曜ワイド劇場」からスタートしているという事実も見逃せません。二時間サスペンスという枠は、昭和時代の刑事ドラマから連綿と続くパターンの宝庫ですし、〈花の里〉のシーンが示すように、「はぐれ刑事純情派」に代表される人情もののスタイルも取り込んでいる。さらに時代をさかのぼれば、警察腐敗や司法制度に対する「相棒」のアクチュアルな批判精神が、七〇年代的な社会派刑事ドラマに見られる硬派の「志」をしっかりと受け継いでいることがわかるはずです。

それだけではありません。もうひとつ最近の注目すべき傾向として、二時間のスペシャル枠や「相棒―劇場版―」など、ハリウッドのジェットコースター・サスペンスと張り合うようなスペクタクル性の強い作品が目立ってきています。たとえば、シーズン6の「ついている女」「狙われた女」のシナリオは、ジェフリー・ディーヴァーのリンカーン・ライム・シリーズを思わせる二転三転のタイムリミットものになっていて、「相棒」は二十一世紀の刑事ドラマとしてつねに進化を止めないのだ、という印象を強くしました。

このように「相棒」というシリーズは、新旧の刑事ドラマの長所をバランスよく配分したうえで、二〇〇〇年代の日本の社会が抱えるさまざまな問題とエンターテインメント状況に対応できるよう、新しいシーズンを迎えるたびにバージョンアップが繰り返されています。その分、非常に振れ幅が大きくて、間口の広い娯楽作品になっているわけですが、警視庁内の離れ小島、特命係という設定の妙だけでなく、何よりも右京と薫の「相棒」の絆というメインフレームがしっかりしているので、どんな事件に遭遇しても、シリーズのトーンがぶれることがありません。

実際、この巻に収録されている「監禁」のような異色のシナリオと、「冤罪」のようにシリアスな内部告発ものが、どちらも違和感なく「相棒」ワールドに溶け込んでいることが、このシリーズの奥の深さの証しといえるでしょう。

（のりづき・りんたろう／作家）

相棒 season 4（第1話〜第10話）

STAFF

チーフプロデューサー：松本基弘（テレビ朝日）
プロデューサー：島川博篤（テレビ朝日）
　　　　　　　　須藤泰司、西平敦郎（東映）
脚本：輿水泰弘、古沢良太、砂本量、瀬巻亮犬、櫻井武晴、
　　　入江信吾
監督：和泉聖治、長谷部安春、近藤俊明、森本浩史
音楽：池頼広

CAST

杉下右京……………水谷豊
亀山薫……………寺脇康文
奥寺美和子………鈴木砂羽
宮部たまき………高樹沙耶
伊丹憲一…………川原和久
三浦信輔…………大谷亮介
芹沢慶二…………山中崇史
角田六郎……………山西惇
米沢守……………六角精児
内村完爾…………片桐竜次
中園照生……………小野了
小野田公顕………岸部一徳

制作：テレビ朝日・東映

第1話　　初回放送日：2005年10月12日
閣下の城
STAFF
脚本：輿水泰弘　　監督：和泉聖治
GUEST CAST
北条晴臣……………長門裕之　　瀬戸内米蔵……………津川雅彦
郷内繭子…………高橋かおり　　宮添卓也…………………田中実
郷内嵩人……………高杉瑞穂

第2話　　初回放送日：2005年10月19日
殺人講義
STAFF
脚本：古沢良太　　監督：長谷部安春
GUEST CAST
春日秀平……………石橋蓮司　　島田加奈子……………石橋奈美

第3話　　初回放送日：2005年10月26日
黒衣の花嫁
STAFF
脚本：砂本量　　監督：長谷部安春
GUEST CAST
津島瑞希……………遠野凪子　　信近哲也……………東根作寿英

第4話　　初回放送日：2005年11月2日
密やかな連続殺人
STAFF
脚本：砂本量、瀬巻亮犬　　監督：和泉聖治
GUEST CAST
内田美咲………………奥貫薫　　村木重雄……………小日向文世
村木順子…………山下容莉枝　　安斉直太郎……………高橋一生

第５話　　初回放送日：2005年11月９日

悪魔の囁き

STAFF

脚本：砂本量、瀬巻亮犬　　監督：和泉聖治

GUEST CAST

内田美咲………………奥貫薫　村木重雄…………小日向文世
村木順子…………山下容莉枝　安斉直太郎…………高橋一生

第６話　　初回放送日：2005年11月16日

殺人ヒーター

STAFF

脚本：櫻井武晴　　監督：近藤俊明

GUEST CAST

恩田義夫……………嶋田久作　沖健次郎………………笹野高史
卯月庄一………………峰岸徹　小柳津桐子…………辻沢杏子

第７話　　初回放送日：2005年11月23日

波紋

STAFF

脚本：入江信吾　　監督：森本浩史

GUEST CAST

池田俊太郎…………中村倫也　下薗司…………………音尾琢真
梶多恵子……………絵沢萠子

第８話　　初回放送日：2005年11月30日

監禁

STAFF

脚本：古沢良太　　監督：和泉聖治

GUEST CAST

進藤ミサエ………佐藤江梨子　新田信彦……………酒井敏也

第9話　　初回放送日：2005年12月7日

冤罪

STAFF

脚本：櫻井武晴　　監督：和泉聖治

GUEST CAST

室園悦子……………一色彩子　安城雄二………………中村育二

篠宮ゆかり………青山知可子

第10話　　初回放送日：2005年12月14日

殺人生中継

STAFF

脚本：古沢良太　　監督：近藤俊明

GUEST CAST

八木沼リカ…………宮地真緒　仁科真由美…………竹井みどり

相棒《あいぼう》 season 4　上　　朝日文庫

2009年1月30日　第1刷発行

脚　本　輿水泰弘《こしみずやすひろ》　古沢良太《こさわりようた》　砂本《すなもと》 量《はかる》　櫻井武晴《さくらいたけはる》
瀬巻亮犬《せまきりようけん》　入江信吾《いりえしんご》

ノベライズ　碇《いかり》 卯人《うひと》

発行者　矢部万紀子

発行所　朝日新聞出版
〒104-8011　東京都中央区築地5-3-2
電話　03-5541-8832（編集）
03-5540-7793（販売）

印刷製本　大日本印刷株式会社

ISBN978-4-02-264472-5